Wolfram Schneider-Lastin (Hg.)

Fragen hätte ich noch

Geschichten von unseren Großeltern

EDITION BLAU
Rotpunktverlag

Herausgeber und Verlag danken folgenden Institutionen für die finanzielle Unterstützung:

Stadt Zürich
Kultur

Kanton Zürich
Kulturförderung | SWISSLOS

Der Rotpunktverlag wird vom Bundesamt für Kultur mit einem Strukturbeitrag für die Jahre 2021 bis 2025 unterstützt.

www.rotpunktverlag.ch

Umschlagbild: Hannes Binder
Lektorat: Anina Barandun
Korrektorat: Lydia Zeller
Gestaltung: Patrizia Grab
Druck und Bindung: Print Best, Viljandi

ISBN 978-3-03973-039-1
1. Auflage 2024

Dieser Titel ist auch als E-Book erhältlich.

Inhalt

Zu diesem Buch

Am Anfang stand der Corona-Lockdown. In dieser Zeit des erzwungenen Stillstands begann ich, die Geschichte meiner süddeutschen Großväter aufzuschreiben. Ich wollte ihr bewegtes Leben, vor allem während des Nationalsozialismus, festhalten und das Erinnerte innerhalb der Familie weitergeben. Der Gedanke an eine Publikation lag mir fern. Die niedergeschriebene Geschichte meines Großvaters mütterlicherseits habe ich anschließend an einige Freunde und mir nahestehende Bekannte geschickt.

Da geschah etwas völlig Unerwartetes. Der Text wirkte bei den Adressatinnen und Adressaten wie ein Auslöser, sich ihrerseits zu erinnern, und sie erzählten mir, unaufgefordert und spontan, von ihren eigenen Großvätern und Großmüttern. Es war, als träfe meine Geschichte einen Nerv, als öffnete sie ein verschlossenes Ventil. Lange Verschüttetes kam zutage, Berührendes, historisch Interessantes, aber auch Schmerzhaftes. Innerhalb kurzer Zeit entstand die Idee, diese Geschichten über die »vorletzte Generation« zu sammeln und zu publizieren. Ich fragte gezielt Schriftstellerinnen und Schriftsteller, aber auch Menschen aus anderen Berufen an, ob sie sich an diesem Projekt beteiligen wollten – und die meisten haben begeistert zugesagt. Der Stein, den ich ins Wasser geworfen hatte, schlug Wellen.

Selbst Menschen, die durch andere von dem Projekt erfuhren, fragten mich von sich aus an, ob sie ihre Geschichte beisteuern dürften. Auf diese Weise kamen die dreißig Geschichten zusammen, die in diesem Buch versammelt sind.

Die Großväter und Großmütter, die im Mittelpunkt der Erzählungen stehen, lebten im 20. Jahrhundert mit all seinen Höhen und Tiefen. Und es zeigt sich, dass kaum eine der Geschichten ausschließlich privat sein kann, sondern dass die gesellschaftlichen Bedingungen und politischen Umstände immer in das private Leben hineinwirkten.

Das Verhältnis der erzählenden Enkelkinder zu ihren Großeltern ist ganz unterschiedlich, es reicht von Zuneigung und Verbundenheit über Bewunderung bis hin zu Ablehnung und Hass. Selbst wenn ein Enkel erst nach dem Tod des Großvaters oder der Großmutter geboren wurde oder diese nur als kleines Kind erlebt hat, wirkt das Leben der Großeltern bewusst oder unbewusst in der Enkelgeneration weiter.

Viele Geschichten sind Ausdruck des Versuchs, sich in fortgeschrittenem Alter zu erinnern beziehungsweise die noch vorhandenen eigenen und fremden Erinnerungen zusammenzutragen, ein Versuch, der nicht selten in Ernüchterung endet, im Bedauern, die Großeltern nicht über ihr Leben, ihre Erfahrungen und Erlebnisse befragt zu haben, solange das noch möglich war. In einigen Erzählungen ist auch vom Schweigen in der Familie die Rede, welches durch das Niederschreiben der Geschichte durchbrochen wird.

Die Autorinnen und Autoren kommen aus Deutschland, Österreich und der Schweiz. Da ihre Großeltern zum Teil aber in anderen Ländern lebten, finden sich im Buch auch Geschichten aus Italien, Frankreich, Polen, Tschechien, Ungarn, der Ukraine,

Israel, Pakistan und der DDR. Und es zeigt sich, dass die Krisen des 20. Jahrhunderts, in erster Linie die beiden Weltkriege, der Holocaust, Flucht und Vertreibung, in den verschiedenen Ländern zu ganz unterschiedlichen Schicksalen führten.

Die Vielfalt des vorliegenden Buchs ergibt sich auch aus den unterschiedlichen Berufen der Autorinnen und Autoren. Viele von ihnen sind Schriftstellerinnen und Schriftsteller. Daneben finden sich aber auch Schauspieler, Mediziner oder Menschen aus ganz anderen Kontexten. Die unterschiedlichen Herangehensweisen und Ausdrucksformen machen die Lektüre des Buchs, wie ich hoffe, abwechslungsreich und spannend.

Die Geschichten sind authentisch, persönlich und gehen unter die Haut. In einer Zeit der Geschichtsvergessenheit und tiefgreifender politischer Veränderungen tut Rückbesinnung not. Daher sind diese Erinnerungen, die in keinem Geschichtsbuch zu finden sind, wichtig und, wenn man so will, zeitlos aktuell.

Ich bin den Autorinnen und Autoren, die mir ihre Geschichten anvertraut haben, außerordentlich dankbar. Und ich danke sehr herzlich dem Rotpunktverlag Zürich, der an das Buch von Anfang an geglaubt und seine Entstehung nach besten Kräften unterstützt hat, vor allem der Verlagsleiterin Patrizia Grab und der Lektorin Anina Barandun. Dem bekannten Schweizer Illustrator Hannes Binder sei Dank für das gelungene Cover.

Zürich, im Sommer 2024
Wolfram Schneider-Lastin

Andreas Kossert

»Ist es nicht herrlich, unser Lodz?«

Meine Großmutter Else passte nicht an diesen Ort. Stets schien sie am falschen Platz zu sein. Die westdeutsche Provinz, wohin sie die Wogen des 20. Jahrhunderts gespült hatten, blieb ihr fremd. Wie ein Schuh, der nicht passen wollte, war es nicht ihr Ort, nicht ihr Land und nicht ihre Zeit.

Meine Großmutter entstammte einer anderen Epoche. Vieles an ihr blieb unergründlich, geheimnisvoll, exotisch und furchtbar altmodisch. In ihrem Garten wuchsen seltsame Kräuter, zu denen Boretsch, Estragon, Liebstöckel und Unmengen Dill gehörten. Dill nutzte sie als kulinarische Allzweckwaffe, die sie schonungslos einsetzte. Und der Knoblauch unterschied sie endgültig von den deutschen Köchinnen. Ihre Küche kam nicht ohne Knoblauch aus, lange bevor er – so die Legende – dank den türkischen Gastarbeitern in den deutschen Kochtöpfen Einzug hielt. Dutzende von dicken, teils noch erdigen Knoblauchknollen hingen in ihrem Freisitz – so nannte sie die überdachte Terrasse – an Haken und Schnüren von den Holzbalken. Täglich kaute sie eine Knoblauchzehe, ihr Patentrezept für eine gesunde Lebensführung. Wenn wir in den Sommerferien bei ihr Urlaub machten, saß sie abends mit uns im Freisitz unter den Knoblauchbündeln. Dann hatte sie bereits ihr Tagwerk erledigt und war eigentlich schon bettfertig. Über ihrem Nachthemd trug sie einen hellblauen gesteppten Hausmantel mit Blumenmuster, der auf uns schrecklich altertümlich wirkte. Ihre silberne Haarpracht hatte Else für die Nacht mit einem Netz bedeckt, während ihre braun-glatte Haut dick mit Nivea eingecremt war. Sie schwor auf das Original mit dem weißen Schriftzug auf blauer Dose.

Das Erscheinungsbild meiner Großmutter entsprach kaum dem einer Land-Oma ihrer Generation, von denen viele Kittelschürze trugen und geduckt gingen. Else schien vom Schicksal nicht gebeugt, sondern schritt kerzengerade durchs Leben, ohne dass es künstlich wirkte. Sie war von kleiner Statur mit vollem Busen. Ihr dunkler, mediterraner Teint wurde durch ihre grünen Augen verstärkt. Mal strahlte sie, mal lächelte sie freundlich, aber gelegentlich blickte sie auch so streng, dass sie ihr Umfeld einschüchterte. Eine aus der Zeit gefallene Dame, die meistens ein Kostüm trug, manchmal moderne Hosen. Ihr Innerstes fremdelte mit dem Ort, an dem sie zu leben gezwungen war, das spürte jeder. Else kam aus der Großstadt. Gezwungenermaßen lebte sie nun in einem Dorf, doch im Herzen hielt sie der großen Stadt – ihrer Stadt – die Treue: Lodz.

Mit jedem Satz verriet sie sich. Ein merkwürdiges Deutsch. Manchmal fanden wir es ulkig, manchmal war es uns einfach peinlich. Seltsame Wörter kamen über ihre Lippen, die sie aus ihrer Vergangenheit mitgebracht hatte und mit tiefer Stimme klar und deutlich betonte. Ihr R rollte sie halsbrecherisch hart, sprach von *Hiehnern* und *Kiehen*, von der *Tramwaj*, von *Gamaschen* und *Manchesterhosen*, ein wenig war bei ihr *a bissl*, den Teekessel nannte sie *czajnik*. Die Enkel waren ihre *wnuczki*, Bonbons *landrinkes* – ich erinnere mich besonders an die polnischen Kuhbonbons, *krówki*, die an den Zähnen klebten –, das Finanzamt das *urząd skarbowy*. Else sprach das Amalgam einer multiethnischen Textilmetropole, die Mundart der deutschsprachigen Minderheit im polnischen Lodz, einen Dialekt, der gespeist war aus verschiedenen deutschen Mundarten, gespickt mit polnischen und jiddischen Wörtern.

Lodz, das *polnische Manchester*, wie manche die zweitgrößte Stadt Polens nannten, war ihr ganzer Stolz. Dorthin führten alle ihre Erzählungen. Bereits als Kind kannte ich die Straßen jener Stadt im fernen Osten, ohne je dort gewesen zu sein. Ihre Namen klangen wie Musik in meinen Ohren. Ausgangspunkt war stets die schnurgerade Hauptstraße, die die Metropole von Süd nach Nord durchzog, die *Piotrkowska*, an deren Ende sich der imposante Freiheitsplatz – *Plac Wolności* – mit Rathaus und evangelischer Trinitatiskirche anschloss. Den großen Markt im weitgehend jüdisch geprägten *Bałuty*, den *Bałucki Rynek*, den Else *Bazares* nannte, stellte ich mir wie einen orientalischen Souk vor. Noch vertrauter klangen die Namen jener Orte, an denen sie aufgewachsen war. Sie rezitierte die Straßennamen wie ein Lied ... *Aleksandrowska, Zgierska, Sierakowskiego*. Zum Hintergrundrauschen meiner Kindheit gehörten die Stadtteile *Żubardz, Bałuty, Radogoscz, Żabieniec* ... Wie im Schlaf konnte ich alle Namen aussprechen, ohne damals auch nur ein Wort Polnisch zu beherrschen. Nirgendwo auf der Welt gab es für Else einen vergleichbaren Ort. Jener Mikrokosmos in der mittelpolnischen Tiefebene blieb ihr mentales Koordinatensystem, obwohl er unerreichbar geworden war.

Else war ein Kind des späten Zarenreichs, als Lodz am westlichen Ende des russischen Imperiums lag. Ihre Eltern waren wohlhabend, zu ihrem Vermögen zählten Mietshäuser und Baugrundstücke. Früh erfuhr ich von den Textilmagnaten, die einst den Wohlstand von Lodz begründet hatten und deren Fabriken die Stadt prägten, hörte von Scheibler & Grohmann, von Buhle, von Poznański. In Lodz tickten die Uhren anders. Die Fabriksirenen gaben den Tagesablauf an, was anderswo die Kirchenglocken taten. Die Lodzer Fabriken verfügten über unterschiedliche Signaltöne, damit die Arbeiter sie ihrem Arbeitgeber zuordnen konnten. Else erzählte vom jüdischen Lodz, von ihren Spielfreundinnen Ester und Hannele, dem Nachbarn Kraut Mojsze, vom Laubhüttenfest Sukkot mit den eigens zum Fest errichteten Zelten auf Straßen und in Hinterhöfen, von Mazze und Pessach. Von ihren polnischen Nachbarn, von festlichen katholischen Prozessionen, von Pan Artur, Pani Borkowska, von Marysia und Tosia. Von Besuchen im feinen Grand Hotel schwärmte Else ebenso wie von den Einladungen bei ihrer geliebten *Tante Meissnern*, die sie in ihrer prachtvollen Stadtwohnung mit Bergen von Kuchen verwöhnte. Von der Armut der Mietshäuser, in denen Arbeiterfamilien mit vielen Kindern auf engstem Raum lebten und wo noch ein Handwebstuhl in den dunklen Wohnstuben stand. Elses Erzählungen waren so eindrücklich, dass ich die Geräusche der Hinterhöfe, das Kindergeschrei und das Klappern der Weberschiffchen zu hören glaubte.

Als junge Frau erlebte sie glückliche Jahre in der Zweiten Polnischen Republik. Doch der 1. September 1939 veränderte alles. Vom ersten Tag an war der Zweite Weltkrieg für Else kein fernes Geschehen. Das Grauen fand buchstäblich vor ihrer eigenen Haustür statt. Die deutschen Besatzer hatten Elses Heimatstadt zur Zentrale für Deportationen und Massenmord erkoren. Bereits 1940 errichteten sie unweit von Elses Wohnung das erste Getto für die jüdische Bevölkerung. Aus Lodz machten die Nazis

Litzmannstadt. Es sollte Symbol für unvorstellbare Verbrechen werden.

Als Lodz am 19. Januar 1945 befreit wurde, stand Else als Deutsche auf der Seite der Geächteten. Aus ihrem Haus gejagt, war sie mit ihren Kindern – sieben und drei Jahre alt – und ihrer Mutter obdachlos. Dann wurden alle einheimischen Deutschen inhaftiert. Else kam in ein sowjetisches Arbeitslager. Ihre größte Sorge galt ihren Kindern, von denen sie im Lager getrennt war. Die Kleinen überlebten, indem sie von sowjetischen Soldaten Essenreste erbettelten. Was Else im Lager erlebte, behielt sie für sich. Nur manchmal deutete sie an, dass sich viele internierte Frauen das Leben nahmen. Doch Else gab nicht auf, unermüdlich kämpfte sie für ihre Familie. Nach gut einem Jahr nutzte Else ihre russischen Sprachkenntnisse, um auf abenteuerliche Weise aus dem Lager zu entkommen. Auf einem sowjetischen Militär-LKW floh sie mit ihren Kindern und ihrer Mutter quer durch Polen. Mehr als zwei Jahre einer Odyssee lagen hinter ihr, als sie 1947 über das Rote Kreuz erfuhr, dass ihr Mann, mein Großvater Paul, den Krieg überlebt hatte.

Höchste Zeit, endlich von Paul zu erzählen. Er war zu diesem Zeitpunkt aus britischer Kriegsgefangenschaft entlassen worden und schlug sich als Knecht bei einem Bauern durch. Zuvor war Paul Soldat in der polnischen Armee gewesen, hatte 1939 gegen die Deutschen gekämpft und war in deutsche Kriegsgefangenschaft geraten. Später galt er als »Volksdeutscher« und musste in eine neue – die deutsche – Uniform schlüpfen. Zwei Uniformen, in einem Krieg.

Wie Else war auch Paul noch im Zarenreich geboren, doch eigentlich waren beide mit Leib und Seele Kinder der Zweiten Polnischen Republik, die 1918 das geschundene Land wiedererstehen ließ. Beide sprachen fließend Russisch, aber Polnisch – das war ihre Sprache. Wenn sie miteinander Polnisch redeten, erlebten wir bei Else und Paul eine seltsame Verwandlung. Plötzlich waren sie ganz andere Persönlichkeiten. Solange mein Großvater lebte, war Polnisch allgegenwärtig, vor allem dann, wenn wir etwas nicht verstehen sollten. Auf Polnisch kam selbst der ansonsten wortkarge Paul in Plauderlaune. Wenn die weit verstreut lebenden Verwandten, die Tanten Tabea, Olga, Genia, Lydia, Wanda und Leokadia oder die Onkel Roman, Ludwik und Zenon auf Besuch kamen, dominierte der weiche Klang der polnischen Sprache, schienen alle lebendiger, authentischer und um vieles gelöster. Meine Großeltern sangen mit mir die Nationalhymne *Noch ist Polen nicht verloren – Jeszcze Polska nie zgineła*, die ich irgendwann auswendig und fehlerfrei singen konnte. Im Esszimmer sangen wir gemeinsam, Else und Paul hatten stets Tränen in den Augen. Beide waren völlig unmusikalisch, vor allem Else sang schief, aber deutlich hörbar, wofür sie insbesondere am Heiligabend berüchtigt war. Das fehlende Talent tat ihrer Leidenschaft für das polnische Liedgut aber keinen Abbruch.

Nachdem sie sich zwei Jahre nach Kriegsende wiedergefunden hatten, lebten Else und Paul still und unauffällig, blieben unter sich. An ihrer urbanen Prägung hielten sie jedoch beharrlich fest. In dem kleinen Ort besaßen sie nach dem Tierarzt den zweiten Telefonanschluss, 1951 folgte das erste Auto, das dreirädrige Fabrikat *Tempo*, das im Winter mit Backsteinen geheizt wurde. Schließlich bauten sie, weil sie vorankommen wollten, ein Siedlungshaus am Ortsrand, wo die Gemeindeverwaltung den »Pollacken« Flächen zugewiesen hatte, um ihre einförmigen Neubauten errichten zu können. In dieser Siedlung lebten allesamt Entwurzelte, und sie sprachen alle ein altertümliches Deutsch. Manche Frauen trugen tief ins Gesicht gezogene Kopftücher. Von Urlauben habe ich nichts gehört, die Gartenpflichten hätten es ohnehin nicht gestattet. Vielleicht ein Tagesausflug mit dem Reichsbund, dem Roten Kreuz oder der Kirchengemeinde. Allen Bewohnern war gemeinsam, dass sie keine Gräber hatten. Sie kamen als deutsche Fremde in einem fremden Deutschland an. Und sie hatten nicht nur ihre Gräber zurücklassen müssen, sondern ihr ganzes gelebtes Leben.

Else und Paul lebten für ihre Kinder und Enkel, aber irgendwie blieben sie in sich eingekapselt. Heute frage ich mich, warum sie nicht noch einmal einen Neuanfang in einer Großstadt wagten. Vermutlich fehlte ihnen die Kraft. Stadtmenschen im Exil, so kamen sie mir vor. Anders als andere Deutsche ihrer Generation erzählten sie von den deutschen Verbrechen während des Krieges. Else berichtete von der katholischen Herz-Jesu-Kirche in der Altstadt von Lodz, die von den deutschen Behörden als Pferdestall entweiht wurde. Noch heute höre ich ihre eindringlichen Worte, wenn sie sich über diese unvorstellbare Gotteslästerung empörte. Doch ihre Geschichten passten nicht, waren nicht willkommen. Etwa die von Zosia, dem polnischen Kindermädchen, das Elses weinenden Sohn im Kinderwagen auf Polnisch tröstete, als ein vorbeikommender deutscher Soldat sie auf offener Straße ohrfeigte und den Kinderwagen umstieß. Else hatte die Transporte ins Vernichtungslager Chełmno gesehen. Anders als viele Deutsche im »Reich«, wie sie sagte, hatte sie einiges gesehen und davon berichtet. Für ihre polnischen Nachbarn, deren Sohn im KZ Dachau inhaftiert war, führte sie die Korrespondenz ins Lager. Über den Verlust ihrer Heimat jammerte Else nie, weil sie wusste, wie alles angefangen hatte.

Bis zu ihrem Tod war Else mit keinem Menschen per Du, außer mit ihren nächsten Verwandten. Ausnahmslos. Und dabei blieb es. Jahrzehntelange Nachbarschaften pflegte sie, man besuchte sich auf ein Schwätzchen, auch zum Kaffee, aber stets blieb es beim Sie. Uns Enkeln war das mitunter peinlich, weil unsere Großeltern aus der Reihe tanzten und immer auffielen. Meine Großmutter blieb eine strikte Gegnerin des inflationären Du. *Każdy furman będzie mi tykać?*, sagte sie einmal entgeistert über die ihrer Meinung nach grassierende Duzerei, was so viel bedeutet wie: »Soll ich mich von Hinz und Kunz duzen lassen?« Mit Else war das nicht zu machen.

Nach Pauls Tod blieben Else noch einige Jahre. Wir sprachen immer häufiger Polnisch miteinander, sie half mir bei meinem Polnisch-Studium. Dabei merkte ich, wie wunderbar ihr Polnisch war, wie mühelos sie komplizierte Sachverhalte ausdrücken konnte, die ihr im Deutschen häufig Mühe bereiteten. Else sprach ein etwas altertümliches, aber einwandfreies Hochpolnisch. Patriotische Gedichte, Abzählreime und Lieder flossen unaufhörlich aus ihr heraus. *Litwo! Ojczyzno moja! Litauen, meine Heimat!* kannte sie in- und auswendig. Vor allem das Nationalepos von Adam Mickiewicz hatte es ihr angetan. Als sie starb, lag eine Taschenbuchausgabe davon, die ich ihr einmal aus Polen mitgebracht hatte, auf ihrem Nachttisch. Die ersten Seiten von *Pan Tadeusz* konnte Else auch dann noch mühelos rezitieren, als sie bereits dement war. Polnisch blieb die Sprache ihres Herzens.

Als Else längst in einem Pflegeheim lebte, verfügte sie zunächst noch über erstaunliche körperliche Kräfte. Regelmäßig lief sie aus dem Heim davon. Eine Zeit lang sehr regelmäßig, was Heimpersonal wie Familie jedes Mal in helle Aufregung versetzte. In Pantoffeln und Bademantel war Else dann unterwegs auf Waldwegen, Land- und Bundesstraßen. Einmal fand man sie auf einer Autobahnauffahrt. Obwohl sie keine Orientierung hatte, obwohl sie nicht wusste, wo oder wer sie war, fand die Polizei Else immer nur in einer Himmelsrichtung – immer Richtung Osten. Else wollte nach Hause, zu ihrer Mama, erzählte sie den Polizeibeamten. Dann, kurz vor ihrem Tod, hörte sie plötzlich auf, Deutsch zu sprechen. Ein Funkspruch der örtlichen Polizei bei der Suche nach Else lautete: »Sie spricht nur Polnisch.«

Als ich sie kurz vor ihrem Tod besuchte, gingen wir gemeinsam in die italienische Eisdiele *Venezia*, umgeben von Fachwerkhäusern, Renaissance-Rathaus und gotischer Stadtkirche. Genüsslich löffelte Else ihren gemischten Eisbecher, ihre glatte Haut glänzte in der Frühlingssonne. Lächelnd richtete sie ihren Blick zunächst auf mich und dann auf jene Sehenswürdigkeiten, zeigte auf das imposante Fachwerk, auf Kirche und Rathaus. Dann fragte sie voller Stolz: »Ist es nicht herrlich, unser Lodz? Hier unsere Piotrkowska-Straße, dort unsere Trinitatiskirche, dahinter unser Plac Wolności.« Sie schien glückselig. Else war zu Hause – und ich hoffe inständig, dass diese Gewissheit in ihr wohnte, als sie wenige Tage später starb.

Esther Banz

Ausgeschlossen

Es ist der 30. August 2013. Ich sitze mit meiner Mutter in einem Regionalzug Richtung Erstfeld. Obwohl noch nicht Mittag, ist es bereits drückend heiß im Waggon, in dem wir als Einzige Platz genommen haben. Wir schauen aus dem Fenster, auf das Türkis und Dunkelblau des von hohen Bergen umgebenen Urnersees, auf den Glitzer, der auf der Oberfläche des klaren Wassers tanzt, und wir staunen darüber, wie deutlich sich die Flanken und Spitzen im Wasser spiegeln. »Das ist der Oberbauenstock«, sagt meine Mutter, »dort hinten, der Fulen.« Sie kennt auch die Täler, Böden und Sattel dazwischen. Es war mir immer schon schleierhaft, wie sie sich all diese Namen merken konnte. Ich komme aber nicht dazu, weiter darüber nachzudenken, denn sie ruft: »Da! Lueg, schnäll! Da isch dis Großmami uf d Wält cho!«

Unser Zug hatte kurz am Bahnhof Flüelen, Kanton Uri, gehalten. Jetzt fährt er langsam weiter, und was ich dem Zeigefinger meiner Mutter folgend sehe, ist ein stattliches Gebäude. Als Erstes fallen mir die gelb-schwarz gestrichenen Läden aus massivem Holz auf. Dann die dicken, uralten Steinmauern, schließlich der zweistöckige Aufbau mit weißem Verputz und vier Giebeln, obendrauf ein Türmchen. »Lustig«, sage ich, »ds Großmami, in diesem ... was ist das überhaupt? Ein Turm? Ein altehrwürdiges Gemeindehaus? Ein Tell-Museum?« Tell wäre nicht ganz unpassend, immerhin befinden sich Tellsplatte und Tellskapelle in nächster Nähe. Aber meine Mutter entgegnet ganz nüchtern: »Ein Schloss.« Und sie kennt auch seinen Namen: »Rudenz.« Ich reagiere mit einem Lachen, vielleicht klingt es ein wenig spöttisch.

Es ist eben so: Von meiner Großmutter Anniette wusste ich damals nicht viel mehr, als dass sie in Luzern wohnte, 1979 gestorben ist und dass sie das wenige Geld, das sie hatte, gut einzuteilen wusste. Meine Mutter wird das von ihr gelernt haben. Ich war acht Jahre alt, als wir meine Großmutter zum letzten Mal besuchten. Ich erinnere mich an den Geruch von Schwarztee mit weißem Zucker und Milch. Und an ihre kurzen, runden, bestrumpften Beine. Und die Fußgelenke, die faltig in engen, aber immerhin weichen Hausschuhen steckten. Ich erinnere mich an eine sitzende Frau, die lieb und sanft zu mir war, mit der ich aber kaum je alleine Zeit verbracht hatte. Sie war zu alt, als ich noch zu klein war. Und sie war längst tot, als ich sie selbstständig hätte besuchen können. Ich erfuhr erst vor wenigen Jahren, dass sie in begüterten Verhältnissen aufgewachsen war. Und dass sie durch ihre Vermählung mit Franz Xaver Wiedemann, einem deutschen Einwanderer, automatisch ihr Schweizer Bürgerrecht verlor. »Heiratsregel« hieß das damals.

Wissen konnte ich das an jenem 30. August 2013 noch nicht. Das Buch der Historikerin Silke Margherita Redolfi über die Ausbürgerung von Schweizerinnen, die einen Ausländer heirateten, ist genau in jenem Jahr erschienen. Und niemand in der Familie meiner Mutter hat je erwähnt, dass das auch meine Großmutter betraf.

Der Arni-Stausee ist unser Ziel an diesem Tag. Ich stehe mit meiner Mutter bei der Talstation der Luftseilbahn an, die uns hochtragen soll. Die schmale rote Kabine schwebt heran und bald darauf mit uns in die Höhe. Es trennen uns keine fünf Meter mehr von der Bergstation, da zeigt meine Mutter mit ihrem Wanderstock bergwärts und sagt: »Dort, direkt am See, steht ein Ferienhaus, in dem ich als Kind manchen Sommer verbracht habe. Mein Großvater war ja einst für den Bau dieses Sees mitverantwortlich, habe ich dir das nie erzählt? Dass er Leiter des Elektrizitätswerks Altdorf war?« »Hast du nicht«, entgegne ich und verstehe selber nicht, warum das so gereizt klingt. »Ach so«, sagt sie nur, »er hat hier und dort einen Bau oder eine Elektrifizierung verantwortet, auch Zahnrad- und Straßenbahnen. Meine Mutter, also deine Großmutter, musste als Kind deshalb immer wieder umziehen, von der Innerschweiz nach Bern, von dort nach Zürich und davor oder danach – so genau weiß ich es nicht mehr – in den Kanton Glarus. Irgendwann ließen sie sich dann dauerhaft in Luzern nieder.«

Mir blieb Luzern stets fremd – ein Ort, der allein mit meiner Großmutter verbunden war. Dass zu ihr einst auch ein Mann gehörte, war mir nicht bewusst, ich hatte ihren Franz Xaver nie kennengelernt. Ich wusste einzig, dass er selbstständiger Schneidermeister war, ursprünglich aus Deutschland stammte und an dem Tag, an dem er sein Geschäft schloss, um in Pension zu gehen, im Bus einen tödlichen Herzinfarkt erlitt.

Es ist nicht weit von der Bergstation der Luftseilbahn bis zum See. Aber meine Mutter atmet an diesem Augusttag 2013 schon nach wenigen Schritten tief und schwer, die Hitze drückt. Sie setzt sich auf eine Bank und nimmt einen Schluck Wasser. »Morgen würde mein Vater 121 Jahre alt«, keucht sie. Dann schaut sie mich von der Seite an und sagt mit leiser, brüchiger Stimme: »Sie riefen uns ›Wiedemännli, Wiedemännli …‹« Ihre Stimme bricht ab, hastig gräbt sie in ihrem Hosensack nach dem Stofftaschentuch, das sie immer dabeihat.

Es ist um 1940 herum. Meine Großmutter Anniette, ihr Ehemann Franz Xaver Wiedemann und ihre Kinder wohnen in dem Mehrfamilienhaus, das sie kurz vor Kriegsausbruch vor allem mit geliehenem Geld hatten kaufen können. Es steht im Luzerner Wesemlin-Quartier. Die Kinder gehen zur Schule, die Familie kommt finanziell mehr schlecht als recht über die Runden. Franz Xaver hatte mit Kriegsbeginn seine Stelle als Herrenschneider bei einem angesehenen Modefachgeschäft verloren. Von einem Tag auf den anderen fehlte ein geregeltes Einkommen. »Die Deutschen haben sie natürlich als Erste entlassen«, wird mir eine Tante später einmal sagen. Damals gab es noch keine staatlich geregelte Arbeitslosenversicherung. Als Ausländer hatte Franz Xaver auch kein Anrecht auf Schweizer Sozialhilfe. Meine Großmutter, die durch ihre Heirat keine Schweizerin mehr, sondern nun ebenfalls Deutsche und von sozialer Absicherung ausgeschlossen war, genauso wenig. Vielleicht hatte sie sogar Angst davor, armengenössig zu werden. Damals verbannte man nicht wenige »Fremde«, wenn sie Kosten verursachten oder nicht so lebten, wie die Behörden sich das vorstellten. Unter ihnen auch Schweizerinnen, die wegen ihrer Heirat ausgebürgert worden waren.

Noch bevor meine Mutter und ihr Bruder als Kinder verstehen konnten, was los war, hörten und spürten sie es. Ein verbaler Angriff nur, aber er traf immer wieder, Tag für Tag. Es waren die Kinder im Quartier, die riefen. Ob sie sich das auch bei ihren Eltern getrauten, weiß meine Mutter nicht mehr.

Sie schnäuzt sich laut und lange. Dann rezitiert sie den Reim. »Er ging so«, sagt sie, holt Luft und setzt an, viel zu leise, als dass ich verstehen könnte. Sie nimmt einen neuen Anlauf. Und ich höre: »Wiedemännli, Wiedemännli, schiiiß …« Sie stoppt. Umklammert ihren Wanderstock. Holt wieder Luft, und dann ruft sie ihn beinahe, diesen Vers: »Wiedemännli, Wiedemännli, schiiiß is Pfännli, rüer din Dräck is Schwabeländli!« Und sie brüllt ihn noch einmal, schneller jetzt, roher, härter: »Wiedemännli! Wiedemännli! Schiiiß is Pfännli! Rüer din Dräck is Schwabeländli!«

Bitter ist das Schluchzen meiner Mutter, wie sie inmitten der prächtigen Berge zittrig dasitzt, mehr als siebzig Jahre, nachdem sie sich damit beschmutzen und beschämen lassen musste. Ich lege einen Arm um ihre Schultern, aber es entspannt sie nicht. Später werde ich Freundinnen erzählen, dass dies der erste innige Moment zwischen uns erwachsenen Frauen war, an den ich mich erinnern kann.

Vielleicht hätte meine Mutter an jenem Tag noch mehr erzählt, wenn diese eine Erinnerung sie nicht so überfallen und gequält hätte. Vielleicht hätte sie mir sogar von der tragischen Wende in der Geschichte meiner Großmutter erzählt. Aber sie war erschöpft. Sie wollte nach Hause. Ganz kurz zeigte sie mir noch das Ferienhaus ihrer Kindheit. Ich erkenne es auf einer Fotografie, die ich nach ihrem Tod entdecke, darauf abgebildet Anniette, die Tochter des Innerschweizer Stausee-Pioniers, damals selber noch ein Kind.

An einem Wintertag im Jahr 2019 besuche ich meine Mutter in der Kur. Sie war in den Jahren davor vergesslicher geworden – ich wollte endlich den Faden wieder aufnehmen, unser Arnisee-Ausflug war in den Jahren dazwischen nie mehr Thema gewesen, auch nicht ihr Zusammenbruch dort. Wir setzen uns in einen Aufenthaltsraum mit intensiv grüner Wandtapete. Sie wirkt aufgeregt. Wie oft hatte sie schon ausgerufen: »Ein Buch könnte ich schreiben!« Jetzt fragt sie mich: »Stellst du Fragen?« Ich erwidere: »Fang einfach an, wo immer du anfangen willst.«

Sie fängt in Deutschland an, wo sie selber nie gelebt hat: »Mein Vater stammte aus einer Bauernfamilie im Allgäu.« Zwischen den Kriegen war Franz Xaver als junger Schneider nach Luzern gekommen, ein Kriegsverwundeter. Im Ersten Weltkrieg hatte er einen Armdurchschuss erlitten. Die Versehrtheit war auch ein Glück, wie sich herausstellen sollte, denn sie bewahrte ihn davor, im Zweiten Weltkrieg erneut eingezogen zu werden. Er war längst in der Schweiz sesshaft, als er 1930 Anniette kennenlernte und sie 1931 heirateten. 1932 bekamen sie ihr erstes Kind, Irma. Meine Mutter.

Die grüne Tapete passt so gar nicht zu meiner Mutter und lenkt mich ab. Angestrengt konzentriere ich mich auf das, was sie erzählt. Denn jetzt kommt sie auf die Herkunft Anniettes zu sprechen: »Sie war aus ganz anderen Verhältnissen, wie ich dir ja schon erzählt habe. Ihre Mutter war eine Dahinden aus Weggis, in einer Chronik sind die Wurzeln unserer Familie bis ins 16. Jahrhundert dokumentiert.« Sie nestelt an ihrer Bluse herum, wie sie das so oft macht. »Erst nachdem die ›Heiratsregel‹ gelockert wurde, konnte sich meine Mutter wieder einbürgern lassen.«

Ich frage sie, was es für ihre Mutter und für sie selbst bedeutet habe, dass sie all die Jahre auf dem Papier Fremde im eigenen Land gewesen waren, und erst noch Deutsche während des Zweiten Weltkriegs. Sie schaut mich lange schweigend und mit kühlem Blick an. Dann sagt sie, als ob sie gedanklich ganz woanders wäre: »Es bedeutete nichts.« Wie, nichts? Ich bin perplex und setze zur nächsten Frage an, um mehr zu erfahren. Aber meine Mutter ist plötzlich sehr müde. Sie will sich schlafen legen, sofort. Ich begleite sie wortlos in ihr Zimmer und fahre nach Hause, nun selber müde und stumpf.

Es dauert ein paar Tage, bis die angeforderten digitalisierten Akten aus dem Bundesarchiv in meinem Postfach eintreffen. Kaum sind sie da, öffne ich die Dokumente zu meiner Mutter und ihren Geschwistern. Ich lese oben auf einem der Blätter, eingemittet: »Erleichterte Einbürgerung«. Der Stempel besagt, dass es sich um das Jahr 1953 handelt.

Auch meine Großmutter wollte sofort ihr Bürgerrecht zurückhaben, nachdem die frauenfeindliche »Heiratsregel« Ende 1952 endlich gemildert worden war. Die Entrechtung galt nur für Frauen – rund 85 000 Schweizerinnen, die vor 1953 einen Ausländer geheiratet hatten, waren davon betroffen. Was verloren diese Frauen alles? Und ihre Kinder?

Ich sehe in den Unterlagen, dass die Polizei Erkundigungen zum Leumund meiner Großeltern eingeholt und über ihre finanziellen Verhältnisse Buch geführt hatte. Ich lese von Betreibungen. Mir fällt wieder ein, was ich inzwischen im Buch von Silke Margherita Redolfi gelesen habe: dass die »Heiratsregel« auch dazu diente, missliebige Personen aus der Schweiz auszuweisen: »Halt machte dieses Vorgehen auch vor früheren Schweizerinnen nicht.« Selbst die Abschiebung von Kranken gehörte, so schreibt die Historikerin, »noch im Zweiten Weltkrieg zur Strategie der Vermeidung von Kosten«. Besonders schlimm traf die Ausbürgerung Schweizer Jüdinnen, die während des Kriegs im Ausland lebten. Die hiesigen Behörden retteten sie nicht vor der Verfolgung durch die Nazis.

Ich könnte die Geschichte hier beenden. Auch meine Mutter ist inzwischen tot. Aber wir leben in einer Zeit, in der grundrechtliche Errungenschaften wieder zu kippen drohen. Auch in diesem Land, das sich so gerne in seinen mythischen Heldengeschichten sonnt: in der widerständigen Freiheit eines schillerschen Tell – und im einenden Versprechen einer »humanitären Tradition«. Dieses Selbstverständnis wird von Generation zu Generation weitergegeben wie ein bedingungsloses Erbe. Das hat auch etwas Selbstgefälliges und macht vielleicht ein wenig stumpf gegenüber all jenen, die nicht dazu gehören dürfen, die man nicht teilhaben lässt.

Gerade als ich das umfangreiche Dokument wieder schließen will, fällt mir eine kleine Information auf. Als Geburtsort von Anna Josefina Maria Wiedemann, geborene von Rotz, lese ich: »Altdorf«. Meine Großmutter Anniette mag also als Kleinkind in jenem Schloss in Flüelen gehen und sprechen gelernt haben, dort geboren ist sie nicht. Ein Prinzessinnen-Märchen werde ich meinen Nachgeborenen also nicht erzählen können, wenn sie nach meiner Großmutter fragen – dafür eine wahre Geschichte.

Alex Capus

Gefährliche Klippen, sichere Häfen

Seltsam, wie ähnlich meine Großväter einander waren. Beide waren groß gewachsene und freundliche, aber schweigsame und in sich gekehrte Männer. Der eine rauchte Pfeife, der andere filterlose *Parisiennes carrées*. Beide trugen Anzug und Krawatte, ohne Hut gingen sie nicht aus dem Haus.

Mag sein, dass sie in ihrer Jugend anders und unterschiedlich gewesen waren; ich habe sie erst als alte Männer gekannt. Bei Tisch waren sie wortkarg, das Gespräch überließen sie den Frauen und Kindern. Als ich klein war, fand ich sie geheimnisvoll. Später neigte ich zu der Vermutung, dass ihre Schweigsamkeit weniger ein Zeichen von Tiefsinn war als vielmehr nur von Schweigsamkeit. Und Einsamkeit. Einsamkeit wohl vor allem.

Ihre Geburtsstätten liegen tausend Kilometer auseinander. Der eine ist 1900 in Guingamp in der Bretagne zur Welt gekommen, der andere 1899 in Seewen im Basler Hinterland. Soweit ich weiß, haben ihre Wege sich nur einmal für ein paar Stunden gekreuzt, anlässlich der Hochzeit meiner Eltern in Paris. Gestorben sind sie kurz nacheinander gegen Ende des zwanzigsten Jahrhunderts. Ihre Langlebigkeit verdanken sie vermutlich günstigen Genen, gewiss auch eigener Tüchtigkeit und nicht zuletzt der Fürsorge ihrer Frauen. Hinzu kam biografisches Glück – eine glückliche Synchronisation ihrer Lebensläufe mit der Weltgeschichte, könnte man sagen, ohne die es meine Eltern, mich und meine Geschwister nie gegeben hätte. Und unsere Kinder und Kindeskinder auch nicht.

Ein erstes Mal hatten meine zwei Großväter Glück, als der Erste Weltkrieg ausbrach. Da waren sie vierzehn und fünfzehn Jahre alt – der eine zu jung, um in Verdun durch den Fleischwolf gedreht zu werden, der andere noch nicht alt genug, um am Rhein Wache zu stehen. Wären sie nur zwei oder drei Jahre früher zur Welt gekommen, hätten vor allem die Nachfahren meines französischen Großvaters schlechte Chancen gehabt, das Licht der Welt zu erblicken.

Ein zweites Mal hatten sie Glück, als sie auf die zwanzig zugingen und die Spanische Grippe Millionen junge Männer das Leben kostete. Sie überlebten. Aus irgendeinem Grund hat das Virus ihnen nichts angetan und ihrer Fortpflanzung keinen Riegel geschoben.

Ein drittes Mal hatten sie Glück, als Inflation und Weltwirtschaftskrise Millionen in Armut, Hunger und Vereinzelung stürzten. Meine Großväter schafften es, Fuß zu fassen in ehrbaren, existenzsichernden Berufen. Der eine wurde Polizeichemiker in Paris, der andere Grundschullehrer in Büsserach. Sie heirateten, gründeten einen Hausstand und zeugten Kinder, von denen – noch mehr Glück – keines in jungen Jahren starb; Gelegenheiten für einen frühen Tod hätte es viele gegeben in jenen Jahrzehnten, in denen noch keine Antibiotika und erst wenige Impfungen existierten.

Mitte der Dreißigerjahre bezog der Vater meines Vaters eine geräumige Beamtenwohnung in der Rue des Ecoles, aus der er zeitlebens nicht mehr auszog, weil der staatlich festgelegte Mietzins über ein halbes Jahrhundert gleich blieb. Der Vater meiner Mutter baute mit dem Geld seines Schwiegervaters, der Gastwirt und Posthalter in Büsserach war, ein Haus außerhalb des Dorfs auf einem einsamen Hügel. Die Parzelle war riesig, das Land billig. Die Leute zeigten ihm den Vogel, dass er so weitab vom Schuss baute. Heute ist der Hügel übersät mit Einfamilienhäusern aus den Siebziger- und Achtzigerjahren.

Ein viertes Mal hatten meine Großväter Glück, als der Zweite Weltkrieg ausbrach. Da gingen sie auf die vierzig zu und waren schon zu alt, um noch durch den Fleischwolf gedreht zu werden. Die Beschaffung von Nahrungsmitteln während der Okkupation in Paris war mühselig, die Rationierung im Basler Hinterland auch. Man musste sich ducken und den Gürtel wirklich eng schnallen. Aber insgesamt, so scheint es, sind sie inmitten des namenlosen, weltumspannenden Grauens ganz ordentlich über die Runden gekommen.

Mein Großvater väterlicherseits hat einmal frühmorgens beim Gang zur Boulangerie Adolf Hitler gesehen, als dieser in seiner Mercedes-Limousine über den Boulevard Saint-Michel fuhr. Es muss am 23. Juni 1940 gewesen sein. Mein Großvater mütterlicherseits hatte einmal Werner Bergengruen zu Besuch.

Was nach dem Krieg noch kam, war für meine Großväter, glaube ich, ein vergleichsweise sorgenfreies Auslaufen. Das Wirtschaftswunder der Fünfzigerjahre sorgte für Vollbeschäftigung, gefüllte Ladenregale und volle Bäuche. Die Erinnerungen an die Schrecken des Krieges verblassten, man machte mindestens einmal jährlich Urlaub. Meine Schweizer Großeltern fuhren nach Rimini, die französischen nach Deauville.

Im Alltag gab es kaum noch lebensgefährliche Klippen zu umschiffen, meine Großväter waren nach Jahrzehnten gefährlicher Überfahrten in einen sicheren Hafen eingelaufen. Sie stritten sich mit ihren Frauen, gewiss. Die Zerwürfnisse müssen furchtbar gewesen sein. Aber noch schlimmer war es dann, als das Streiten ein Ende hatte und sie einander nur noch anschwiegen. Andrerseits nahm das Leben seinen geordneten Lauf. Die Kinder meiner Großväter wurden erwachsen und heirateten, bald wurden die ersten Enkel geboren. Alle paar Monate fand eine Taufe statt.

Und dann hielt die Welt noch die eine oder andere Aufregung bereit. Sputnik umkreiste piepsend die Erde, in Budapest rollten schon wieder die Panzer. Frankreich führte Krieg in Indochina und Algerien, in Paris trieben Leichen in der Seine. Die Schweiz kaufte Uran für eine eigene Atombombe. Es folgten Elvis Presley, der Pillenknick und Cassius Clay. Und ehe meine Großväter es sich versahen, wurden sie kurz nacheinander fünfundsechzig und gingen mit einer ganz anständigen Rente in Pension. In diese Zeit gehen meine frühesten Erinnerungen zurück.

Meine Großväter waren alt, als ich sie kennenlernte. Wer damals in Rente ging, war wirklich alt. Heute geht man nach der Pensionierung Gleitschirmfliegen oder beginnt ein Studium in Astrophysik, oder man eröffnet ein Bed and Breakfast in Thailand. Damals setzte man sich tatsächlich zur Ruhe. Man ging am Stock, trank altertümliche Liqueurs und saß gedankenverloren auf dem Sofa.

»Es ist eine schöne Sache, fünfundsechzig zu werden«, sagte dazu Peter Bichsel. »Dein Leben ist vorbei, aber du bist noch nicht tot.«

Mein Großvater väterlicherseits rauchte Pfeife. Ich habe das leise Plopp noch im Ohr, das er mit den Lippen machte, wenn er Rauch ausstieß, und ich sehe seinen schrundigen Daumen vor mir, mit dem er die Glut auf dem Tabak festdrückte.

Ich kann mich nicht erinnern, dass einer meiner Großväter jemals etwas erzählt hätte. Sie waren schweigsame Männer, wie gesagt. Aber beide hatten die Fähigkeit, mit uns Buben zu balgen. Mit den Mädchen balgten sie nicht, nur mit den Buben. Dazu legten sie sich in der guten Stube rücklings auf den Teppich und wehrten sich mit gespieltem Entsetzen ächzend gegen den Ansturm ihrer jauchzenden Enkel, bis wir alle heillos ineinander verkeilt waren und den Kampf schnaufend für beendet erklärten. Ich erinnere mich an die Kraft ihrer Muskeln, den sauren Duft ihrer Hemden, die vom Tabak gegerbten Hände und die weißen Bartstoppeln am faltigen Hals, die der Rasur entgangen waren.

Aber ansonsten befassten sich die Großväter nicht mit uns Welpen; höchstens, dass sie uns gelegentlich amüsierte Seitenblicke zuwarfen. Fürs Verwöhnen, für Zärtlichkeit und Fürsorge waren ihre Frauen zuständig. Immerhin waren sie verlässlich in ihrer freundlich-hölzernen Verschlossenheit; wir konnten uns darauf verlassen, dass sie einem zu Weihnachten, zu Ostern und zum Geburtstag mit verschämter Beiläufigkeit einen Schein zusteckten. Der Schein war immer gleich groß, bei jeder Gelegenheit und bei allen Beschenkten. Nur einmal ist es geschehen, dass mein Großvater mütterlicherseits bei der weihnächtlichen Geldverteilung murmelte, man möge ihm die profane Geste nachsehen; Männer seiner Generation hätten das Schenken nicht gelernt. Das war unerhört und außergewöhnlich, wir saßen da wie vom Donner gerührt. Großvater hatte für einen

Augenblick das Tor zu seiner Seele geöffnet. Er hatte Schwäche und Verletzlichkeit gezeigt und um Vergebung gebeten. Das ist, soweit ich weiß, nie wieder vorgekommen.

Der andere Großvater hat sein Tor stets fest verschlossen gehalten, nie hat er die Zugbrücke heruntergelassen. Rückblickend könnte man das bedauern. Welche Reichtümer hätten unsere Großväter uns schenken können aus den Schätzen ihrer Lebenszeit? Andrerseits: Vor welchen Irrtümern, Torheiten und Plattheiten haben sie uns verschont? Denn der Mensch akkumuliert ja nicht nur Weisheiten im Lauf eines langen Lebens. Und hat man als Enkel überhaupt Anspruch auf irgendetwas, und ist man umgekehrt als Großvater irgendetwas schuldig? Ist es nicht ausreichend, einfach da zu sein – nicht mal füreinander, sondern einfach zu sein? Unsere Großväter haben uns nicht mit Lederriemen verprügelt, ist das nicht schon mal gut? Sie haben uns nicht im Schweinestall eingesperrt, ist das nicht schön? Sie waren keine Tyrannen und keine Sektengurus, sie haben unsere weichen Kinderseelen in Frieden gelassen, ist das nicht ausreichend als Liebesbeweis? Und der nikotingelbe Schnurrbart und die Crêpes im Jardin du Luxembourg und die Ersatzreifen des Citroën DS, die wir den Hügel hinunterrollen und wieder hinaufstoßen, den Hügel hinunterrollen und wieder hinaufstoßen durften – ist das nicht alles, was ein Großvater seinen Enkeln bieten muss?

Hinter dem Elternhaus meiner Mutter stand eine Trauerweide. Wenn wir Großvater besuchten, stellte er meinen Bruder und mich an den Stamm und sägte mit seinem Fuchsschwanz über unseren Scheiteln eine Kerbe in die Rinde. Wir schossen in die Höhe, bei jedem Besuch kamen neue Kerben weiter oben hinzu.

Dann wurden wir Teenager, unser Wachstum verlangsamte sich. Nach Großvaters Beerdigung wurde sein Haus verkauft. Wir besuchten ein letztes Mal die Trauerweide und staunten. Die untersten Kerben waren vernarbt, die obersten und jüngsten aber befanden sich hoch über unseren Köpfen. Wir waren nicht mehr gewachsen, die Trauerweide hingegen schon.

Helmut Puff

Vom Nachleben

Ich bin ohne Großväter groß geworden. Sie verstarben beide, bevor ich geboren wurde. Im Unterschied zu meinem Großvater väterlicherseits hatte Alfred jedoch von Anfang an Wichtigkeit in meinem Leben. Wie funktioniert so ein Nachhall über die Generationen hinweg, wenn Großvater und Großkind einander nie begegnet sind?

In der kleinen Stadt in Süddeutschland, wo ich aufgewachsen bin, war Alfred eine stadtbekannte Persönlichkeit. Er stand ihr von 1946 bis zu seinem Tod als Bürgermeister vor. Wie meine Mutter erzählte, wollte er ein Wiederaufkommen des Nationalsozialismus verhindern und den Wiederaufbau der zerstörten Innenstadt voranbringen. Das hört sich nach einer Biografie aus dem historischen Bilderbuch der BRD an, aber im Grunde genommen besteht diese Geschichte aus nicht wesentlich mehr als einigen Erinnerungssplittern.

Was ich über meinen Großvater weiß, weiß ich von anderen. Meine Mutter erzählte beispielsweise, dass ihr Vater sich auf mich freute, als sie mit mir schwanger war. Er meinte, mein älterer Bruder brauche einen Kompagnon. Solche Geschichtchen gab es, wenn nicht zuhauf, so doch eine Menge.

Wenn ich später in unserer Kleinstadt Menschen begegnete, die den Vater meiner Mutter gekannt hatten, maßen mich diese

Leute bewusst oder unbewusst an meinem Großvater. Ihren musternden Blicken war anzumerken, dass es ihnen schwerfiel, in mir den Enkel eines Mannes zu sehen, den sie bewunderten. Als scheue Lese- und Musikratte enttäuschte ich ihre Hoffnung, Alfred ähnlich zu sein, einem Mann, der voll im städtischen Leben gestanden hatte. Diese Konfusion war prägend für mich.

Auch Dinge verbinden. Da die Bomben am Ende des Kriegs mit Ausnahme von zwei silbernen Servierlöffeln den gesamten Familienbesitz zusammen mit dem Altstadthaus meiner Großeltern vernichtet hatten, gab es herzlich wenig Erinnerungsstücke, und sie stammten durchweg aus den Nachkriegsjahren. So habe ich von der Schreibtischausstattung meines Großvaters eine wuchtige Mappe sowie ein Paar hölzerne Buchstützen mit geschnitzten Eulen geerbt. Meine Großmutter Martha brachte außerdem seine Bibliothek mit ins Haus meiner Eltern, wo sie nach dem Tod Alfreds einzog. Eine kunterbunte Mischung von Büchern reihte sich da Rücken an Rücken. Neben Hugo, Flaubert und Malraux standen Tolstoi, Pasternak und Scholochow. Hans Grimms *Volk ohne Raum* war aufs oberste Regalbrett verbannt. Für einen kleinen Kerl wie mich waren diese giftigen Bände unerreichbar. Die stattliche Bibliothek war für jemanden, der wie mein Großvater aus bescheidenen Verhältnissen kam und nur eine minimale Schulbildung erfahren hatte, beachtlich.

Als Kriegsgefangener im Ersten Weltkrieg war mein Großvater der Frankophilie verfallen. Und seine Liebe zu Sprache, Kultur und Lebensweise der westlichen Nachbarn dauerte zeitlebens an. Dass der Bruder meiner Großmutter schon vor Alfreds Eheschließung nach Paris ausgewandert war, gab seiner Liebe zu Martha sicher Auftrieb. Auch die Nachkriegspartnerschaft meiner Stadt mit einem burgundischen Pendant ging auf seine Kappe. In späteren Jahren führten ihn kulinarische Erkundungsfahrten regelmäßig ins Elsass. Für ein gutes Mittagessen *à la française* ist er schon mal viele Stunden gefahren. »Essen ist die Erotik des Alters«, hat er angeblich über diese Sonntagsausflüge gesagt. So jedenfalls rapportierte es meine Mutter, der aufwendige Leckereien und exquisite Essensfahrten zuwider waren. Auch ich fremdelte, als mir die einschlägigen Worte meines Großvaters serviert wurden.

Mein Großvater hat das Leben weidlich genossen. Man feierte viel und gern. Eine im Familienbesitz befindliche Zeichnung eines befreundeten Künstlers zeigt meinen Großvater und den Künstler selbst als Schaubudenfiguren, wie sie sich nach einem durchzechten Abend gegenseitig stützen. Dass das fröhlich-muntere Beisammensein schweren Zeiten abgetrotzt werden musste, hat diese Lebenslust nur gesteigert.

Als Alfred und Martha sich Anfang der Zwanzigerjahre ineinander verliebten, war das eine Liebe mit Hindernissen. Ehen zwischen Christen und Jüdinnen waren mit Schwierigkeiten verbunden. Im *frummen* Milieu der Landjuden wurde, auch wenn man nachbarlichen Umgang pflegte, eine solche Verbindung nicht gern gesehen. Als Martha ihren Alfred heiratete, brach ihre Familie für einige Zeit den Kontakt ab. Aber auch auf der anderen Seite gab es Spannungen. Alfreds Bruder behandelte seine Schwägerin mies, weil sie eine Jüdin war.

Meiner Mutter zufolge hat mein Großvater in einer der letzten freien Wahlen vor der Machtergreifung die NSDAP gewählt, was meine Großmutter später nie wahrhaben wollte. Wenn es stimmt, offenbart das eine Ahnungslosigkeit, die wir uns heute nur schwer vorstellen können und an die zu erinnern deshalb wichtig ist.

Bevor sich mein Großvater als Bürgermeister einen Namen gemacht hat, arbeitete er als Kassier. In den Dreißigerjahren war er in einer nahen Großstadt in der Filiale einer bedeutenden Bank angestellt. Als 1935 die Nürnberger Gesetze in Kraft traten, wurde er, der als Protestant mit einer Jüdin verheiratet war, aus dem Publikumsverkehr gezogen und an einen Schreibtisch in die Innereien der Bank versetzt. Als sich herausstellte, dass sein Nachfolger mit der Aufgabe, den Bargeldverkehr abzuwickeln, überfordert war, wurde Alfred an seinen vorherigen Posten zurückgeschickt. Was nicht restituiert wurde, war sein Gehalt. Die Leitung des Hauses hatte dieses um die Hälfte gekürzt, obwohl das die Nürnberger Gesetze eigentlich nicht vorschrieben.

Alfred muss erheblichen Druck erfahren haben, sich von seiner Frau scheiden zu lassen. Doch als Patriarch und Ehemann stand er zu ihr. Meine Großmutter hätte ansonsten kaum überlebt. Unverbrüchlich hielt er auch zu seinen Kindern. Um sie zu schützen, ließen meine Großeltern ihre zwei Kinder taufen. Die Hoffnung, das mache einen Unterschied, lässt erahnen, wie unvorbereitet die beiden auf alles waren, was auf sie zukam: Ausgrenzung, Repressalien ohne Ende, Angst. Und das war erst der Anfang.

Alfred, der zu Beginn des Zweiten Weltkriegs eingezogen wurde, sprach im vertrauten Kreis über deutsche Kriegsverbrechen. So hat es meine Mutter mir berichtet. Nach dem Überfall auf Polen wurden Männer wie er, die mit Jüdinnen verheiratet waren, ausgemustert. Als meine Mutter auf Betreiben nazistischer Mitschülerinnen aus ihrer Schule vertrieben wurde, protestierte mein Großvater beim Schulleiter. Angeblich empfahl er ihm lautstark eine Karriere als Straßenkehrer, wenn er nicht in der Lage sei, eine Mädchenklasse unter seine Fittiche zu bringen. Man kannte sich. Man sprach dieselbe Sprache. Aber das reichte nicht mehr.

Meine Mutter wechselte in ein weiter entferntes Gymnasium, bis die nationalsozialistische Regierung sogenannten jüdischen Mischlingen den Besuch einer höheren Schule gänzlich verbot.

Sicher hat meine Mutter die Geschichten über meinen Großvater zugespitzt. Was sie mir auftischte, waren Botschaften. Sie waren als Proviant für magere, schwierige oder verzweifelte Jahre gedacht. Es waren Geschichten von einem, der auszog, seine Familie zu schützen, so wie es eben ging, während andere dazu aus Furcht oder Verblendung nicht willens waren. Es waren Geschichten vom aufrechten Gang, während andere den Bückling machten; Geschichten von einem Mann, der nicht davor zurückschreckte, seine Meinung zu sagen, allen Gefahren und Risiken zum Trotz.

Es mag Gründe gegeben haben, warum in bestimmten Situationen bestimmte Geschichten erzählt wurden. Andere Male schien es so, als ob sich die Erzählungen ohne erkennbaren Anlass Bahn brachen. Sie alle sollten, so viel war klar, in Erinnerung bleiben. Diese Geschichten handeln vom Überleben; sie mussten deswegen erzählend am Leben erhalten werden. Nur so konnten sie in einer nächsten Generation, falls nötig, abgerufen werden. Dass man sie brauchte, stand außer Frage.

Ich sehe meinem Großpapa nicht ähnlich. Als meiner Mutter jedoch das erinnerte Leben abhandenkam, verkörperte ich diesen Mann gelegentlich für sie. In der Endphase ihrer Demenz schusterte sie sich aus Versatzstücken ein Leben zusammen. Dass ich zu ihr gehörte, stand für sie fest. Nur wie wir einander verbunden waren, da war sie sich nicht wirklich sicher. So konnte es passieren, dass sie in mir, wenn ich bei ihr zu Besuch war, einmal einen ihrer Söhne, im nächsten Augenblick ihren Mann und manchmal sogar ihren Vater sah. Diese Momente waren so flüchtig, dass ich mich in die mir zugeschanzten Rollen nicht einfügen konnte.

Ein wohlgeordnetes Erzählganzes habe ich nicht zu bieten. Dass mein Großvater in mir lebt, würde ich nicht behaupten. Erinnerungssplitter aus seinem Leben sind dennoch Teil von mir. Sie sind Vorwurf, Ansporn und Aufgabe. Die Zweigenerationenzeit reicht nicht aus, die von diesen Splittern eingeritzten Markierungen zum Verschwinden zu bringen.

Wie jüngere Ereignisse bezeugen, vergeht die Vergangenheit, um die es geht, sowieso nicht. In dem kleinen Ort, wo eine Straße nach Alfred benannt ist, wogt neuerdings ein heftiger Streit über diejenigen Straßennamen, die, wie man jetzt weiß, lokale Nazis ehren. Um eine Umwidmung zu verhindern, berufen sich Gegner der Namensänderungen auf meinen Großvater. Er gilt einigen von ihnen als Gewährsmann, dass das, was in der NS-Zeit passiert ist, von einem unbescholtenen Mann wie ihm vergeben werden konnte. Als Vertreter der Stadt habe er nach 1945, so wird argumentiert, nichts gegen die Benennung der Straßen einzuwenden gehabt und sogar einen der ehemaligen Nazis zu verschiedenen Gelegenheiten geehrt.

Vorstellungen von Umkehr und Aussöhnung haben die Geschichte Nachkriegsdeutschlands wie Wiedergänger begleitet. Vergessen oder gar Vergeben stand für meinen Großvater nicht auf der Tagesordnung. Vergebung für was? Vergebung bei welcher Gelegenheit? Wer war mein Großvater schon, dass er hätte vergeben können?

Hanspeter Müller-Drossaart

für immer

mein Großvater wusste
nichts von mir wir kannten
uns nicht keine Erfahrungen
in mir nur sehnende Fragen
ein Phantomschmerz im
Hirn des Nachgeborenen
selber schon potenzieller
Großvater auf der Suche
nach seinem eigenen
möchte ihm sagen dass
er mir fehlt obwohl wir
uns gar nie hatten

gemeinsames Kramen in
flüchtigen Erinnerungen
mit der älteren Cousine
sie schüttelt den Kopf
graue Strähnen dunstig
umwölkt vom gesegneten
Kaffee er soll mit Droschken
Fremde vom Dampfschiff

hinaufkutschiert haben
ins Kurhotel auf dem Berg
mehr wisse man nicht

und immer wieder warum
hat man nicht früher nach
ihm gefragt vielleicht weil
sein Sohn unser Vater sein
dreizehntes Kind einmal
mehr verstummt wäre
verschämt lächelnd und
hilflos gegenüber der
Forderung ein kraftvoller
Vater sein zu müssen und
doch den eigenen mit zehn
Jahren an den Tod verloren
zu haben und so nie gelernt
wie das Vatersein geht

das Vorwärtsleben duldete
keine Fragen ins Gestern
das Laufgitter der Altvordern
mit sich schleppen war keine
Option und jetzt endlich doch
das zögerliche Tasten nach der
Rückbindung nach der Quelle
des eigenen Seins wenn man es
könnte die Uhr zurückdrehen
zurückreisen dahin wo man nie
war nie gewesen sein konnte

bleibt mir nur die Erfindung
und hat sie auch eine Wahrheit

eine Geschichte von weit her
vom nebelverschleierten Wald
ob dem See am sanften Hang
am erstarrten Ausläufer der Mure
der Ribi wie sie hier sagen wo
die verheerende Flut in heftigen
Sommergewittern regelmäßig
wiederkehrend gnadenlos
bewirtschaftetes Land versaart
nicht selten Brücken und Behausungen
von Mensch und Tier mit sich reißt
jetzt aber hinterhältig tröpfelnd
nur als geringes Rinnsal durch die
weiß gescheuerten Schädel der
Bollensteine schleicht ein sanftes
Schlänglein sozusagen im zu Tal
geworfenen Beinhausteppich und
scheinbar argwöhnisch beäugt von
mitgeschwemmten Wurzelgestalten
dringt mählich ein seltsames Klopfen
auf die andere Seite des Sees wo
gerade ein Fremder nach üppigem
Frühstück aus der Gaststube des
Zollhauses tretend eigentlich seine
Weiterreise über den Brünigpass
antreten will jetzt aber neugierig
lauschend innehält

plotz   plotz   plotz   plotz   plotz   plotz

in neumodischem Paletot und Zylinder
wird der vornehme Herr noch heute am
späteren Nachmittag in Interlaken den
Unternehmer Eduard Ruchti treffen dessen
gerade neu errichtetes Hotel Victoria mit
Blick auf die drei berühmten Gipfel des
Berner Oberlandes bald richtungsweisend
für die lokale gehobene Gastkultur der
Belle Epoque werden wird

plotz   plotz   plotz   plotz   plotz   plotz

in seiner lückenhaften Regelmäßigkeit weder
an das Schnabel-Trommeln von Grünspechten
noch an den dumpfen winterlichen Holzschlag
der Bauern erinnernd irritiert das klopfende
wie aus urtümlichen Zeiten herbeigewehte
Geräusch den fremden Gast dergestalt dass er
die Weiterreise unterbrechend den wortkargen
Mietkutscher anhält mithilfe eines zusätzlichen
Fünffrankenstückes ihn mit seinem Einspänner
zur Quelle dieser magischen Klänge zu führen

trotz dem lauten Knirschen der eisernen Reifen
auf dem groben Schotter des Karrwegs wird im
Näherkommen das klopfende Geräusch immer
mächtiger und eindringlicher schließlich zügelt
vor einem länglichen Holzgebäude der behäbige

Kutscher mit einem gebrummelten »Schlegelsäge«
seine Fleck-Stute hängt ihr einen halbvollen
Habersack um und gönnt sich selber aus einer
Horndose abseits stehend einen gehörigen Schnupf

plotz plotz plotz plotz plotz plotz

Minute für Minute
sechsundreißig Mal
im fortschreitenden
Fraß ein schneidendes
Uhrwerk das eiserne
Gebiss metallener
Zähne gräbt sich voran
durch den hölzernen
Stamm unaufhörlich
solange das Rad sich
dreht oberschlächtig
vom Wasser gejagt
vorwärts gedrängt

plotz plotz plotz plotz plotz plotz

seit hundert Jahren steht sie hier
am Wissibach vermutlich in noch
früheren Zeiten im Schwarzwald
gebaut und zerlegt in Einzelteilen
da ins Obwaldnerische gebracht
um den einfachen Leuten den
Haus- und Stallbau zu erleichtern

das Wasserrad dreht sich und die zwei
gegenüberstehenden Nocken an seinem
Wellbaum der eichernen Achse lupfen
nacheinander das Gatter mit dem eisernen
Sägeblatt das jeweils fallenderweise sich
vorwärtsnagt durch den im Sägewagen
eingespannten Stamm

plotz plotz plotz plotz plotz plotz

könnte es denn sein dass diese Säge auch
die Bretter der Elternkammer im kleinen
Bauerngut am Sarner Ramersberg gesägt
hatte wo am Mittwoch den 23. September
1868 aus der schützenden inneren Wiege
seiner Mutter gezwungen Josef Gottlieb
das schmerzlich blendende sogenannte
Licht der Welt erblickte wir wissen es
nicht aber er lebte Gott sei Dank

eine andere Geschichte später dann abseits
der beißenden Ausdünstungen des täglich
sich in kleinen Lachen auf dem gedeckten
Hofplatz der Schmitte sammelnden Pferde-
Urins hinter dem Kohlenverschlag und somit
geschützt vor dem alleweil schimpfenden
pfriemspuckenden Rossbeschläger Zelger
treffen sich zwei Buben und tauschen
untereinander Heiligenhelgäli und Leidbildli
eine spielerische Handelskultur die seit der

populären Verbreitung der Fotografie wohl
viele Kinder in katholischen Gefilden erfreute

der eine Knabe Giorgio Beltrami erst kürzlich
aus familiärer Not von Göschenen am Gotthard
hierher ins Obwaldnerische geraten mit rundlicher
Gestalt und sonnigem Gemüt wurde als fremder
Eindringling von den hiesigen Schulkameraden
dem italienischen Kauderwelsch wenig zugetan
bald der Einfachheit halber auf seine Herkunft
beschränkt und folglich zum Göschener Schorschi
der andere märzentupfige und reetschhaarige
Stups-Nasling vierter Spross von Müller Sebaschtian
vom Berg von Bergbaschi als Josef Gottlieb
getauft war also Bergbaschis Seppli

während Schmiedemeister Zelger mit nachhaltigem
Groll gegenüber Landweibel Berchtolds Dragonergaul
der ihm am letztjährigen Landsgemeinde-Samstag
mit einem hinterhältigen Huftritt das rechte Auge
ausgeschlagen hatte sodass Zelger fortan sein Mittun
im Schützenverein trotz des gläsernen Ersatzes auf
das einäugige Zuschauen beschränken musste während
Zelger nun über die Straße in die Gaststube der Linde
hinaufsteigt um wohlverdient sein Faustbrot mit Most zu
genießen kauern Seppli und Schorschi in ihrem Versteck
am Boden und präsentieren sich gegenseitig ihre
hosensackwarmen Bilderschätze da der Schweine-Toni
St. Antonius da der geröstete St. Lorenz hier der Blasi
der auferweckte Lazarus und der Papst der nie stirbt

am Ende der Bubenzeit Kutscher werden Könige auf dem Bock das war der Traum der beiden Seelenbrüder wie der wilde Achermann aus Beckenried in dunkler Drillich-Pelerine und schwarzem Schlapphut unter dessen Krempe hervor sein stechender Blick über die Stuten in die Umgebung schweifte Achermann soll sogar so ging das Gerücht in den Taschen seines Kutschermantels nebst dem obligaten Gutterli Gix stets eine geladene Pistole mit sich tragen noch aus der Franzosenzeit um damit allenfalls jedem Banditen das Hirn aus dem Dummschädel zu blasen und wenn der wilde Achermann am späten Morgen noch vor dem Elf-Uhr-Läuten seinen Fünfspänner übelst fluchend den Kernser Stutz hinunter Sarnen zu peitschte war die Straße jeweils gespenstisch leer nicht einmal das Kalb in der leventinischen Tremola auf Rudolf Kollers Gemälde »Die Gotthardpost« hätte es je gewagt vor Achermanns Teufels-Karosse zu straucheln was soll uns Einmaleins und Alphabet das Leben ist unsere Schule hoch oben auf dem Bock so beschworen die beiden Buben ihre heroische Zukunft

ja sie wurden Kutscher sie fuhren alles Landauer Bregg Dogcast Berline Victoria und Junkerwagen

Sepp und die Liebe auf welchen amourösen Pfaden wanderte wohl Josef Gottlieb dieser ländliche Amadeus unter welcher Jungfer-Kammer zwitscherte er als nächtliches Käuzchen in froher Erwartung auf ein Gläschen süßen Rosooli und andere Sinnlichkeiten

so war es eben nicht und so war er eben nicht schon
als Jüngling gewohnt beim Anblick von kunstvoll
bezopften Mädchen in himbeeriger Schamröte zu
erglühen hatte er sich gestützt und ermahnt von der
damals üblichen kirchlichen Moral hartnäckig von
diesen buntrockigen Zauberwesen ferngehalten bis …

mittlerweile fest angestellter Kutscher im Kurhotel
Nünalphorn hatte Sepp gerade mit dem sechsplätzigen
Landauer eine Gruppe euphorisierter Engländer vom
verspäteten Abendzug ringsum war bereits das Angelus-
Läuten zu hören von der Station Kägiswil abgeholt
und via hohe Brücke »Oh, what a nice bridge« »Oh,
what a dangerous deep Canyon« zum Hotel gefahren
und war nun dabei die Pferde auszuschirren als über
ihm durch die offenen Fenster des Speisesaals ein
himmlischer Gesang in den Mai-Abend schwebte …

Sepp musste sich setzen seine Hände zitterten sein
Atem flatterte sein innerer Gefühls-Harnisch der ihn
so lange behütet hatte zersplitterte in Sekunden er
konnte nicht aufhören zu lauschen es war die Saal-
tochter Marie Sigrist die sich da soeben ahnungslos
ins Herz des Hotelkutschers gesungen hatte

stehet mir bei im letzten Todeskampfe Jesus Maria
und Joseph möge meine Seele mit Euch in Frieden
scheiden 28. Januar 1923 ließ Maria Müller-Sigrist
ihrem Josef dem sie dreizehn Kinder geboren hatte auf das
Leidhelgäli drucken Großvaters Trauerbild oben im

dunkeln Sonntagsanzug geschniegelt krawattiert mit
buschigem Schnauzbart der das Reden bremste in all
den Jahren Unsägliches verbarg für immer nachdenklich
in die Weite sinnend Bergbaschi-Sepp und unten das
Kirchengeschäft der Ablass-Handel mit dem Jenseits

wer warst Du
wie warst Du
was trage ich von Dir in mir
wie habt Ihr gelebt Du und Großmutter
wie war sie

Ich stell es mir vor Du hebst mich neben Dich
auf den Bock legst mir eine streng riechende
Pferdedecke um die Schultern und wir reisen
zusammen mit Ross und Wagen hü Myli hü
Stella hinaus in die weite Welt Du sagst kein
Wort ich sag kein Wort wir schweigen unter
uns das laute Knirschen der eisenbereiften
Räder auf dem Schotter des Karrwegs und ich
denke das ist er jetzt mein Großvater ich stell
es mir vor

Fragen hätte ich noch …

Josef Gottlieb Müller (1868–1923), Fuhrmann in den Innerschweizer Bergen

Christa Prameshuber

Die Krücken meines Großvaters

Meine früheste Erinnerung an meinen Großvater Karl ist das unregelmäßige Klopfen seiner Krücken. Mühsam versuchte er, auf den hölzernen Achselkrücken das Gleichgewicht zu halten. Immer wieder legte er kurze Pausen ein, um Kraft zu schöpfen. Obschon er seine Prothese mehrfach anpassen ließ, saß sie nie richtig. Er stülpte sie nur über, wenn er das Haus verließ. Ansonsten lehnte der Beinersatz in einer dunklen Ecke, als wolle Karl ihn aus seinem Blickfeld verbannen. An warmen Sommertagen, wenn er kurze Hosen trug, entblößte sich oberhalb des Knies sein vernarbter Stumpf. Jedes Mal, wenn er ihn vor Schmerz hin- und herbewegte, fühlte ich mich unendlich hilflos. Trotz seiner Erklärungen über Phantomschmerzen blieb mir das Phänomen unverständlich. »Warum schmerzt ein Bein, das gar nicht mehr da ist?«, fragte ich immerzu.

Karl wurde 1900 als uneheliches Kind in eine von Beginn an gefühlsarme Beziehung geboren. Sein Vater war einige Jahre zuvor, in der Hoffnung auf Arbeit, zu Fuß aus Tschechien nach Oberösterreich gewandert. In Linz hatte er rasch eine Stelle bei einem Friseur und ebenso schnell eine Gefährtin gefunden, die Schneiderin Elisabeth. Als sie ein Jahr später erneut schwanger wurde, entschlossen sie sich zu einer Vernunftehe. Kurz nach Karls Geburt kam Antonia zur Welt, meine geliebte Großtante Toni.

Mein Großvater meldete sich 1915, wie Hunderttausende euphorische junge Schüler, freiwillig an die Front, um dem Kaiser zu dienen. Die anfänglichen Gesänge und Blumensträuße wurden bald durch Geschosse und Artilleriefeuer abgelöst. Karl geriet mit der kaiserlichen Armee in das von österreichischen und italienischen Soldaten heiß umkämpfte Gebiet um Caporetto im heutigen Slowenien. Bei der zwölften und letzten Isonzoschlacht im Oktober 1917 durchbohrten Granatsplitter seinen rechten Unterschenkel. Eine Verletzung, die zwanzig Jahre und zahlreiche Operationen später zur Amputation führte. Wie viele Versehrte des Ersten Weltkriegs erhielt er für sein verlorenes Bein eine bronzene Verwundetenmedaille sowie zusätzlich einen Posten bei der österreichischen Bundesbahn.

Während ihr Bruder an der Front für den Kaiser kämpfte, sah sich die hochbegabte Antonia gezwungen, die Schule zu verlassen, um für ihren Lebensunterhalt zu sorgen, und als Karl 1917 mit dem Verwundetentransport nach Linz zurückkehrte, kümmerte sie sich auch um ihn. Sie hatte keine andere Wahl, da die Mutter an Lungentuberkulose gestorben war und der Vater nach einer erneuten Heirat seine Kinder ihrem Schicksal überließ.

Während seiner Rekonvaleszenz fand mein Großvater eine Art Frieden in der Musik. In den Kriegsjahren hatte er viele Lieder gesungen und auch ausgezeichnet pfeifen gelernt. So trat er nach seiner Genesung einem Gesangsverein bei – wo er Gretl traf. Wie ein Engel habe sie das »Ave-Maria« gesungen, beschrieb er später ihre Sopranstimme. Gretl arbeitete im Spielwarengeschäft ihrer Eltern. Pflichtbewusst nahm sie diese Rolle an, auch wenn sie heimlich von einer Künstlerinnenkarriere träumte. 1925 schlossen Karl und Gretl, meine Großeltern, den Bund fürs Leben.

Zwei Jahre später kam ihr erstes Kind, Heinz, auf die Welt, und nur fünf Monate nach der Geburt erwartete Gretl bereits ihr zweites Kind. Sie fühlte sich überfordert und gab Karl die Schuld daran. Das gemeinsame Singen, einst ein Symbol ihrer Verbundenheit, verstummte nach und nach.

Meine Mutter Eva wurde vierzehn Monate nach Heinz geboren. Sie blieb ihr Leben lang im Haus ihrer Eltern. Später wohnten wir alle – meine Eltern, meine beiden Schwestern und ich – in diesem Haus. Es gab zwei geräumige Wohnungen im ersten Stock, die Küche teilten wir uns und lebten wie eine Großfamilie. Die gemeinsame Bauernstube war der bevorzugte Rückzugsort meines Großvaters. Dort verstaute er seine persönlichen Habseligkeiten in einem alten Aktenschrank: Postkarten, Briefe, Tarockkarten, Fotos von uns Enkelkindern, Bürobedarf und seine Virginia-Zigarren, die schlanken und langen, die er nostalgisch Kaiserliche nannte. In einer Schublade lagen außerdem Matchbox-Autos in original gelben Schachteln. Sie stammten noch aus dem Spielwarengeschäft, das Karl und Gretl von 1945 bis zum Verkauf des Ladens 1972 gemeinsam führten. Mein Großvater saß an der Kassa, direkt neben dem Regal mit den kleinen Autos. Ich beobachtete oft, wie er Kindern mit einem Augenzwinkern eines davon schenkte. Er, der im Geschäft nur wenig Einfluss hatte, verbot entschieden den Verkauf von Spielzeugwaffen.

Mein Großvater tätschelte mich oft liebevoll und spielte mit mir Karten, während meine Großmutter meist gereizt umherlief. Ihren Umarmungen wich ich aus, denn sie fühlten sich an wie von einer Spukgestalt in der Geisterbahn. Sobald sie den Raum betrat, tauschten mein Großvater und ich vielsagende Blicke und wechselten das Thema, als ob zwischen uns ein stilles, unausgesprochenes Einverständnis bestünde. Seine »alten Kriegsgeschichten«, die er nur mir anvertraute, waren nicht für ihre Ohren bestimmt. Sie wusste nichts von den vergilbten Zeitungsartikeln, die er mir heimlich gab, um meine unzähligen Fragen zu beantworten. Hin und wieder nahm er mich auch ins Kino mit; wir sahen *Das Urteil von Nürnberg* und zweimal *Der Garten der Finzi Contini*. Er streichelte meinen Kopf, als ich dabei weinte.

Im Frühling und Sommer humpelte Karl die steinernen Stufen in unseren Garten hinab. Dort befand sich ein mit Erde gefüllter runder Brunnen. Mein Großvater erzählte mir, dass er nach seiner Amputation im Jahr 1937 hier seine zerfetzte Uniform aus dem Ersten Weltkrieg, unbrauchbar gewordene Handgranaten und sein Essbesteck aus Kriegstagen verscharrt habe. Über diesem ungewöhnlichen Grab wuchsen im Frühjahr schwarze Tulpen, die er selbst gepflanzt hatte. Nur seinen feldgrauen Waffenrock bewahrte er auf, um ihn alljährlich am 18. August, zu Kaisers Geburtstag, zusammen mit seiner Verwundetenmedaille zu tragen. Diese Rituale und Erzählungen schufen eine tiefe Verbindung zwischen uns, eine Brücke zwischen Vergangenheit und Gegenwart, die ich nie vergessen werde.

In der Zeit zwischen den Weltkriegen hatten Karl und Gretl ihre gesamten Ersparnisse verloren, das Linzer Spielwarengeschäft stand kurz vor dem Ruin. Auf der Straße wurden die Rufe nach »besseren Zeiten« immer lauter. Meiner Großmutter gefielen die eleganten Uniformierten, die bald die Stadt bevölkerten. Ihr Pflichtgefühl verleitete sie zu der Annahme, sie müsse dem neuen Regime dienen. Sie wollte an einen Wirtschaftsaufschwung und den paternalistischen Schutz des »Führers« glauben.

Karl hingegen verfolgte die politische Entwicklung mit zunehmendem Unbehagen. Besonders um seine Schwester Antonia machte er sich Sorgen, deren Mut, ihre Meinung frei zu äußern, er zutiefst bewunderte. Sie hatte es entschieden abgelehnt, an den Massenkundgebungen für Adolf Hitler auf dem Linzer Hauptplatz teilzunehmen, was sie in den Augen der Behörden verdächtig machte. Antonia bezeichnete Hitler öffentlich mehrmals als Wedl, ein abfälliges oberösterreichisches Schimpfwort. Irgendjemand aus dem Transportunternehmen, bei dem sie beschäftigt war, muss sie denunziert haben, denn 1942 wurde sie zweimal von der Gestapo festgenommen. Unter Berufung auf das 1938 in Österreich in Kraft getretene »Heimtückegesetz«, das jede Form von Kritik am Deutschen Reich und an der Reichsregierung unter schwere Strafe stellte, wurde Antonia verurteilt und musste für mehrere Wochen ins Gefängnis. Wundersamerweise wurde sie später wieder entlassen – mein Großvater hegte den Verdacht, dass eine einflussreiche Person sich für sie eingesetzt hatte. Es wurde auch gemunkelt, dass Toni Menschen, die in die Schweiz fliehen wollten, in den Lastwagen des Transportunternehmens über die Grenze schmuggeln half.

Mein Großvater wurde im Krieg aufgrund seiner Invalidität im Linzer Milchhof eingesetzt und war dort für die Verteilung von Milch verantwortlich. Er versorgte alle, einschließlich »Kommunisten und Juden«, was meine Großmutter scharf kritisierte. Wegen Tonis als verdächtig eingestufter Aktivitäten geriet auch Karl wiederholt ins Visier der SS, die ihn an seinem Arbeitsplatz regelmäßig überwachte. Als Kind lernte ich rasch, dass gewisse Themen zu Hause unerwünscht waren. Eine plötzliche Stille, ein eisiger Hauch erfüllte den Raum, wenn ich etwas über den Krieg wissen wollte.

Auf unseren kurzen Spaziergängen begegneten mein Großvater und ich oft unserem Nachbarn Herrn Lidauer. Er grüßte stets respektvoll, indem er wortlos seinen Hut hob. Der schweigsame Mann, der niemandem in die Augen sah, jagte mir Angst ein. Mit finsterer Miene führte er seinen Hund Gassi, der den ungewöhnlichen Namen Herr Seizinger trug. Mit hasserfülltem Ton kommandierte er den kleinen Dackel herum: »Sitz!«, »Scheiß nicht immer auf die Straße!«, »Platz!«. Mir tat das arme Tier leid. Ich fragte meinen Großvater, warum der Dackel Seizinger heiße. Er erzählte mir, dass Herr Lidauer vor dem Krieg ein ganz anderer Mensch gewesen sei. Sie hätten oft zusammen Karten gespielt. Doch 1943 denunzierte ihn ein gewisser Herr Seizinger und unser Nachbar wurde bis Kriegsende im Konzentrationslager Mauthausen inhaftiert. Nach seiner Rückkehr war Herr Lidauer nicht mehr derselbe. Er schikanierte zwar lautstark seinen Hund, schien aber sonst die Fähigkeit zu sprechen verloren zu haben.

Das größte Tabu in unserer Familie war, in Anwesenheit meiner Großmutter über den Tod von Onkel Heinz zu sprechen. Hitlers Kriegsmaschinerie verschlang unaufhörlich junge Männer, und ihre Reihen mussten wieder gefüllt werden. Heinz, der mit seinem Akkordeon bezaubern konnte und ein ausgezeichneter Schüler war, empfand tiefe Furcht, ja Abscheu vor den militärischen Stechschritten. Gerade siebzehn Jahre alt geworden, erhielt er Ende 1944 den Einberufungsbefehl. Panisch suchte er Schutz bei Tante Toni und flehte sie an, ihn zu verstecken. Ohne zu zögern, zeigte sie auf den alten Eichenschrank: »Dahinter ist eine kleine Geheimtür mit einer abnehmbaren Rückwand – da findet dich keiner.«

Zwei Tage später polterte meine Großmutter so heftig an Tonis Tür, dass sie öffnen musste. »Wo ist er?«, schrie sie, durchquerte in Eilschritten das Zimmer und steuerte schnurstracks auf den Eichenschrank zu. Da klopfte es zögerlich im Inneren des Schranks. »Ich weiß, dass er hier ist. Hol ihn sofort heraus«, zischte sie, während das kleine silberne Hakenkreuz an ihrer Brosche aufblitzte. Antonia nahm den Schlüssel aus dem Nähkästchen und öffnete langsam. Heinz kam mit weit aufgerissenen Augen heraus und leistete keinen Widerstand.

Am 30. März 1945, wenige Wochen vor Kriegsende, fiel er in einer Schlacht im Burgenland, »in diesem schicksalhaften Kampf um den Bestand unseres Vaterlandes«, wie es in der offiziellen Benachrichtigung hieß. Antonia fühlte sich hin- und hergerissen zwischen überwältigender Trauer und rasender Wut auf ihre Schwägerin, die obrigkeitshörig dieses sinnlose Himmelfahrtskommando unterstützt hatte.

Kurz nach Kriegsende wagte Toni eine riskante Reise ins Burgenland. Durch Bestechung mehrerer Beamter gelang es ihr, die sterblichen Überreste ihres Neffen aufzuspüren und nach Linz zu überführen. Dann schickte sie eine braune Karte mit den knappen Worten »Du hast deinen einzigen Sohn auf dem Gewissen« an meine Großmutter. Indem Toni die Nachricht mit der Maschine tippte, gab sie der Anklage einen fast offiziellen Anstrich, was meine Großmutter ihr nie verzieh. Ab diesem Zeitpunkt sprachen die beiden Schwägerinnen kein Wort mehr miteinander.

Jedes Jahr an Heinz' Todestag trug meine Großmutter Schwarz. Ihre Augen waren rot und geschwollen, sie blickten teilnahmslos ins Leere. Ich spürte, dass sie einen Kampf mit ihren Schuldgefühlen ausfocht.

1945 wurde Oberösterreich für zehn Jahre durch die Besatzungsmächte aufgeteilt: Der Norden unterstand der russischen, der Süden der amerikanischen Kontrolle. Das geräumige Haus meiner Großeltern wurde von zwanzig russischen Soldaten besetzt, die Familie in zwei kleine Zimmer gepfercht. Da die Donau als Demarkationslinie fungierte, erfuhr auch Linz eine Aufteilung in zwei Sektoren. Meine Großeltern waren gezwungen, sich bei jedem Übergang in die amerikanische Zone, den Standort des Spielwarengeschäfts, einem entwürdigenden Entlausungsprozess zu unterziehen. Dabei wurde allen Personen mit einer überdimensionalen Pumpe das Insektizid DDT auf den Rücken gesprüht.

Mein Großvater und Tante Toni waren die Einzigen, die bereit waren, meine Fragen zum Krieg zu beantworten. Ihre erschütternden Geschichten verfolgten mich bis in meine Träume. »Alles, was ich mir wünsche, ist, dass ihr Kinder nicht durchmachen müsst, was wir erlebt haben«, sagte mein Großvater immer öfter, je älter er wurde. Als er am Tag meiner Matura mit neunundsiebzig Jahren einen Schlaganfall erlitt und kaum noch sprechen konnte, suchten ihn die alten Dämonen heim. Unter dem Einfluss der Medikamente schrie er verzweifelt: »Ihr vermaledeiten Krücken!« Es waren die Schreie des malträtierten jungen Soldaten, der immer noch im langsam dahinscheidenden Körper meines Großvaters verborgen war. Er starb am 18. August, an Kaisers Geburtstag.

Daniela Engist

Die schwarze Braut

Es ist Sonntag. Am Tisch sitzen drei Mütter und drei Töchter: Uroma Marie, Oma Else, meine Mama Ingrid und ich. Frauenstammbaum, direkte Linie. Jede Mutter will für ihre Tochter nur das Beste.

Oma Else, die wir zur Unterscheidung von der Großmutter väterlicherseits auch nach ihrem Wohnort »Oma Sielmingen« nannten, sitzt mir gegenüber. Ihre streng aus der Stirn gekämmten Haare, die am Hinterkopf in einem Knoten verschwinden, entblößen ihr flächiges Gesicht, das keine Regung zeigt. Ihr Blick geht schräg nach unten auf die weiße Tischdecke, auf irgendeine Stelle zwischen dem leer gegessenen Teller und der Servierplatte mit Goldrand, auf der noch eine Scheibe Schweinebraten liegt. Oma Else ist eine große, kräftige Frau. Sie kann drei Ferkel auf einmal in einem Weidenkorb tragen und Holz hacken. Hinter Else an der Wand lächelt meine Mutter Ingrid in die Kamera, auf dem Foto ist sie vielleicht zehn Jahre alt, so wie ich jetzt, sie trägt einen Seitenscheitel und ein weißes Schleifchen im Haar. Die Ingrid, die links von mir am Tischende sitzt, lächelt nicht. Sie hat zwei steile Falten zwischen den Augenbrauen.

Rechts neben mir sitzt Uroma Marie. Sie ist klein und dürr und grau und giftig. Oder bitter. Giftige Dinge sind oft sehr bitter. Ein Warnsignal der Natur. Hinter Marie an der Wand hängt eine Schwarz-Weiß-Fotografie. Sie zeigt ein Paar, Else und Richard. Dass es ein Brautpaar ist, kann man erst auf den zweiten Blick erkennen. Im ersten Moment wirkt der kurze Schleier der Braut wie eine optische Täuschung. Abgesehen vom weißen Schleier trägt die Braut Schwarz und hält ihr Lächeln zurück. Sie überragt ihren Bräutigam. Auch der Bräutigam trägt Schwarz. Das war vielleicht so im Krieg, denke ich. Früher war ja Krieg.

Richard, der am linken Tischende sitzt, sieht noch genauso aus wie auf dem Foto. Er trägt den gleichen schwarzen Anzug über seinem dreckigen Stallhemd. Die Ärmel des Jacketts glänzen. Und sein Handrücken, mit dem er sich gerade den Mund gewischt hat und vorher die Nase, glänzt bestimmt auch. Aber ich schaue nicht so genau hin, weil ich nicht die drahtartigen Nasenhaare und auch nicht die schwarzen Fingernägel sehen und daran erinnert werden will, dass ich ihm zum Abschied wieder die Hand werde geben müssen. Vielleicht werden Fingernägel einfach gar nicht mehr sauber, wenn man den ganzen Tag in der Erde gräbt oder die Schweine füttert oder den Stall ausmistet. Und den Gestank wird man wohl auch nicht mehr los.

Über Richard ist soeben eine Giftwolke niedergegangen und hat sich in seinen schwarzen Bartstoppeln und auf seinem Teller abgesetzt. Ungerührt schiebt er mit dem Finger ein paar Spätzle auf die versilberte Sonntagsgabel, leckt den Finger schmatzend ab, schiebt die Gabel zwischen die schiefen Zähne, kaut mit offenem Mund, dann angelt er quer über den Tisch das letzte Stück Fleisch von der Platte. Hinter Richard an der Wand, über dem Sofa, hängt ein goldgerahmter Druck von einem schön gemalten Hirsch auf einer herbstlichen Waldlichtung. Großformat. Aus der Perspektive des Jägers vor dem Schuss.

In der Sonntagsstube, in der wir sitzen, lauert unbestimmtes Unglück. Ich weiß nicht, was es ist, aber es hat mit Geld zu tun. Immer geht es ums Geld. Richard spricht halblaut und undeutlich, seine Stimme klingt, als hätte sie einen Sprung. Die Uroma keift und speit Gift. Meine Mutter spricht leise und sehr bestimmt. Oma schweigt.

Mein Vater ist schon zu seinem Spaziergang aufgebrochen. Er macht immer einen sehr ausgiebigen Spaziergang, wenn wir zu Besuch in Sielmingen sind. Und ich darf stundenlang fernsehen, wenn ich will. Wir sind nicht oft hier. Zum Glück. Es ist eine Weltreise. Mindestens eine Stunde mit dem Auto.

Ich rutsche von meinem Stuhl und entkomme in das kleine Zimmer, für das ich keine Bezeichnung habe. Es ist ein Durchgangszimmer zwischen Küche und Schlafzimmer, in das gerade mal das Fernsehertischchen und eine Liege passen, in deren Polster immer Geldscheine versteckt sind. Fünfziger und Hunderter, sogar Fünfhunderter habe ich dort schon gefunden. Ich glaube, Oma Else ist reich. Sie macht mir immer so schöne Geschenke, einen großen Teddybären von Steiff mit einer hellblauen Seidenschleife zum Beispiel und lustiges gelbes Geschirr, bemalt mit einem schwarzen Hahn und einer schwarzen Henne. Das ist von Oma Sielmingen, sagt meine Mutter, wenn sie mir die Päckchen gibt. Sie müssen mit der Post gekommen sein, denke ich. So große Päckchen mit der Post zu schicken, ist bestimmt kostspielig. Und Oma Else hat ein Pferd. Nur reiche Leute besitzen Pferde, dachte ich damals.

Oma Else lebte auf einem Bauernhof. Der Bauernhof war mitten im Ort und bestand aus einer Scheune, einem Stallgebäude mit Rindern und Schweinen und einem Wohnhaus, die über Eck miteinander verbunden waren und um einen gepflasterten Hof lagen. Im Eck war der Misthaufen. Aus einem Fensterloch über dem Misthaufen schaute das Pferd. Es war ein Brauner namens Reno, den Richard vor seinen Wagen spannte, wenn er den Stuttgarter Hausfrauen sein pralles, auf wertvollem Boden gewachsenes Filderkraut und seine Kartoffeln verkaufte. Erst war es der Löss, der das Ackerland so wertvoll machte, später der Ausbau des Stuttgarter Flughafens.

Hinter der Scheune gab es einen kleinen Garten. In meiner Erinnerung scheint in diesem Garten immer die Sonne. Es wuchsen dort Himbeeren und Erdbeeren und süße Erbsen und Ringelblumen und Stiefmütterchen. Und extravagante Schwertlilien. Es war Oma Elses Garten, Richard betrat ihn nie. Oft ging sie mit meiner Mutter in den Garten. Sie konnten sich stundenlang über ihre Gärten unterhalten. Mich langweilte das bald und ich ging wieder fernsehen. Dabei vermied ich es, durch den Stall zu gehen. Ich mochte die Schweine, aber ich ekelte mich vor diesem Richard. Und ich schämte mich dafür. Er war doch mein Opa.

Dachte ich.

»Du weißt das nicht? Das weißt du doch«, sagte meine Mutter später zu mir. Viel später.

»Du hast mir das nie gesagt. Niemand hat mir etwas gesagt.«

»Es ist kein Geheimnis. Alle wussten das.«

»Ich nicht.«

Sie hatten einfach vergessen, mich über die wahren Verhältnisse aufzuklären. Ich war empört. Und erleichtert. Nichts verband mich mit diesem schrecklichen Mann. Und dann war ich wieder empört über das, was meine Uroma meiner Oma und meiner Mutter angetan hatte. Mit einem Schlag sah ich alle in einem anderen Licht.

Ich sah, wie meine Mutter alles versucht hatte, um ein liebevolles Verhältnis zwischen der fernen Oma und der Enkelin zu befördern.

Ich sah, wie meine Oma sich in ihr Schicksal ergeben hatte, als sei es eine gottgegebene Strafe für irgendwelche Sünden.

Ich sah, wie meine Uroma bitter geworden war über der Schuld, die sie sich nicht eingestehen konnte: dass sie ihre Tochter mit den besten Absichten ins Unglück geschickt hatte.

Gustav war ein lebenslustiger, musikalischer Geselle gewesen, einer, der Akkordeon spielen und singen konnte. Und tanzen. Else liebte es zu singen und zu tanzen. Und sie liebte Gustav. Doch dann war es auch auf dem Dorf vorbei mit dem Singen und Tanzen. Die Alliierten landeten 1944 in der Normandie, die Russen rückten im Osten vor. Der sehr junge Gustav wurde an eine der bröckelnden Fronten geschickt. Oder vielleicht auch zur Flak nach Stuttgart, wo in diesen Sommernächten die Briten unablässig Bombenangriffe flogen. Das weiß keiner mehr.

Else war neunzehn, als Ingrid im März 1945 zur Welt kam. Da hatten die Alliierten gerade bei Remagen den Rhein überquert, Hitler erteilte in Berlin den Nero-Befehl, bald darauf eroberte die Rote Armee Danzig. Nur einen Monat später wurde die sowjetische Flagge auf dem Reichstag gehisst und Hitler lag tot in seinem Bunker. Wann Gustav aus dem Krieg nach Hause kam, weiß niemand. Auch meine Mutter nicht. Darüber wurde nie gesprochen und sie hat nie gefragt. Sie weiß nur, dass sie ihm angeblich in den Kopf geschossen haben. Er sei nicht mehr ganz richtig, hieß es. Die Familie verbot die Hochzeit. Gustav bestand darauf, wenigstens finanziell für das Kind zu sorgen. Aber er hielt nicht lange durch und wurde ein dorfbekannter Trinker.

»Die Else kann arbeiten wie ein Pferd«, sagte Marie zum Pferdehändler. Und da war es abgemacht. Marie war nach dem Krieg mit ihrem Mann nach Stuttgart gezogen, wo es Arbeit gab. Gutes Geld beim Bosch. In den Sechzigerjahren kamen die Pferdehändler weit herum, überall standen die Ackergäule zum Verkauf, die nur noch fraßen und zu nichts mehr nütze waren, seit sich die Traktoren flächendeckend verbreiteten. Pferdemetzgereien hatten Hochkonjunktur, bevor sie dann ebenfalls fast ganz von der Bildfläche verschwanden. Der Pferdehändler sagte, es wäre doch schade, wenn eine so kräftige Frau mit Anfang dreißig ledig bleiben müsste. Er kenne da einen in Sielmingen, den Richard, der habe seine Frau vom Hof gejagt, ein faules Stück, das sich, kaum sei ihr Töchterchen geboren, um nichts mehr als ihr Kind habe kümmern wollen. Der würde die Else wohl nehmen. Aber ihre Tochter nicht. Ingrid musste bleiben, wo sie war, bei Onkel und Tante auf dem Dorf, eine Weltreise entfernt. Die hatten keine eigenen Kinder. Und Else, sagte der Onkel, könnte ja immer noch welche bekommen. Da war meine Mutter zehn Jahre alt.

Mit dem Geld, das Richard für seine Äcker bekommen hatte, baute er in den Achtzigerjahren ein Mietshaus, dessen kreative Finanzierung Uroma Marie ins Grab und Oma Else ein Krebsgeschwür brachte. Den Brustkrebs besiegte sie, wie man so sagt, als handelte es sich dabei um eine Schlacht. Dieser Sieg war erstaunlicherweise ganz ohne ihr Zutun errungen worden, dabei heißt es doch immer, die Zuversicht und der Lebenswille der

Patientinnen seien von großer Bedeutung. Else hatte das Krankenhaus verlassen und mehrere Rehas hinter sich, aber gesund wurde sie nicht mehr. Sie litt an Melancholie, lachte nicht, sprach einsilbig, aß kaum. Eine Weile stand unter dem Hirsch im goldenen Rahmen statt des alten Sofas ein Bett, von dem sie sich freiwillig nicht erhob. Bis meine Mutter sie zu sich holte. Die letzten Jahre verbrachte Oma Else im Altersheim in Gschwend, fünf Kilometer von dem Dorf entfernt, in dem sie aufgewachsen war und in dem sie alles, was sie liebte, zurückgelassen hatte. Einmal spielte ich dort im Speisesaal an Weihnachten Klavier. Und ich spielte besonders laut, weil ich die Dämmerstimmung schwer ertragen konnte. Es war, als warteten alle auf etwas.

Der bauernschlaue Richard lebte noch ewig. Als er endlich starb, stellte sich heraus, dass Else es in einem seiner seltenen schwachen Momente geschafft hatte, ihre leibliche Tochter als gleichberechtigte Erbin neben seiner leiblichen Tochter ins Testament schreiben zu lassen. Leider erlebte Oma Else die Testamentseröffnung nicht mehr, aber der Teil von ihr, der in uns weiterlebt, hat spürbar getanzt und gesungen.

Wolfram Schneider-Lastin

Der Kobus

Mein Großvater mütterlicherseits hieß Jakob, doch die Familie nannte ihn nur den Kobus.

Wer 1894 als uneheliches Kind in einem Allgäuer Bauerndorf zur Welt kam, hatte nicht gerade den besten Start ins Leben. Doch der Kobus ließ sich davon nicht beirren und wuchs im Laufe seines Lebens über sich hinaus. Davon will ich euch erzählen.

Als im Juni 1914 in Sarajewo die tödlichen Schüsse fielen, war Jakob noch keine zwanzig Jahre alt. Anders als den meisten seiner Altersgenossen, die den Krieg mit begeistertem Hallo und Hurra begrüßten, war ihm das patriotische Getöse ein Gräuel. Aber was half es? Er wurde einberufen und fuhr mit einem fahnengeschmückten Zug voll hochgestimmter junger Männer an die Front, nach Frankreich. Die Begeisterung für Krieg und Kampf fürs Vaterland verflog dem Jungvolk jedoch sehr rasch im Schlamm der Schützengräben.

Jakob sann Tag und Nacht, wie er dem blutigen Gemetzel entkommen könnte, ohne gleich als Vaterlandsverräter oder Deserteur gebrandmarkt zu werden. Da erfuhr er per Zufall, dass im Offizierskasino ein Koch gesucht wurde. Zwar war er oftmals seiner Mutter, einer vorzüglichen Köchin, in der Küche zur Hand gegangen, hatte auch mit großem Interesse und scharfem Blick beobachtet, wie sie all die köstlichen schwäbischen Suppen, Fleisch- und Süßspeisen zubereitete, aber diese Gerichte höchstselbst für die feinen Herren Offiziere zu kochen? War das nicht eine Nummer zu groß für den jungen Jakob? Er nahm allen Mut zusammen und bewarb sich. Gefragt, welche Gerichte er beherrsche, zählte er die ganze Vielfalt auf, die bei seiner Mutter auf dem Speiseplan stand. Und als er probekochen musste, gerieten ihm die Fleischsuppe mit Knöpfle, die Rindsrouladen und die Bananenrolle tatsächlich so vorzüglich, dass er vom Fleck weg engagiert wurde. Den Ersten Weltkrieg überlebte mein Großvater also im Schutz von Pfannen und Töpfen.

Jakob hatte einen Freund, der mit ihm in den Krieg gegen die Franzosen geschickt worden war. Würde einer von ihnen ums Leben kommen, so hatten sie vereinbart, sollte der andere die Angehörigen benachrichtigen. Der Freund blieb auf dem Feld und Jakob hielt sein Versprechen. Der traurige Besuch bei der Verlobten seines Freundes fand für ihn jedoch ein glückliches Ende, denn er verliebte sich in eine ihrer Schwestern, die erst sechzehnjährige Julie. Sie wurde meine Großmutter.

Nach dem Krieg wurde Jakob nicht etwa Koch, sondern ging zur Polizei und dann zum Zoll. Aber gekocht, gebraten und gebacken hat er weiterhin, bis an sein Lebensende. Kulinarische Höhepunkte im Jahreslauf waren natürlich die Feste, die Geburtstage und all die kirchlichen Feiertage. Da verschwand Jakob für Stunden in seinem Reich und ward erst wieder gesehen, wenn die dampfenden Schüsseln und verführerisch duftenden Platten aus der Küche getragen und mitten auf die akkurat gedeckte Tafel platziert wurden. Julie kümmerte sich derweil um die Gäste, zur Küche hatte sie während Jakobs Wirken keinen Zutritt. Nur freitags gehörte die Küche ihr, denn da schuf sie jeweils ihr eigenes Glanzstück, den Hefekranz, wie ihn kein Bäcker jemals wieder zustande bringen wird.

Bei Tisch herrschte ein strenges Ritual. Vor dem Essen wurde selbstverständlich gebetet und Herr Jesus Christ als Gast willkommen geheißen. Alle fassten sich an den Händen und wünschten einander eine gesegnete Mahlzeit. Erst dann durfte der Löffel in die Flädle- oder Markklößchensuppe getaucht werden. Zuerst bekamen die Erwachsenen ihre Portion, dann waren wir Kinder an der Reihe. Den Teller leer zu essen war Pflicht, was aber nicht schwerfiel, denn was mein Großvater an Köstlichkeiten zauberte, mundete allen. An viele der Gerichte erinnere ich mich noch heute und vermisse sie: den Rheinischen Sauerbraten mit Rosinen, das süßsaure Gurkengemüse mit Bratkartoffeln, die russischen Eier auf Kartoffelsalat, an hohen Festtagen die gefüllten Tauben (die meine Großmutter rupfen musste) und, als Gipfel der feinen schwäbischen Küche, das eingemachte Kalbfleisch mit handgeschabten Spätzle. Nicht zu vergessen meines Großvaters Desserts, Kuchen und Torten, sein Bienenstich und das Probestück von 1914, die Bananenrolle.

Auch nach Tisch stets dasselbe Ritual: Nach dem Dankgebet trennten sich die Geschlechter. Die Frauen trugen ab und wuschen das Geschirr in der Küche, wo sie unter sich waren. Die Männer blieben in der Stube, rauchten Stumpen, Marke »Weiße Eule«, und unterhielten sich über Politik, Wirtschaft und den Krieg. Ich setzte mich in eine Ecke und verfolgte gespannt die Gespräche der Männer, die im dichten Dunst der Zigarren kaum zu sehen waren.

Jakobs Kochkunst und seine herzliche Gastfreundschaft habe ich noch lange miterlebt. Ich war zwanzig Jahre alt, als er starb. Nicht aus eigener Anschauung weiß ich dagegen, was er während der dunklen Jahre des »Dritten Reichs« getan hat. Er erzählte es niemandem, auch Julie wusste nicht Bescheid. Sie ahnte zwar, dass er Dinge tat, die den braunen Machthabern nicht gefallen würden, und fürchtete, er bringe die ganze Familie damit in Gefahr. Einiges bekam sie sicher mit, Genaueres aber wusste sie nicht. Jakob handelte und schwieg, um seine Frau und seine drei Töchter zu schützen und auch sich selbst.

Wäre er noch am Leben, dann könnte ich ihn fragen, wie es war, als Diener des Staates diesen im Innersten abzulehnen, diesen Staat, der gleichschaltete, das Denken verbot, Menschen verschwinden ließ und ermordete. Dann könnte ich ihn bitten zu erzählen, wie er den Mut aufbrachte, nicht mitzumachen, wie er sich gegen das System stellte, indem er es durch sein Verhalten unterlief.

Erst nach seinem Tod, als er keine Auskunft mehr geben konnte, begann ich nachzuforschen, zusammenzutragen, Familienmitglieder und auch meine eigene Erinnerung zu befragen, um so sein lebenslanges Schweigen aufzulösen. Dabei stieß ich – neben seiner humanistisch-christlichen Grundeinstellung – auf ein Ereignis in der Familiengeschichte, das zwar sehr lange zurückliegt, für Jakobs Handeln aber prägend war.

1651, der Dreißigjährige Krieg war gerade vorbei, wurde dem in der Kärntner Grafschaft Ortenburg wohnhaften Bauer Simon Lastin, lutherischen Bekenntnisses, eröffnet, er habe sich mitsamt seiner Sippschaft innerhalb von vier Wochen zur Heiligen katholischen Kirche zu bekennen oder aber Hof und Land »zu quittieren und zu räumen«. Obwohl im Westfälischen Frieden von 1648 festgelegt worden war, dass die Bewohner der protestantischen Gebiete bei ihrem Glauben bleiben könnten, hatten die Habsburger sich ausbedungen, dass diese Bestimmung in ihren Erblanden Kärnten und Steiermark nicht gelten sollte. Die Lastins ließen sich nicht beirren und hielten an ihrem Bekenntnis fest. Sie veräußerten Haus und Hof und zogen mit vielen anderen lutherischen Familien ins Schwäbische. Dort fanden sie in dem zur Reichsstadt Ulm gehörenden Dorf Wain eine neue Heimat. An die Geschichte der Kärntner Glaubensflüchtlinge wird im Ort seitdem jedes Jahr erinnert, und in der Dorfkirche ist ein großes Gemälde zu sehen, die »Exulantentafel« von 1658, mit der Darstellung des Auszugs Abrahams von Haran nach Kanaan und den Namen der Familien, die sich den Anordnungen der Habsburger nicht gebeugt haben.

Für meinen Großvater Jakob Lastin war dieses Ereignis aus ferner Vergangenheit ein unverrückbarer Orientierungspunkt. Jahr für Jahr pilgerte er, solange er konnte, zu den Feierlichkeiten nach Wain. Hier wurzelte sein Lebensprinzip, das sein Handeln während Diktatur und Krieg bestimmte. Noch heute ist mir sein Ausspruch im Gedächtnis, mit dem er, selten genug und nur verklausuliert, die Motivation für sein Verhalten in der NS-Zeit andeutete: »Wir Lastins haben uns auch vor dreihundert Jahren nicht angepasst …«

Was aber tat er denn Unangepasstes, Verbotenes, das einen Zollbeamten in der NS-Diktatur das Leben gekostet hätte? Er selbst hat, als alles vorbei war, kein Aufhebens davon gemacht. Die Familie kann daher nur wenig Auskunft geben, seine Töchter, zwischen 1930 und 1940 geboren, waren damals noch Kinder. Glücklicherweise tauchte in seinem Nachlass ein Dokument auf, das, zumindest schemenhaft, vom mutigen und höchst riskanten Tun meines Großvaters erzählt. Doch dazu muss ich etwas weiter ausholen.

Nach Kriegsende wurde in der amerikanischen Besatzungszone, in der Jakob mit seiner Familie wohnte, die Entnazifizierung schärfer als in den anderen Zonen durchgeführt. Jeder Erwachsene musste sich hier einer politischen Prüfung unterziehen. Mein Großvater wurde, da er als Zollinspektor zwangsläufig Mitglied in der NSDAP war, im Jahr 1947 als »minderbelastet« eingestuft, »minder« zwar, aber eben »belastet«, was ein sofortiges Berufsverbot zur Folge hatte. Dieser Bescheid stürzte Jakob in eine tiefe Depression, es war der Endpunkt einer nervenaufreibenden Zeit, welche die Familie durchleben musste.

Von 1931 bis 1936 hatte mein Großvater den Dienst als Zollbeamter an der Schweizer Grenze bei Lörrach versehen. 1936 wurde er in den hohen Norden versetzt, auf die Insel Rügen, wohin ihm Julie mit dem ersten Kind, meiner erst sechsjährigen Mutter, folgte. Im Januar 1942 wechselte die Familie bereits wieder den Wohnort, Jakob wurde Leiter der Zollstelle am Flughafen Stuttgart. Damit zog die Familie mit inzwischen drei kleinen Kindern in eine Stadt, deren Zentrum bis 1945 zu zwei Dritteln zerstört werden sollte. Kurz vor Kriegsende brannte auch das Wohnhaus meiner Großeltern nach einem verheerenden Luftangriff vollständig nieder, die gesamte Habe ging verloren. Zum Glück war Julie mit den Mädchen bereits in Sicherheit und bei ihren Schwestern im weiter entfernten Schwäbisch Gmünd untergekommen. Im Radio hörten sie von der Feuerwalze in jener Nacht und den Hunderten von Toten im Zentrum Stuttgarts. Sie mussten annehmen, dass auch Jakob unter ihnen war, da sie nichts mehr von ihm hörten. Freunde und Bekannte sprachen Julie bereits ihr Beileid aus, als die älteste Tochter aus dem Fenster schaute und ihren Vater die Straße herunterkommen sah. Sie rannte aufgeregt zu ihrer Mutter, um ihr mitzuteilen, dass der Totgeglaubte auf das Haus zukomme. Julie glaubte zuerst an einen schlechten Scherz. Doch Jakob hatte das Bombardement überlebt, weil er in jener Nacht ausnahmsweise nicht zu Hause war, sondern im Flughafen den Dienst für einen Kollegen übernommen hatte.

Zum Verlust der Wohnung und des gesamten Besitzes kam zwei Jahre nach Kriegsende nun noch der Verlust von Beruf und Einkommen aufgrund eines Urteils, das, wie sich herausstellen sollte, den Falschen traf. Jakob erhob gegen den Bescheid, der ihn zutiefst verletzte, Einspruch. Im November desselben Jahres kam es zu einer mündlichen Verhandlung vor der Berufungskammer, in der endlich die Dinge zur Sprache kamen, auch durch Zeugen, die belegten, dass Jakob alles andere war als ein Anhänger der braunen Ideologie, sondern im Gegenteil im Verborgenen gegen sie gearbeitet hatte. In diesem Verfahren wurde Jakob rehabilitiert.

Das neue Urteil, ein mehrseitiges Dokument, blieb erhalten und erzählt für ihn, der nicht mehr erzählen kann. Wie er sich in Gefahr brachte, indem er sich, auch seinen Kollegen gegenüber, abfällig über den Nationalsozialismus äußerte, ausländische Zeitungen las und verbotene Radiosender hörte, wie er Ausländer in seiner Wohnung aufnahm, darunter eine junge Russin namens Ludmilla. Ins Visier der NSDAP geriet er zudem wegen seiner Kirchentreue. Die Partei übte mehrfach massiven Druck auf ihn aus und drohte mit einer Strafversetzung nach Polen. Er blieb standhaft. Keinen Wind schienen sie aber bekommen zu haben von dem, was sich an der Schweizer Grenze abspielte, wo Jakob zwischen 1931 und 1936 Dienst tat, und zwar an einer kleinen Kontrollstelle mitten im Wald, die ich selbst vor ein paar Jahren noch gesehen habe. Offenbar muss er, entgegen allen Verboten, jüdische Flüchtlinge über die Grenze gelassen haben. Außerdem hat er ungarische Juden, so wird berichtet, bei der Zollkontrolle »äußerst menschlich behandelt« – was immer das heißt. Das Dokument zählt dies alles in knappen Worten auf, was freilich dazu führt, dass neue Fragen entstehen, die niemand mehr beantworten kann.

Ausführlich dagegen ist eine dem Urteil beigelegte eidesstattliche Erklärung von Olga Gräfin Schenk von Stauffenberg, in der diese nahe Verwandte des Hitlerattentäters Claus von Stauffenberg zugunsten meines Großvaters aussagt. Auf zwei Seiten schildert sie, wie Jakob, als er Vorsteher des Zollamts am Flughafen Stuttgart war, über Mittelsmänner in der Schweiz Kurierdienste leistete zwischen ihr und ihrem Sohn Alfred, der sich in amerikanischer Kriegsgefangenschaft befand. Und sie dankt im Namen der Familie Stauffenberg überschwänglich ihrem, wie sie ihn nennt, »Helfer in der Not« für das große Risiko, das er auf sich genommen habe.

Als Helfer in der Not handelte Jakob offenbar auch in anderem Zusammenhang. Erst vor Kurzem fand meine Tante in einer Mappe auf dem Dachboden einen rührenden Brief, den ihr Vater im Mai 1933 seiner Julie zum Hochzeitstag geschrieben hat. Großes Erstaunen löste der gedruckte Briefkopf aus. Da steht in schöner Schrift und Gestaltung, mit Wappen und Adresse: »J. Lastin, Kunstgewerbe in Lederschnitt«. Wie das? Jakob war doch Zollbeamter und kein Kunsthandwerker. Hatte er neben seinem Beruf noch einen Handwerksbetrieb? Meine Tante, seine Tochter, die im Jahr dieses Briefs noch gar nicht geboren war, erinnerte sich schließlich an Erzählungen ihrer Mutter, dass Jakob Anfang der Dreißigerjahre einem jüdischen Betrieb, der aus politischen Gründen in Bedrängnis gekommen war, half, indem er ihn pro forma unter seinem Namen weiterführte.

Gräfin Stauffenberg schloss ihre Aussage mit dem Satz »Dazu gehörte wirklich Mut!« Ich weiß nicht, ob ich in diesen Jahren ebenso mutig gewesen wäre wie Jakob. Ich werde es nie erfahren und ich möchte es auch nicht erfahren.

Das wollte ich euch erzählen. Dass ich den Kobus bewundere, meinen Großvater, wie er war und was er tat. Als Ausdruck meiner Bewunderung habe ich kurz nach seinem Tod seinen Familiennamen angenommen.

Zora del Buono

Nonno Pietro

Ma io, ero sposato?, fragt er, als man ihm die Nachricht vom Tod seiner Frau überbringt. – Ja, war ich denn verheiratet?

Er hat sie vergessen, diese wilde Person, diese Kämpferin, mit der er fast sechzig Jahre gelebt hat, die er am Ende des ersten großen Kriegs kennengelernt hat, als blutjunger Arzt im slowenischen Bergdorf, er, der Italiener, für die Slowenen also der Besatzer, der Feind, aber so charmant, dieser kleine Sizilianer, dass die Tochter des Dorfwirts ihn doch heiraten durfte, weder an die Hochzeit erinnert er sich noch an ihren herrlich weichen und doch starken Körper (vom starken Geist ganz zu schweigen), an den er sich jahrzehntelang geschmiegt und in den er sich verkrochen hat, noch an die drei Söhne, die ihm diese Frau geboren hat, auch nicht daran, dass die Söhne schon tot sind, viel zu jung gestorben alle drei, ein Unfall, Krankheiten, lauter schwere Schicksalsschläge, er staunt überhaupt nicht darüber, dass alle weg sind und nur er noch da. Ihm ist wohl hier – wenn er aus dem Fenster blickt, ist da das Meer, sind da die Fischerboote, hört er das Geschrei der Händler, die Tintenfische an der Quaimauer totschlagen und anderes Getier zum Verkauf anbieten, es ist alles wohlig vertraut, man nennt ihn *Professore*, die Ärzte sind respektvoll, Kollegen, die wissen, was er geleistet hat im Leben, die erste radiologische Praxis südlich von Rom gegründet, die medizinische Fakultät dieser Stadt am Meer aufgebaut und jahrzehntelang geleitet, wahrscheinlich ist er sogar ihr Lehrer gewesen an der Università di Bari, und die Schwestern, ach, sie umschwärmen ihn, *Professore* hier, *Professore* da, sie begleiten ihn morgens zum *tabaccaio*, damit er seine Zigaretten holen kann und eine Zeitung dazu, die er liest oder auch nicht, und wenn er sie liest, versteht er die Wörter nicht mehr alle, aber sie sehen schön aus, diese aneinandergereihten Buchstaben, die sein Glück waren, nicht nur Italienisch, nein, auch Griechisch, Lateinisch, Russisch, Französisch, Slowenisch und Deutsch konnte er parlieren, so viel studiert und gelesen hat er immer, und auch geschrieben, Forschungsberichte, Fachbücher, Kongresseinladungen und manch dezent parfümiertes Brieflein an die eine oder andere Geliebte, aber auch die hat er vergessen, was nicht schlimm ist, die Schwestern um ihn herum sind hübsch und freundlich und fürsorglich, Luisa und Franca und Antonella und wie sie alle heißen, sein Leben findet jetzt hier statt, in diesem Palazzo mit den hohen Räumen und vielen Türen, und weder Luisa noch Franca noch Antonella wissen, dass er der Arzt von Josip Broz Tito war, nicht der einzige, denn Tito hatte viele Ärzte, doch einer, dem der jugoslawische Staatspräsident vertraute, so unter Kommunistenfreunden, der ihn sogar einmal aus Stalins giftigen Händen zwar nicht befreit, doch bei der Befreiung mitgeholfen hat, auch dieses Highlight seines Lebens hat er vergessen, was aber nicht tragisch ist, weil die *panzerotti* heute ausgezeichnet schmecken, sie sind außen knusprig und genau richtig ölig und innen weich und saftig, die Tomaten und der Käse zerfließen in seinem Mund, und dann schaut er wieder aufs Meer und wundert sich einen Moment, dass es dunkel ist, ein schwarzer Ozean ganz ohne Sonnenuntergang, wie seltsam, er hat doch das andere Meer erlebt, an dem er die Sonne sowohl hat aufgehen als auch untergehen sehen, seine ganze Kindheit lang, an diese Klippen erinnert er sich, an die abgetretenen und ausgewaschenen Stufen, noch von den Piraten in den Fels geschlagen, denn seine Insel war einst eine Pirateninsel gewesen (sein Urahn, der allererste nachgewiesene del Buono, ein Apotheker aus Neapel, gehörte zu dem Häuflein Menschen, die 1764 durch die Bourbonen dort angesiedelt wurden, in einem zweiten, erfolgreichen Versuch, nachdem die erste Besiedlung gescheitert war, die sarazenischen Korsaren die wenigen Einwohner nach Nordafrika verschleppt oder ermordet hatten, um das Eiland wieder für sich zu haben als Stützpunkt für ihre Raubzüge im Mittelmeer) und später eine berühmte Gefängnisinsel (Antonio Gramsci! Amadeo Bordiga!). Ustica, Ustica, murmelt er, nur ein winziges sizilianisches Inselchen, aber für ihn größer als jeder andere Ort auf der Welt, weil eben morgens die Sonne über dem östlichen Meer aufstieg und so der epische Raum zwischen Sonne und Insel spürbar wurde, das Glitzern des Wassers ein nicht enden wollender Teppich der Schönheit, und am Abend ging sie auf der anderen Seite unter, weit hinten, fast in Amerika, wohin die Hälfte der Insulaner ausgewandert ist, um nicht zu verhungern, nach New Orleans sind sie entschwunden, so allumfänglich hat er das alles wahrgenommen als Junge, diese riesige Welt mit den kleinen Schiffen am Horizont und er mittendrin, der Sohn des Bürgermeisters, dessen Mutter früh starb, so überraschend, dass der Vater die Dorfkapelle angezündet hat aus lauter Verzweiflung, aber immerhin stand die Kapelle auf dem Grundstück der Familie, so konnte der Vater abbrennen, was er wollte, dieses Feuer ist ihm noch präsent, es hat sich ihm im wahrsten

Sinne ins Gehirn eingebrannt. Und dass er mit seinen Freunden Piratenspiele machte, sich in Höhlen versteckte und Vorräte anlegte, dass er tauchte und schwamm und Fische aus dem Wasser zog und sie in einen Eimer legte, in dem sie zappelten und zuckten, daran denkt er manchmal und ist für einen Moment traurig, weil er niemals mehr die Sonne im Meer versinken sehen wird, aber eigentlich macht auch das nichts, weil auch hier Möwen kreischen und die Morgenröte den Lungomare erleuchtet, diese kilometerlange Promenade mit ihren Laternen, und das frühe Licht wunderbar schräg durch die halb geschlossenen Läden scheint und die Steinböden streift, über die er geht, über die alle gehen, er hört so viele Schritte trippeln und schlurfen, und dann hat er plötzlich doch ein Bild von der prachtvollen Villa vor Augen, die seine Frau entworfen hat und deren einziger Makel es war, dass sie an den Bahngleisen stand und immer noch steht, mit wildfremden Menschen darin, und manchmal kommt ihm das schleifende Geräusch in den Sinn, wenn seine Frau den Stuhl an der Lehne vor sich hergeschoben hat, vom Essraum durch die große Halle bis ins Wohnzimmer, wo auch sein Billardtisch stand (manchmal fühlt er noch die Kugeln in den Händen), Schritt für Schritt über die Terrazzoböden hat sie den Stuhl geschoben, nach ihrem Schlaganfall, den sie *Schlagfluss* nannte, mit Wiener Akzent ausgesprochen, an medizinische Ausdrücke erinnert er sich durchaus, auch Röntgenbilder liest er gern, so wie andere Leute Romane, er vertieft sich in die Lehrbücher, in denen sie abgebildet sind, in diese Aufnahmen, die er selbst geschossen hat, ohne Bleischürze noch, so lange ist alles her, er weiß das nur, weil unter den Bildern sein Name steht: *Prof. Pietro Del Buono*, aber die Fachbegriffe hat er nicht vergessen, *Fabella*, *Osteochondrosis dissecans*, *Musculus gracilis*, besonders das Knie hat es ihm angetan, ein wunderbar komplexes Gelenk, und beim Betrachten der Aufnahmen zuckt es ihm in der Nase und er riecht Entwicklerflüssigkeit, nichts hat er so gern gerochen wie diese Chemikalie; wo eigentlich die ganzen Apparate abgeblieben sind, fragt er sich dann kurz, aber vergisst es genauso, wie dass das letzte Dienstmädchen sich mit dem Schwiegervater des Enkels zusammengetan und ihn und seine Frau bestohlen hat, die ganze Villa haben sie leer geräumt und alles Mobiliar verscherbelt, doch hier braucht er keine Lüster mehr und auch keine Champagnergläser, alles Nötige ist da, nur der Billardtisch fehlt, und er isst jetzt aus einem weißen Porzellanteller mit gerundeten Abteilen fürs Gemüse und die Pasta und das Fleisch und so weiter. Jetzt, wo man ihm also mitgeteilt hat, dass seine Frau gestorben ist, wird er für kurze Zeit melancholisch, nicht weil seine Frau tot ist, sondern weil er nicht mehr weiß, dass es sie überhaupt gegeben hat und er sich fragt, was sein Leben war. Es ist eine leise Traurigkeit, die aber bald einem Übermut weicht, einer spitzbübischen Lust am Dasein, *nur weil sie tot ist, bin ich es noch lange nicht*, und er greift in das Eimerchen, das neben dem Waschbecken im *salotto* steht, zieht eine benutzte Mullbinde heraus, sie ist voller roter Flecken, aber das stört ihn nicht, das *Mercurochrom* riecht so gut, fast so gut wie Entwicklerflüssigkeit, er schlingt sich die vollgesudelte Binde schräg um den Kopf, ein Auge deckt er damit zu, und schaut sich im Spiegel an, sieht diesen kleinen, schmalen Mann mit der Zigarette im Mundwinkel, sieht seine Sommersprossen, seine runde Brille, sieht den feinen Anzug mit Weste und Einstecktuch und Sakko, den Spazierstock mit dem Elfenbeingriff, ohne den man ihn nie antrifft, er ist ein schöner alter Mann, ein distinguierter alter Herr, und als Luisa oder Franca oder Antonella ihn da so stehen sieht, fängt sie an zu giggeln und zu kichern und den *Dottore* zu rufen, dass der *Professore* heute Späße macht, sich lustig verkleidet hat, auch wenn er fast wie ein Verwundeter aus einem der Weltkriege ausschaut, die längst vorbei sind und von denen Luisa oder Franca oder Antonella nichts weiter als ferne Erzählungen kennt, keine Ahnung hat sie, dass der *Professore* im Keller seiner Villa, in dem die Klinik eingerichtet war, Hunderte dalmatinische Männer, Frauen und Kinder untersucht und verarztet hat, verstörte Menschen, die von den Engländern über Bari nach Ägypten in Sicherheit gebracht wurden auf der Flucht vor den Faschisten, nichts weiß sie von den Taten des Professors und seiner Frau, von den Waffen, die sie zu den Partisanen in die slowenischen Berge geschmuggelt haben, all diese alten Geschichten kennt sie nicht, sie sieht nur einen fröhlichen Greis mit einer zu einer Augenklappe geformten Mullbinde um den Kopf, der mit dem Spazierstock fuchtelt und sich freut und lacht und ruft: *Sono un pirata!* – Ich bin ein Pirat!

Nelio Biedermann

Das Gurkenglas

Daran, dass mein Großvater Laci 1956 wegen eines Glases Gewürzgurken fast erschossen wurde, konnte sich meine Großmutter auch dann noch erinnern, als sie bereits ihren eigenen Namen vergessen hatte. Sogar, dass die Sonne schien, als die protestierenden Studenten die acht Meter hohe Stalin-Statue von ihrem Kalksteinsockel stürzten, wusste sie noch. Der Diktator wurde enthauptet, sein Kopf in die Innenstadt geschleift. Dort heftete István, der beste Freund meines Großvaters, dessen Familie wie die meiner Großeltern enteignet worden war und dessen Mutter die russischen Soldaten vor den Augen des Vaters vergewaltigt hatten, ein Schild an die Bronzestirn: RUSSEN, WENN IHR WEGLAUFT, LASST MICH NICHT ZURÜCK!

Eine Woche später trat Ungarn aus dem Warschauer Pakt aus, worauf die Sowjetunion weitere Truppen und Panzer in Richtung Budapest schickte. Zu dieser Zeit ernährte sich meine Großmutter, die im sechsten Monat schwanger war, praktisch ausschließlich von Gewürzgurken. Vor der Schwangerschaft hatte sie die kleinen sauren Gurken nicht besonders gemocht, doch nun waren sie alles, wonach sie sich sehnte.

Am Morgen des 4. Novembers rollten die ersten Panzer über die Ringstraße. In der Wohnung meiner Großeltern, die in einer

Querstraße lag, zitterte das Bett, und in der Küche klirrten die leeren Gurkengläser. Als meine Großmutter davon erwachte, stand Laci mitten im Zimmer, als hätte er die ganze Nacht gewartet. Er stand dort und starrte aus dem Fenster und schlotterte am ganzen Körper. Meine Großmutter wusste, dass es nichts zu sehen gab, und sagte ihm, er solle wieder ins Bett kommen, sonst erkälte er sich. Aber er blieb stehen, in seinem dünnen Pyjama, und starrte an die Hauswand gegenüber. Wieder sagte sie: »Komm ins Bett, du erkältest dich«, aber er reagierte nicht. Schließlich schrie sie. Er drehte sich erschreckt zu ihr um und sagte leise: »Der ganze Putz bröckelt ab. Der ganze schöne Putz.« Da begriff sie, dass er nicht vor Kälte zitterte.

Den ganzen Morgen hörte man Schüsse und Explosionen. Gegen Mittag wurde auf der Straße ein Nationalgardist erschossen. Er lag da, im Putz der Hauswand, auf die mein Großvater wenige Stunden zuvor gestarrt hatte. Der Putz war nicht mehr weiß, sondern rot.

Meine Großmutter blieb den ganzen Tag im Bett, so groß war ihre Furcht. Laci tigerte vor dem Fenster auf und ab. Als es dunkel wurde, verließ er ohne ein Wort die Wohnung, trat auf die Straße und zog den Toten ins Treppenhaus. Dann lag er dort, mit zerfetztem Hals und durchschlagenem Schulterblatt, die toten Augen an die Decke geheftet. Und drei Stockwerke über ihm saßen meine Großeltern und schwiegen.

Am nächsten Tag tobten auf den Straßen noch heftigere Kämpfe. Die ungarische Armee hatte Waffen verteilt, Zivilisten hatten Straßensperren errichtet, Molotowcocktails gebastelt und Pfannen bemalt, um sie wie Panzerminen aussehen zu lassen.

Meine Großeltern blieben in der Wohnung und dachten an ihr ungeborenes Kind. Sie sprach und sprach, er sagte kein Wort. Erst am Abend, als sie ihn bat, ihr ein weiteres Gurkenglas zu öffnen, sagte er, am offenen Küchenschrank stehend: »Es hat keins mehr.« Sie begann zu weinen und schlief irgendwann vor lauter Hoffnungslosigkeit am Tisch ein.

Als sie aufwachte, fiel ihr Blick als Erstes auf die leeren Gläser. Die Wohnung war verlassen, die Heizung rauschte leise. Vor ihr lag ein Zettel, auf dem stand: *Bin bald zurück, Küsse Laci.*

Während meine Großmutter geschlafen hatte, hatte mein Großvater eine weitere Nacht damit verbracht, ihr dabei zuzusehen. An Schlaf war nicht zu denken. An gar nichts war zu denken, nur dasitzen konnte er und auf die vereinzelten Schüsse lauschen, die durch die Stadt hallten, durch die leeren Straßen und die dunklen Parks. Alle paar Stunden stand er auf. Dann stand er da, mitten in der Küche, ratlos, einsam, viel zu jung. Dreiundzwanzig Jahre war er, und vor ihm, am Küchentisch, schlief seine schwangere Frau. Er blickte lange auf ihr dunkles Haar, das unter der gelben Lampe glänzte. Dann setzte er sich wieder, zündete sich eine weitere Zigarette an und wartete auf den Morgen.

Als sich die Wohnung mit blaugrauem Licht füllte, das den Dingen ihre Schatten zurückgab, trank er ein Glas Milch, band sich die Schuhe und zog seinen Trenchcoat an. Die Haut des Toten war blass geworden, darunter schimmerten grünlich die Adern.

Er hatte sich überlegt, zum Laden von Herrn Kovács zu laufen. Der war in der Nähe und immer als Erster offen, denn seit dem Tod seiner Frau schlief der Alte auch dort; in seiner Wohnung lebte jetzt die Trauer.

Mein Großvater lief, an die Hausmauern gedrückt, zu dem Laden. Der Morgen war kalt, und durch die Straßen ging ein Wind, der direkt aus Sibirien zu kommen schien. In die Hauswände hatten sich Kugeln gegraben. Als mein Großvater zu dem kleinen Laden kam, fand er ihn mit eingeschlagener Schaufensterscheibe und geplünderten Regalen vor. Ohne nach dem alten Kovács zu sehen, ging er weiter. Ganz in der Nähe gab es noch ein Geschäft, das aber auf der anderen Seite der Ringstraße lag. Wie ein Reh, das vorsichtig den schützenden Wald verlässt, trat er in die breite Schneise. Sie war menschenleer. Zwischen den zerstörten Häuserfassaden, den verkohlten Platanen und Betontrümmern standen wie riesige, urtümliche, aus dem Meer gekrochene Asseltiere die demolierten Panzer.

Gebannt von diesem Anblick blieb mein Großvater stehen. Die Straße war wie ein breiter Fluss, auf dem die Relikte einer alten, längst vergangenen Welt durch die Häuserschlucht trieben. Da zerriss plötzlich ein Schuss die Stille. Laci ließ sich reflexartig fallen, spürte, wie ihm Glasscherben die Handflächen zerschnitten, und hörte, wie der Schuss hundertfach von den Häuserwänden widerhallte.

Heftig atmend kroch er in den nächsten Hauseingang. Dort dachte er fieberhaft darüber nach, was er tun sollte. Der Hauseingang würde ihm nur für kurze Zeit Sicherheit bieten. Bald würde der Schütze oder einer seiner Kameraden runterkommen und ihm eine Kugel in den Kopf jagen. Er musste also so schnell wie möglich weiter, doch kaum streckte er den Kopf aus dem Eingang, schlug ein weiterer Schuss direkt neben ihm ein. Immerhin wusste er jetzt, woher man auf ihn schoss. Wenn er schnell genug rannte und die Panzer als Deckung benutzte, konnte er es auf die andere Straßenseite schaffen. Er nahm all seinen versprengten Mut zusammen, steckte ihn sich in die Manteltaschen und rannte los. Die Kugeln pfiffen an ihm vorbei, beinahe stolperte er über den Asphalt, der unter den Panzerraupen wie eine Wunde aufgeplatzt war – dann war er drüben.

Er hastete die Straße hinunter, bog links ab, dann rechts und wieder links, bis er vor einem kleinen Park stand. Ohne zu überlegen oder sich umzusehen, kletterte er über den Eisenzaun, rannte über die feuchte Wiese und legte sich hinter einer Lorbeerhecke flach auf den Kiesweg. Dann lag er da, wie das nasse braune Laub. Und während die russischen Soldaten mit ihren Gewehren durch die Straßen liefen und nach ihm suchten, wich die letzte Dunkelheit aus dem Park.

Als auch die Angst aus seinem Körper gewichen war, stand er auf, klopfte sich den feuchten weißen Kiesstaub von den Kleidern und zündete sich eine Zigarette an.

Auf dem Weg zum Lebensmittelgeschäft sah er drei Tote. Sie lagen am Straßenrand, alle drei waren erschossen worden. Zwei lagen mit dem Gesicht zum Boden, einer starrte in den weißgrauen Himmel. Es sah aus, als könnte es schneien, aber er wusste, dass kein Schnee fallen würde.

Im Schaufenster hingen dicke, weiße Salamis und gelb-rote Speckstücke. Er merkte, dass er Hunger hatte, vergaß es aber sofort wieder, als er hinter dem Fleisch in einem der Regale eine ganze Reihe Gurkengläser sah. Doch der Laden war geschlossen. Er rüttelte an der Tür, stemmte sich dagegen und dachte sogar daran, die Scheibe einzuschlagen, als er hörte, wie sich über ihm ein Fenster öffnete. Ein Mann mit einem Gewehr stand da. Es war der Ladenbesitzer. Erschöpft rannte mein Großvater weiter.

Laci dachte nicht daran, mit leeren Händen zurückzukehren, streifte noch eine ganze Weile durch die Stadt, begegnete niemandem. In einigen Häusern klafften mannshohe Löcher, durch die man die geblümten Tapeten, die ungemachten Betten und den Schutt auf dem Parkett sehen konnte. Die Stadt sah wieder aus wie nach dem Krieg.

Als er an einer Katze vorbeikam, die sich unter einem Panzer zusammengerollt hatte und schlief, beschloss er, nach Hause zu gehen.

Der Tote lag immer noch im Eingang. Er ging an ihm vorüber, ohne ihn anzusehen. Im zweiten Stock traf er auf Frau Sárközy. Sie hatte wohl seine Schritte gehört, denn sie stand in der Tür und bat ihn um Hilfe. »Könnten Sie mir die Büchse Bohnen aus dem Schrank dort oben runterholen?«, fragte sie.

Frau Sárközy war sehr alt und sehr klein und rauchte, als könne sie es kaum erwarten, endlich tot zu sein. Mein Großvater stieg auf einen Hocker, öffnete den Schrank und sah, noch bevor er die Bohnenbüchse entdeckte, drei große bauchige Gurkengläser. Dann stand er da, auf einem Hocker in der Küche seiner Nachbarin. Und die alte Frau Sárközy tätschelte ihm unbeholfen den Rücken und fragte sich, warum er weinte.

Romana Ganzoni

Mein Neni

Mein einer Großvater war Tagelöhner und Invalide, wie das damals hieß. Von ihm habe ich die sehr dunklen Augen, meine drei Kinder auch. Keine Ahnung, woher er sie hatte. Mein anderer Großvater, der Vater meines Vaters, war Wegmacher und *Bahnwart*, er stellte die Weichen und bediente die Schranken auf dem Wolfgangpass, wenn ein Zug von Klosters nach Davos fuhr oder umgekehrt. Im Winter gab es viel zu schaufeln, auch auf dem Flüela. Das passte zu seinen Händen, die wie Schaufeln waren. Schöne Hände. Ich habe die gleichen, einfach ein paar Nummern kleiner, sie schaufeln nicht, sie schreiben, was manchmal wie schaufeln ist.

Zehn Finger hatte mein Großvater, der Neni, an den Händen, und auch ich habe zehn Finger an den Händen, was bei mir als selbstverständlich gilt, bei ihm weniger. Meine haben keinen Saft. Ich muss die Passugger-Flasche mit den Zähnen öffnen. Er zog beim *Häkeln*, dem Fingerhakeln, noch als fast Achtzigjähriger junge Herausforderer im Wirtshaus über den Tisch, dann griff er zum Zweier *vum Nüa*, dem Hügelwein, noch öfter aber zum Zweier *vum Alta*, dem Veltliner, den er jeden Tag aus dickwandigen Gläsern trank. Dazu rauchte er Brissago, Toskaner oder Pfeife, vor allem die Pfeife gehörte in sein Gesicht, wie eine zweite, seltsame Nase. Wie er ausgesehen haben mag, als er noch nicht rauchte, sondern *schickte*, also Tabak kaute, weiß ich nicht.

Zum Glas Veltliner und zur Peife griff er bis zuletzt, als man ihn, der alleine lebte, aus dem *Unterhus* in St. Antönien, Prättigau, Graubünden, nach Rümikon im Kanton Aargau abtransportierte, wo es eine Tochter gut meinte. Er aber wollte da nicht leben und starb. Mein Vater hatte es vorausgesagt. Ich fand es als junger Mensch erstaunlich, dass ein Mann, der den Ozean mit seinen Eltern und sechzehn Geschwistern drei Mal überquert hatte, eine Ortsveränderung innerhalb der Schweiz nicht ertrug.

Heute wäre es für mich wohl ähnlich. Ich wollte im Flachland weder leben noch sterben. Weil mein Neni bestimmt auch nicht im Flachland sterben wollte, streiche ich das Obige und sage: Er starb 1977 an Altersschwäche bei seinen geliebten Bienen in St. Antönien, nachdem er, wie üblich, die Stacheln der Tiere, die seine Sympathie nicht erwiderten, mit dem *Sackmesser* von den Händen geschabt hatte.

Ich sehe, wie er den Kopf schüttelt und sagt, verrückt, jetzt schreibt und lügt die *Romona*, so klang mein Name in seinem höchstalemannischen Dialekt, die beiden Os voller Rauchquarz. Der Neni lächelt, mir lässt er alles durch. Wie viel er für Kunst insgesamt übrig hatte, kann ich nicht beurteilen, was mir bekannt ist, er stellte das Radio sofort ab, wenn eine Opernsängerin zu hören war, sie galt ihm als *Räkari*, was Schreihals bedeutet.

Als ich in der Kirche von St. Antönien, vor der sein Grabstein lag, heiratete, waren seine Knochen noch da, der Rest zum Glück auch, ich spürte ihn, er stand – zusammen mit meinem verstorbenen Vater – neben mir, als der Küster mich fragte, wo die Braut sei, und ich auflachte. Das Hochzeitsmenü aßen wir in seiner Stammbeiz, dem *Gemsli*, das früher *Bazar* hieß. Unter anderem geräucherte Forelle aus einheimischem Gewässer, was er, der erfahrene Fischer, guthieß, er nickte und ging dann aufs *Kutschi*, sein Sofa im Himmel. Der Mittagsschlaf war ihm heilig.

Mein Großvater war ein ruhiger, kräftiger Walser, groß und athletisch, in den Vereinigten Staaten von Amerika auf *John Mike* getauft. Mein Kind, das 2005 in der vierzehnten Woche in meinem Bauch starb, hätte seinen Namen in der Mitte getragen: Corrado John Niculò. In Davos und St. Antönien hieß mein Neni *Johann Michel*, genannt Mike, 1896 in Dubuque, Iowa, geboren als Kind von Aus- und Rückwanderern, hüben und drüben drangsaliert, die Amerikaner haben sie wie Dreck behandelt. Als die Großfamilie den Mississippi wieder verließ und an den Schanielabach zurückkehrte, hielt eine andere Sippe ihren Bauernhof, die *Bräma*, besetzt. Also nochmals über den Ozean – und wieder zurück.

Mike hat all das und ein Leben, das aus Arbeit bestand, nicht verbittert, der sanfte Mensch war immer gut, nur einmal habe er den Gürtel aus den Schlaufen gezogen, als drei seiner Töchter Bienen zertrampelten. Er war leidenschaftlicher Pilzesammler und noch leidenschaftlicherer Imker, die Bienen bedeuteten ihm fast so viel wie seine zehn leiblichen Kinder und die nicht leiblichen Kinder und die Pflegekinder, denen *dr Ätti* ein stets zugewandter, lieber Vater war. Den Rücken gerade, trotz *Chrampfen* und *Chrüppeln* und der wilden Bande, die er alleine durchbrachte, sie war ihm nach der Scheidung zugesprochen worden. Auch nahm er Waisen auf, dazu kamen die gemeinsamen Kinder aus seiner zweiten Ehe mit meiner Großmutter, die ebenfalls geschieden war und mit Nachwuchs vom ersten Mann einzog. Meiner Großmutter gefiel das Haushalten nicht, sie wollte tanzen – aus ihrem engen Leben vielleicht.

Die Pfeife im Mund, darüber eine markante Nase, ich habe sie später immer gemocht an Männern und prompt einen Mann gefunden, dessen Nase und Gemüt mich an den Großvater erinnerten. Er hingegen erkannte in mir seine temperamentvolle, unabhängige Großmutter, *la nona,* die, im Gegensatz zu mir, groß und stattlich gewesen ist, meinem Mann fehlen dafür die Geißenaugen, grünlich, braun und gelb gesprenkelt. Dazu trug mein Großvater einen Haarschnitt, der auch heute wieder in Mode ist, kurz an den Seiten, oben länger, eitel nach hinten gekämmt. Im Dreiteiler aus grauem *Barchet,* wie wir den rauen Barchent-Stoff nannten, aus dem seine Kleidung bestand, sah er aus wie ein Kletterer in Bergführerkluft, obwohl er keine Veranlassung hatte, zum Spaß auf Berge zu steigen.

Das Wort *Freizeit* hätte er ohnehin nicht einordnen können, vielleicht auch, weil er ein rabiater Protestant war, der an der Hochzeit meiner Eltern, nach katholischem Ritual abgehalten, nicht teilnahm, an meiner katholischen Taufe auf der anderen Bergseite sehr wohl, wahrscheinlich mit Todesverachtung und zusammengebissenen Zähnen. Die Liebe zu seiner Enkelin war stärker als seine religiöse Prägung, ich war die Auserwählte – und bin es noch. Volljährig konvertierte ich und brachte mich konfessionell in eine Linie mit meinem Naturell, meinen beiden Großmüttern, meinem Vater, Großvater und meinen Vorfahren, die aus einer Gemeinde stammten, die bereits 1523 in den neuen Glauben gekommen war.

Mein Neni ist schon lange das, was wir *tot* nennen, wir sind trotzdem unverdrossen in Kontakt, er erwartet mich geduldig drüben oder oben, im Jenseits, ich weiß es, weil ich hie und da drauf und dran war, mich von ihm vor der Zeit abholen zu lassen ins andere Leben, er nickte und strich sich über sein Haar, nie hätte er mich unfrisiert oder nicht *gsunntigt* empfangen. Als ich dann doch nicht kam, warf er es mir nicht vor. Er wartet weiterhin an exponiertem Ort, zusammen mit Jachen, meinem roten Kater. Ich weiß, es ist absonderlich, und ich schreibe es etwas geniert, aber mein Großvater und der Kater stehen auf einem wackligen Dreimeterbrett, manchmal spazieren sie sogar ganz nach vorne und wippen zusammen, ich finde es leichtsinnig, vor allem weil mein Großvater seinen Stock hinten ans Geländer gelehnt stehen lässt und der Kater neugierig über das Brett in die Tiefe schaut, mir wird beim Gedanken fast schlecht. Aber die machen in alle Ewigkeit, was sie wollen.

Der Sprungturm im Anderswo gleicht demjenigen im Freibad Trü in Scuol, wo ich aufwuchs, mein Empfangskomitee scheint den Sprungturm, ja sogar das ganze Freibad, nachgebaut zu haben, vielleicht um mir eine Freude zu bereiten, schon als Kindergartenkind sprang ich im Trü vom Dreimeterbrett, ein braunes Sommer-Menschlein mit rosaroten Fußsohlen und knallorangen *Schwimmflügeli*. Schwimmen konnte ich leidlich, das Springen gelang umso besser, als mein Neni zuschaute, im Sommer 1972, ich war fünf Jahre alt und sprang gleich zehn Mal hintereinander, ohne einen einzigen Bauchklatscher, gerade wie ein Pfeil, ich weiß noch, wie sich das anfühlte und wie ich nach dem Neni rief. *Luag! Luag! Luag, Neni, was ii chan!*

Ich konnte was, ich war wer. Denn der Neni schaute zu, er rauchte seinen krummen Toskaner oder den Brissago-Stumpen, vielleicht schloss er zwischendrin die Augen, da stützte er sich noch nicht auf einen Stock, einen Stock hatte er meines Wissens nie, erst im anderen Leben legte er sich einen zu, wer weiß, wofür er den braucht.

Während des Schreibens tauchen Fragen auf: Werde ich, wenn es so weit ist, punktgenau auf dem Sprungbrett, wo der Neni mit dem Jachen steht, landen können, ohne mich und das Komitee zu bedrohen? Und wie kämen wir da jemals wieder runter in den normalen Himmel? Würden wir zusammen springen? Im Bassin sehe ich keinen Tropfen Wasser. Ob alles schwerelos ist, weiß ich auch nicht, ich kann mich nicht erinnern, schon mal dort gewesen zu sein, auch wenn die Logik sagt, von irgendwoher musst du ja kommen, und dass es alpha-und-omega-mäßig wohl der gleiche Ort sein wird, leuchtet unmittelbar ein, aber erinnern kann ich mich nicht.

Ich schreibe das und sehe, wie der Neni – ausgerechnet – schon wieder seinen Stock ans Geländer des Dreimeterbrettes stellt, um sich eine Brissago anzuzünden, die wie ein verdrehter, widerspenstiger Zweig ist oder ein brennender Zauberstab, jetzt sehe ich Rauch, wie das stinkt!

Wenn der Großvater bei uns zu Besuch war, wie im Sommer 1973, folgte ich dem Gestank in unsere Küche, wo er alle Tuben im Kühlschrank kontrollierte, ob sie auch ja korrekt ausgedrückt worden waren, von hinten nach vorne, *Spengler-Kaffee* kochte, also Kaffee nach der Art der Jenischen, seine Spezialität, wie das Messer-Ablecken, das ich kopierte, die Butter vom Messer lecken, das ist total verboten, aber die Butter schmeckt natürlich besser, wenn das Risiko eine blutende Zunge ist.

Da rümpfen jetzt einige die Nase beim Lesen. Vielleicht auch solche, die theoretisch für die kleinen Leute so ungeheuer viel übrig haben.

Leute, Leute. Da kann ich ja gleich noch erzählen, dass ich 1973 die kleinen roten Ameisen, die über die Steinplatten rannten, einsaugte und regelmäßig das Rostwasser in der Öltankdeckeldelle soff. Als meine Mutter sah, wie ich vor meinem Neni stolz das Rostwasser schluckte, kam sie auf uns zu und rief: *Hör uuf! – Lascha la gahn!*, antwortete der Neni. Lass sie ziehen! Da er auch für meine Mutter eine Autorität war, zuckte sie mit den Schultern und zog ab. Ich hatte überlebt und spazierte mit meinem Großvater zu einer Bank zwischen Umfahrungsstraße und Roggenfeld.

Wir setzten uns. Der Neni hatte einen Stecken für mich aufgelesen, den er vor meinen Augen mit geometrischen Mustern beschnitzte. Sein Großvater-Bart war salz-und-pfefferfarben und so lang, dass ich damit einen Zopf flechten konnte, nur ich durfte das. Wir sprachen über Schneckenhäuser, und der Duft der frischen Rinde vermischte sich mit dem Geruch des geräucherten Stoffs seines *Tschopens*. An diesem Tag trug er darunter kein Gilet, sondern eine graue Jacke mit Reißverschluss, er sah zufrieden aus, er war zufrieden mit sich, mit mir sowieso.

Ich fragte ihn, wie das war in den großen Kriegen. Ich wusste weder, was ein Krieg war, noch was ein großer Krieg oder was eine Grenze war, die er, wie ich den Gesprächen der Erwachsenen entnahm, zwei Mal bewacht hatte. Mir kam das Bewachen wie Beschützen vor, und das fand ich wichtig, weil er ja auch mich beschützte, und wenn er weg war, hatte ich den Stecken. Es konnte nichts mehr schiefgehen.

Er schwieg und schnitzte weiter. Auch die Geschichte auf dem Flüelapass hatte ich nicht von ihm gehört, ein Freund meines Großvaters, der dabei gewesen war, erzählte sie weiter, was mich in der ersten Gymnasialklasse bewog, auf ein Blatt mit dickem Filzstift »Mein Neni (Großvater)« zu schreiben, nachdem unser Mathematik- und Klassenlehrer gefragt hatte, wer denn unser Vorbild sei, und die anderen Kinder Pop-Idole und Schauspielerinnen angaben, die ihnen besonders viel bedeuteten.

Mein Großvater hatte kurz nach dem Zweiten Weltkrieg seinen obersten Vorgesetzten, den Herrn Oberingenieur aus Chur, auf dem Flüelapass zurückgewiesen, weil der ein sogenannter *Zweihunderter* war. Bei den Zweihundert handelte es sich um 173 zum Teil prominente rechtsbürgerliche, nazifreundliche Männer, die Ende 1940 ihr hässliches Gesicht zeigten, indem sie den Bundesrat aufforderten, die Presse in ihrem Sinne zu zensurieren.

Als sein oberster Chef aus dem Auto stieg und ihn anhielt, schneller zu arbeiten, antwortete er: Von einem Zweihunderter lasse ich mir nichts sagen, steigen Sie wieder ein! Das war forsch und mutig von einem einfachen Mann, der in karger Zeit alleine eine große Familie betreute und ernährte. Er hatte Glück, ihm wurde nicht gekündigt. Dass er dieses fast schon dumme Risiko eingegangen war, verdankte er wohl seiner schlechtesten Eigenschaft und größten Schwäche, er war überaus nachtragend, was er mir, nebst seinen schönen Händen, leider ebenfalls mitgegeben hat.

VERENA DOLOVAI

Bilder eines Sommers

Worte fallen. Ich hebe sie auf und lege sie in meinen Kopf. Dort sammle ich die Worte wie Muscheln am Strand. Ich hüte sie wie einen Schatz. Opa redet nicht viel. Aber du umso mehr. Ich bin eine gute Zuhörerin. Mit den Worten baue ich mir eine eigene Welt. Sie wächst neben der realen heran. Eine Welt, die ich betrete, wann immer mir die reale nicht gefällt. Du weißt nicht, Oma, dass du diese Welt miterschaffst: mit deinen Worten, mit deinen Bewegungen, mit deinem Tun.

Deine Hand auf meiner Wange. Deine andere Hand auf dem Fell der Katze. Die Hand, das Fell. Gezeichnet von Spuren der Arbeit, der Witterung, der vergangenen Jahre. Knotige Hände, struppiges Fell. Meine Wange glatt. Deine ein Kissen aus Samt, das ich mit meinen Lippen streife, wenn ich mich auf Zehenspitzen zu einem Kuss strecke. Denn noch bist du größer. Die Verhältnisse werden sich bald umkehren. Du wirst kleiner, während ich wachse. *Die Kraft der Jugend*, sagst du, *das bist du. Mein Herzi*, nennst du mich. Deine Stimme wird dabei höher und deine goldenen Zähne blitzen hervor. Beinahe so hoch wie die Töne, die du zu Weihnachten, nicht mehr für die Gäste, sondern nur für uns, deine Familie, anstimmst. Diese Töne sind lieblich. Sie schmecken süß wie deine Schokoladenlebkuchenkekse. Und mir wird warm dabei.

Warm ist es auf der Bank, wenn Tim neben mir sitzt. Ist es das Feuer im Holzofen in der Küche, das ich durch die Mauern spüre? Ist es sein Bein, sein Arm, der gegen mein Bein, meinen Arm drückt? Seine Haare sind hell wie das Stroh im Heuboden und die Augen blau wie der Himmel über den Bergen im Salzkammergut auf den Postkarten. Tim ist ein Gästekind aus Deutschland. Deine Gäste sind dir heilig. Deine Stimme schlägt im Umgang mit ihnen einen ähnlich lieblichen Ton an wie mit mir. Ich soll die Getränke aus dem Keller holen, trägst du mir auf, während du in der Küche das Zepter führst. Die Abläufe steuerst und Befehle erteilst. An die, die mithelfen, deine Gäste zu verwöhnen. Auch ich gehöre dazu, aber ich helfe gern mit im Gasthof.

Im Keller riecht es muffig. Tim sagt, *zeig mir den Weinkeller. Zeig mir, wo die Fässer stehen, die so groß sind, dass wir beide hineinpassen.* Ich suche den Lichtschalter, greife in Spinnweben, schrecke zurück. Tim macht *buh!* Ich wünsche mir, dass Tims warmer Atem an meinem Nacken haften bleibt. Das Licht geht an. Es flackert. Das Licht der Glühbirne sticht in meinen Augen. Ich schließe sie, sehe einen grünen Fleck im Dunkel. *Wo bleibst du?*, höre ich deine Stimme und beeile mich, die Flaschen zu nehmen. Eine mit oranger, eine mit gelber Flüssigkeit. Und mit Sprudel, der auf der Zunge tanzt und sie kitzelt. Der Sprudel treibt Tränen in die Augen und füllt den Mund mit Zucker. Alles ist süß hier im Sommer. So süß wie sonst nie, denn zu Hause trinken wir Leitungswasser, damit die Zähne gesund bleiben. Daheim gibt es auch keine Karamellzuckerl. Wir platzieren sie am Gaumen und lassen sie langsam schmelzen. Bis wir die Reste zerbeißen. Sie kleben auf den Zähnen. Im Gasthof in Aurach gelten andere Gesetze.

Ich stelle die Flaschen in die Küche und gehe zurück zu Tim, der im Keller auf mich wartet. Er nimmt meine Hand. Die Glühbirne leuchtet nur den vorderen Getränkekeller aus. Dort, wo auch das Bier steht. Und Coca Cola. Die süßeste aller Sünden. Wir nehmen uns eine Flasche, gehen weiter. Tief ins Gewölbe hinein. Das Gestein ist feucht. Wir sinken ein in sandigen Untergrund. Wir sehen die Umrisse der Weinfässer. Ich höre dich meinen Namen rufen. *Wir müssen uns beeilen,* sage ich und ziehe Tim weiter in die Waschküche, in der es hell ist. Wir öffnen die Tür in den Hof und da stehst du. In deinen viel zu großen Schuhen, weil du sie bequemer findest. In deinen dunklen, weiten Kleidern: ausgeleierte Westen, Röcke, die um deine Hüften schlackern. Nur die alten Fotos sind Zeugnis deiner früheren Rundungen. Nichts wölbt sich mehr nach außen. Weder deine Brust noch dein Bauch.

Du kochst fantastisch. Damals in der Schweiz hast du es gelernt. Sie konnten es nicht glauben, dass du tatsächlich zurück nach Österreich, in einen Dorfgasthof gehen wolltest. Vom oberösterreichischen Schlierbach warst du als Einzige deiner Schwestern Ende der Zwanzigerjahre nach Wien gegangen. Von Wien dann für viele Jahre in die Schweiz, nach Scuol, Davos und St. Moritz. Es hat dir gut gefallen und rasch hast du dir die Sprache der italienischen Küchenmädchen angeeignet. Ganz natürlich sind die italienischen Worte über deine Zunge geglitten. Aus der Schweiz bist du zurück nach Österreich, nach Aurach. In den Gasthof, der Opa gehörte, der eine Köchin suchte. Der dich in der Schweiz gefunden hatte und in den Gasthof mitnahm. Dort musstest du eine Andere werden. Das Reden den Männern überlassen, außer in deiner Küche. Du hast von der Ferne geträumt, doch ihr seid in Aurach geblieben.

Du hältst den Knochenteller in der Hand. Abgenagte Hendlknochen, vom Mittagessen übrig. Der Geruch von Fleisch. Gestapeltes Braun, übereinander, ineinander verkeilt. Spitze, dünne Knochenenden. Gelbe Knorpel. Zu zäh zum Beißen. Gekaut, ausgespuckt. Auf den Knochenteller in der Mitte des Tischs. Alle Reste auf dem Teller vereint. Die Katzen sollen sie nun kriegen.

Ich helfe beim Abräumen. Dann nehmen wir das Coca Cola und setzen uns damit in den Nussbaum neben der Terrasse. Dein Liegestuhl ist aufgeklappt. Der dunkle Bezug ist ausgebleicht und voller Flecken. Der Stuhl steht schief. Die Zeit hat ihn verbogen. Noch ist es nicht Zeit, Sonne zu tanken, noch wirst du von deinen Gästen gebraucht. Du musst Proviant für sie vorbereiten für den Ausflug am Nachmittag. Die Sonne, die du so liebst wie ich, heizt den Tag weiter an. Wir spielen Ball auf der Terrasse mit den Gästekindern. Stolpern in die Schlaglöcher des Asphalts. Dort, wo er aufgebrochen ist, sammelt sich altes Regenwasser, bilden sich Pfützen. Wir klettern wieder in den Nussbaum. Halten Ausschau. Schauen auf die Autos, die schnell um die Kurve biegen, am Gasthof vorbeirauschen, den Motor aufheulen lassen. Die Blätter des Nussbaums. Die braunen Blätter am Boden, die rascheln, wenn man darauftritt. Die grünen, die wir vom Baum pflücken, denen wir das Grün mit den Fingern rausziehen, bis das Blatt ein Fischskelett ist. Wir üben Seilspringen. Ich stolpere, falle. Schlage auf dem Asphalt auf. Meine obere Zahnreihe fühlt sich taub an. Ich taste mit der Zunge über meine Zähne. Die Reihe scheint vollständig. Der metallische Geschmack von Blut. Meine Augen tränen. Vor Schmerz muss ich mich zurückziehen wie eine Katze. Ich verharre in meinem Versteck. Im Zimmer Nummer 13.

Als es dämmert, kehre ich in die Gaststube zurück. Es ist still. Ich sehe dich auf dem Rücken auf der Bank liegen. Deine Nasenlöcher gleichen dunklen Höhlen, die in deinen Körper führen. Ich wage einen Blick ganz nah an deinem Gesicht. Da öffnest du den Mund und ein leises Schnarchen dringt heraus. Beinahe ein Röcheln. Und ich kriege Angst und schüttle dich, bis du wach bist und sagst, *ist was? Die Sommergäste sind vom Ausflug zurück*, sage ich. Und da hören wir sie tatsächlich, wie sie im Hof plaudern und lachen.

Ich zeige Tim die Schublade mit den vergilbten Postkarten. Auf denen die Bergspitzen weiß sind, der Himmel blau ist. Das Salzkammergut zeigt, was es hat. Wir spielen mit den Gläsern. Schnapsgläser. Gläser für Limonade. Gläser für Bier. Gläser für Wein. Wir spielen, dass wir Wirtin und Wirt sind.

Dann wird das Abendessen gerichtet. Die Butter in schöne Muster gestochen, die Würstel immer gleich auf den Tellern arrangiert. Ein Tupfer Senf. Frisch geriebener Kren, der in der Nase kitzelt. Ich helfe beim Servieren. Das finden die Gäste niedlich, weil ich ein Kind bin. Nach dem Abräumen ziehen sich die Gäste auf ihre Zimmer zurück. Der letzte Stammgast aus dem Ort sitzt noch neben Opa. Das Gesicht des Mannes ist rot. Er trinkt ein Bier nach dem anderen. Bis seine Augen tränen. Weil er traurig wird, je mehr er trinkt. Die Tränen tropfen ins Bier. Opa sitzt immer noch beim ersten Bier. Und irgendwann geht auch der letzte Gast nach Hause. Dann sperren wir die Welt aus: Opa zieht den Vorhang mit einer langen Stange zu. *Rrrritsch*, macht es. Und wir laufen die Stufen hinauf in unser Schlafzimmer.

Im Zimmer Nummer 13 gibt es ein Waschbecken, einen Spiegelkasten und ein großes Bett. Der Spiegel ist fast blind.

Meine Schwester und ich erkennen uns nur verschwommen. Wie durch eine trübe Kameralinse. Wir schäumen unsere Münder mit Zahnpasta und spucken alles aus. Wir waschen unsere Gesichter mit kaltem Wasser. Dann der unvermeidbare Gang aufs Klo. Vorbei am Schlafzimmer von Opa und dir. Leise huschen wir wie Gespenster in unseren weißen langen Nachthemden über den Flur. Wir hören euch reden. Im Klo riecht es scharf nach Urin. Ich halte mir die Nase zu, während ich auf der Kloschüssel sitze. Zurück im Zimmer, legen wir uns auf das kalte Leintuch, wuchten die schweren Decken auf uns und werden unter ihnen begraben. Auch die Decken sind kalt. Wir klopfen sie flach, Federn fliegen hoch. Wir drücken die Decken nieder, bis wir einander sehen können. Meine Schwester kichert. Dann schläft sie ein. Und ich liege wach. Höre die Kirchenglocke schlagen. Ich zähle die einzelnen Schläge. Einmal, zweimal, dreimal. Beim vierten Mal weiß ich die Stunde. Viel zu früh ist es zum Aufstehen. Und doch stehe ich auf, gehe zum Fenster, ziehe den Vorhang zur Seite. Das grelle Licht eines Autoscheinwerfers. Grün funkelnde Katzenaugen. Ich steige zurück ins Bett.

Gerrit Schneider-Lastin

Meine Großmutter aus dem Westen

Ein warmer Frühsommertag auf Usedom, 1972. Mein Vater sitzt abfahrtbereit auf seinem DDR-Motorrad, Marke MZ, in der Einfahrt unseres Hauses. Ich spiele auf dem Nachbargrundstück und frage ihn durch den Zaun, wohin er fahre und ob ich mitkommen dürfe. Er antwortet abwehrend, nein, er warte. Da öffnet sich die Tür des Hauses, sie tritt heraus und schreitet die große Treppe hinab. Sie trägt ein apartes schwarzes Sommerkostüm mit einer weißen Bluse, kurze Handschuhe zieren ihre schlanken Hände, Hut, Tasche und die passenden Schuhe vervollständigen das Bild. Ihr langer enger Rock reicht bis an die Knöchel. Sie geht auf meinen Vater und das Motorrad zu. Elegant schwingt sie sich im Damensitz auf den Sozius, hält Hut und Tasche fest und wartet auf die Abfahrt. Mein Vater dreht sich um und meint abschätzig, so gehe das nicht, sie sei hier nicht beim Reiten. Denn reiten konnte sie. Da mein Vater keine Anstalten macht einzulenken, bleibt ihr nichts anderes übrig, als wieder abzusteigen. Es folgt ein kleines Schauspiel: Sie rafft gekonnt ihren Rock über die Knie, sehr darauf bedacht, keinen Zentimeter zu viel von ihren Beinen preiszugeben, und steigt auf das Zweirad. Sie rückt sich zurecht, hält mit der rechten Hand Rock und Tasche zwischen den Beinen fest, mit der linken den Hut auf dem Kopf.

So war sie. In jeder Situation ganz Dame. Sie – meine Großmutter Emmi Wilhelmine Friederike Just, geborene Schneider.

Geboren wurde Emmi im Juni 1901 als jüngstes von drei Geschwistern im westfälischen Witten an der Ruhr, wo ihr Vater ein gut gehendes Schneideratelier an bester Lage führte. Noch im Alter schwärmte Emmi von den feinen Stoffen und vornehmen, eleganten Kleidern, die er für seine wohlhabende Kundschaft kreierte. Sie hing zeitlebens sehr an ihrer Familie, erzählte mir oft von ihren Geschwistern, von Fritz und ihrer behinderten Schwester Elli. Sie liebte ihr Witten an der Ruhr, wobei die vollständige Bezeichnung ihrer Heimatstadt ihr stets von ganz besonderer Wichtigkeit war.

In Emmis Kindheit fielen zwei tragische Ereignisse. Sie rutschte oft mit großer Begeisterung auf dem Handlauf das Treppengeländer hinunter. Einmal wurde sie dabei von Elli festgehalten. Emmi verlor das Gleichgewicht und stürzte über drei Etagen bis in die Eingangshalle des Hauses. Anfänglich glaubte man, sie sei tot. Es folgten mehrere Operationen am Kopf, die einen langen Krankenhausaufenthalt nach sich zogen. Doch sie konnte geheilt werden und später ihren Beruf als Dentistin und Zahntechnikerin ausüben. 1918, gegen Ende des Ersten Weltkriegs, die zweite Tragödie: Emmis Vater wurde zusammen mit zwei anderen Soldaten erschossen, als sie bereits auf dem Heimweg aus Frankreich waren. Man hielt sie für Deserteure und schoss sofort – so erzählte es mir meine Großmutter. Nun war es an ihrem Bruder, für die Familie zu sorgen.

Der Zahnarzt, in dessen Praxis Emmi nach ihrer Ausbildung arbeitete, stammte aus einer aristokratischen Familie. Sie verliebte sich in ihn. Carl, den sie als attraktiv und intelligent beschrieb, war der Mann, mit dem sie sich ihr Leben vorstellen konnte. Sie erzählte von gemeinsamen Theaterbesuchen, Opernabenden, Konzerten und der feinen Gesellschaft, in der sie mit ihm verkehrte. Carl erwiderte Emmis Zuneigung, doch durfte diese Liebe nicht sein. Emmi war eben nur eine Bürgerliche, die Carls Familie nicht an der Seite ihres Sohnes akzeptierte. Ihren Carl nicht heiraten zu dürfen, muss für sie ein lange anhaltender Schmerz gewesen sein.

Erst einige Jahre später trat wieder ein Mann in ihr Leben. Fritz war Bankier und stammte aus Ahlbeck auf der Ostseeinsel Usedom. Sehr schnell fanden die beiden zueinander und Fritz versprach Emmi die Ehe. Es folgten zwölf lange Jahre der Verlobung, in denen sie sich immer weniger sahen, bis Fritz nur noch gelegentlich schrieb. Doch Emmi gab nicht auf. Sie packte ihren Koffer und fuhr von Witten an der Ruhr über siebenhundert Kilometer mit dem Zug zu ihrem Verlobten nach Ahlbeck. Dort wurde sie bei ihrem Schwiegervater in spe vorstellig und berichtete ihm von der versprochenen Heirat. Am selben Tag noch gab es ein weiteres Gespräch, diesmal zwischen Vater und Sohn. Dem Heiratsunwilligen wurde eindringlich ins Gedächtnis gerufen, dass ein einmal gegebenes Versprechen zu halten sei. Und wenige Monate später heirateten Emmi Wilhelmine Friederike und Fritz Carl Werner. Das Hochzeitsfoto zeigt Emmi im schlichten weißen Kleid mit einem langen Schleier und Fritz im schwarzen Frack. Emmi hatte erreicht, was sie wollte. Das Ehepaar ließ sich im nahe gelegenen mondänen Seebad Heringsdorf nieder, und wenige Jahre später wurden ihnen zwei Töchter geboren, Inge und Margrit, meine Mutter.

Die Familie, in die Emmi eingeheiratet hatte, war angesehen im Ort und auch so wohlhabend, dass sie ihr Faible für extravagante Dinge und erlesene Kleidung ausleben konnte. Aber gern gesehen war sie in ihrer neuen Familie nicht. Sie war und blieb die Westfälin, eine Außenseiterin, eine Fremde, die anders war, zu redegewandt, zu selbstbewusst und selbstbestimmt, zu dickköpfig, so hieß es immer.

Während des Zweiten Weltkriegs wurde mein Großvater in Skandinavien stationiert. Emmi musste sich und ihre Töchter in der Kriegs- und Nachkriegszeit selbst versorgen. Als die Lebensmittel knapp wurden, ging sie, wie man es damals nannte, auf Hamstertour über die Insel, tauschte Kleidung und Schmuck gegen Essbares. Sie vermietete Strandkörbe und führte zwei kleine Porzellangeschäfte auf der Seebrücke. So hielt sie während der langen Abwesenheit ihres Mannes ihre Familie über Wasser. Die Verwandtschaft meines Großvaters mochte sie nicht akzeptiert haben, aber in Heringsdorf selbst war sie beliebt, nicht zuletzt, weil sie sich um Menschen kümmerte, die schlechter dran waren als sie selbst.

Nach der Rückkehr von Fritz war die Ehe mancher Belastungsprobe ausgesetzt. Eine Frau, die im Haus meiner Großeltern ein und aus ging, entpuppte sich als seine Geliebte. Emmi ertrug es still, sie blieb auch nach der Entdeckung an der Seite ihres Mannes. Bis zu ihrem Tod verband die beiden Frauen sogar eine enge Freundschaft.

Ein tiefer Einschnitt in ihrem Leben ereignete sich Anfang der Siebzigerjahre, als ihr Haus restauriert und umgebaut werden sollte. Emmi ging zur Bank und wollte eine größere Summe Geldes für den Umbau abheben. Anders als im Westen konnten Frauen in der DDR Bankgeschäfte erledigen, ohne ihre Ehemänner dafür um Erlaubnis bitten zu müssen. Auf der Bank wurde Emmi freundlich, aber bestimmt eröffnet, dass das Konto so gut wie leer sei. Es stellte sich heraus, dass mein Großvater, der wieder in seinem alten Beruf als Bankier arbeitete, über die Jahre Trink- und Spielschulden angehäuft hatte, die er aus dem Vermögen der Familie beglich. Auch Gelder seiner Kunden hatte er veruntreut. Welche Schande für die im Ort angesehene Familie! Das Haus musste verkauft werden, um wenigstens einen Teil der Schulden zu bezahlen. Meine Großeltern und meine Eltern, die im selben Haus wohnten, mussten ausziehen. Das Personal, das bis zu diesem Zeitpunkt Haus und Hof versorgt hatte, wurde entlassen. Fritz verlor seine Stelle und konnte nur noch als Hausmeister arbeiten. Ich war zu dieser Zeit ungefähr sieben Jahre alt und wunderte mich über die plötzlichen Veränderungen, ohne deren Grund und Tragweite ermessen zu können. Aber meine Großmutter nahm die Dinge in die Hand, trotzte der Schande und meisterte ab sofort den Alltag. Und abermals stand sie zu ihrem Fritz.

Die größte Tragödie für Emmi war freilich eine andere. Auch nach ihrer Eheschließung pflegte sie eine enge Beziehung zu ihren Geschwistern und ihren Freundinnen und Freunden im Westen und fuhr immer wieder zu Besuch in ihr geliebtes Witten an der Ruhr. Am 13. August 1961, dem Tag des Mauerbaus, wurde die Grenze zur Bundesrepublik von einem Tag auf den anderen geschlossen und Reisen in den Westen waren ab sofort nicht mehr möglich. Selbst zur Beerdigung ihrer Schwester Elli durfte sie nicht fahren.

Die einzige Möglichkeit, den Kontakt mit ihrer Familie und ihren Freunden im Westen zu halten, waren Briefe. Ein Telefon – in der DDR der Sechziger- und Siebzigerjahre eine Rarität – gab es im Haushalt meiner Großeltern nicht. Ein Höhepunkt waren da die kleinen und großen »Westpakete«, die Emmi in regelmäßigen Abständen aus ihrer alten Heimat erhielt. Das Eintreffen eines Pakets war ein ganz besonderes Ereignis und das Öffnen jedes Mal eine Zeremonie, zu der Emmi meine Mutter und uns Kinder, meinen Bruder und mich, um sich scharte. Ich erinnere mich noch genau an den Duft, der diesen Paketen entströmte. Es war der Geruch des Westens. Emmi übernahm die Verteilung des Inhalts: Kaffee (»Jacobs Krönung«), 4711 Echt Kölnisch Wasser, Seife (»Lux«), Strumpfhosen, Faserstifte (Marke »Pelikan«), Füllfederhalter, Schokolade (»Schogetten«), Malzbonbons (die ich nicht mochte, aber trotzdem aß – sie waren ja aus dem Westen), dies alles und noch viel mehr befand sich in den kleineren Paketen, die großen enthielten zusätzlich Kleider für Emmi, immer nach der neuesten Westmode. Und manchmal, aber nur manchmal, steckte zwischen den Sachen verborgen ein D-Mark-Schein, der von der Zensur nicht bemerkt worden war.

Anfang November 1964 öffnete sich ein Tor in den Westen. Auf Einladung durften Rentnerinnen und Rentner ihre Westverwandtschaft besuchen. Meine Großmutter sehnte den Tag herbei, an dem auch sie das Rentenalter erreichen und zu ihrer Familie fahren würde. Doch dazu kam es nicht. Ende 1965, ein halbes Jahr vor Emmis 65. Geburtstag, heiratete meine Mutter. Da ihr Mann, mein Vater, bei der Polizei war und, wie ich heute weiß, für die Staatssicherheit arbeitete, waren unserer Familie Westbesuche und -kontakte untersagt. Emmi beschrieb es als ihr schlimmstes Schicksal, ihre Familie und ihre alte Heimatstadt nicht mehr sehen zu dürfen.

Erst Ende der Siebzigerjahre, mein Großvater war inzwischen gestorben, erwirkte Emmi – ich weiß nicht, wie – die Erlaubnis, für drei Wochen in den Westen zu fahren. Niemand von uns rechnete damit, dass sie je wiederkommen würde in diesen Staat, den sie im Grunde ihres Herzens ablehnte. Doch sie kam zurück. Ich werde das Bild nie vergessen, wie sie nach ihrer Ankunft aus dem Westen in einem neuen tannennadelgrünen Strickkostüm und schicken Krokodillederschuhen in unserer Wohnung stand, eine unbändige Freude darüber im Gesicht, nach Jahren ihre Familie und ihr Witten an der Ruhr wiedergesehen zu haben.

Thomas Sarbacher

Mein Großvater und sein Enkel

Er hat sich hingelegt. Das tut er oft, meist schon gleich nach dem Frühstück, am frühen Vormittag, nach dem Mittagessen wieder und möglicherweise noch einmal am späteren Nachmittag.

Gerade im Sommer liegt er oft in einem Liegestuhl im Hof oder auf dem Rasen, in der Sonne oder im Schatten des Nussbaums. Er braucht seine Ruhe. Er muss ruhen, ausruhen; hat sich behaglich in die geflochtene Kunststoffbespannung des klappbaren Liegestuhls ausgestreckt, den Kopf an das in halb aufrechter Position arretierte Oberteil der Liege gelehnt, sodass sich sein starkes Kinn, wie vorgeschoben, in den offenen Kragen seines kurzärmeligen weißen Sommerhemds schmiegt, die Beine in dunkler Stoffhose übereinander, das linke über das rechte, und die Füße in den schwarzen Lederschuhen zu größerer Bequemlichkeit auf einem Kissen abgelegt. Mit der linken Hand hat er neben dem Oberschenkel am Rahmen der Liege Halt gefunden, die rechte formt ein kleines Dach über seinem Bauch oder tastet mit den Fingerspitzen tänzelnd dem elastischen Hosenträger entlang. Von Zeit zu Zeit öffnet er die Augen, hebt den Blick zu den Wolken, die am blassblau schimmernden Sommerhimmel träge über ihn dahinziehen, mit dem aufwärtsstrebenden Blick heben sich auch die dichten Brauen ein wenig und auf seiner hohen Stirn spielen Falten.

Mit einem Mal merkt er auf und wendet den Kopf in wohliger Regung langsam zur Seite, wo auf der im Gras ausgebreiteten hellen Decke sein Enkel gerade wach geworden ist, wie ein kleiner Käfer auf dem Rücken liegt und seine stummeligen Arme und Beine zappelnd in die Höhe reckt. Ein lauer Luftzug fährt in das Geäst des Baumes und die Blätter fächeln leise Schatten über die Gesichter der beiden.

Mein Großvater war ein alter Mann, in den Augen seines Enkels. Was der Junge nicht wusste, oder es war ihm gesagt worden und er hatte sich darunter nichts vorstellen können, mein Großvater hatte ein schwaches Herz. Das hatte er womöglich selber nicht gewusst, als er jung war, oder er hatte es nicht wissen wollen.

Da hatten sie Aufstellung genommen für ein offizielles Verlobungsfoto im Kreis ihrer Familie, und er sah seine Braut von der Seite her unternehmungslustig an, als freue er sich über den Erfolg seiner Werbung und sei zu allem bereit, und erst diese Freude mit ihr zu teilen. Aufrecht stand er, halb ihr zugewandt, mit geradem Rücken, trug schwarzen Anzug und gestärkten weißen Vatermörderkragen mit schwarzer Fliege. Der Scheitel seines hier noch hellen Haares war streng gebürstet, in leicht geschwungenem Bogen wies seine Nase hinab auf das vorstehende Kinn, was dem wachen Ausdruck seines Gesichts beinahe einen Anflug von Kühnheit verlieh. Ein Lächeln rahmte seinen Mund mit kleinen Grübchen, amüsiert, wie sie ihren Blick schräg nach vorn richtete, nicht verlegen, fast genießerisch. Und das hinter dem Rücken des künftigen Schwiegervaters, der sich in der Pose eines widerstrebend ergebenen Patriarchen mit vor der Brust verschränkten Armen in seinem Sessel zurechtgesetzt hatte, während die Mutter der Braut auf einem Stuhl sitzend die Hände im Schoß gefaltet hielt, ein friedeheischendes Lächeln auf ihren Zügen. Hinter der Mutter die Brüder der Braut, artig, im Vordergrund zwischen den Alten der Tisch, darauf der geschmückte Weihnachtsbaum und allerlei Aussteuer für den häuslichen Gebrauch, teils silberglänzend.

Er stammte aus einem auf der Höhe über der Gemeinde gelegenen kleinen Bauerndorf, von dort war er herabgekommen zu einem Tanzvergnügen und musste dann wohl auch getanzt haben, jedenfalls lernten sie sich so kennen. Sie heirateten und zogen fort, in die nächstgelegene größere Stadt, wo er Anstellung fand als Buchhalter in einem mittelgroßen Industriebetrieb. Bald darauf kam schon ihr Sohn zur Welt. Er lieh sich Geld von seinem Vater, kaufte Grund und baute ein Haus oder ließ es bauen. Das war sein großer Wunsch gewesen, das eigene Haus. Das Geld bekam der Vater später wieder.

Mein Großvater ging auf geradem Weg, er machte keine großen Sprünge, doch für das, was er wollte, tat er alles, was er konnte, besonnen und beharrlich. Zudem war er sehr gläubig, demütig in einem tief empfundenen Gottvertrauen. So sah er auf die Welt, mit seinen freundlichen Augen, den Blick gehoben und geradeaus gerichtet, so konnte er bei dem bleiben, was er für Recht und rechtens hielt, und stark sein, wenn es auch manchmal über seine Kräfte ging. Als es hieß, sich im Betrieb beim wöchentlichen Appell zur Fahne zu stellen, zog er sich zurück, er kämpfte nicht dagegen an, doch er blieb fern. Auch das war Kampf, gegen die Schwäche seines Herzens. Wo er nicht aufbegehren konnte, schwieg er und wandte sich ab. Das war gefährlich. Er verrichtete seinen Gottesdienst, verweigerte dagegen die Erfüllung seiner Pflichten vor Partei und Vaterland. Das war bekannt. Er hatte Glück. Der Fabrikbesitzer hatte den Betrieb aus den Händen des Vaters übernommen, ohne Kenntnis von dem Geschäft zu haben, und so war er auf die Arbeit und Unterstützung meines Großvaters angewiesen, der das Unternehmerische beherrschte. Im Gegenzug machte der Chef, zumindest lange Zeit, schützend seinen Einfluss geltend. Dann wurde die Tochter geboren und es war Krieg. Und er tat, was er vermochte, um seine Familie zu schützen, kämpfen musste er vor allem gegen die eigene Angst und gegen seine Schwäche, die er wohl empfand, weil er auf seine Kräfte nicht vertrauen konnte. So mochten sie in dem Keller des Hauses gesessen haben, während die Angriffe auf die nahe Großstadt geflogen wurden, und versucht haben, ihre Angst zu überwinden, um den Kindern die Angst nehmen zu können. Vielleicht waren sie kleinmütig in diesen Momenten, vielleicht waren sie es nicht, weil sie beten konnten. Sie überstanden den Krieg und kamen unbeschadet durch die Jahre, doch mein Großvater hatte sich verbraucht, er war ein kranker Mann. Er ging früh in Rente.

Das war etwas, das später auf seinen Enkel tiefen Eindruck machte, der bereits im Alter von vier Jahren beschloss, Rentner werden zu wollen wie mein Großvater, der doch immer zu Hause war, ein stilles, ruhiges Leben führte und dafür auch noch Geld bekam.

Als Kind verbrachte der Enkel jedes Jahr den Sommer im Haus der Großeltern und der Tante; das war für ihn ein fabelhafter Ort, schon der Name der kleinen Stadt in Süddeutschland klang, als sei er nur für ihn erdacht, oder gar, die Stadt, die Straße und das Haus waren erst wirklich, wenn er da war. Und ebenso die Großeltern und die Tante, auch sie waren erst wirklich, wenn er da war, und nur für ihn da. Alle Tage und Wochen, die er dort verbrachte, war er ohne seinen Bruder, ohne seine Eltern, er war nicht mehr der Kleine, sondern der, der er sein wollte. Das war der Ort, wo die Tage immer lang und hell waren, wo alles nur für ihn geschah, auch wenn – oder gerade weil – dort nichts passierte. Im Haus, auf der Treppe hinauf in den oberen Stock, oder die Treppe hinunter in den Keller, auf dem Hof oder im Holzschopf hinten am Ende des Gartens, in den Büschen entlang des Zauns zum Nachbarn, überall ließ sich etwas finden, womit er sich in irgendwelche Abenteuergeschichten verlieren konnte. Wie beispielsweise der alte Leiterwagen, der unter der von zwei Mauerpfosten getragenen Veranda neben anderem Gartengerät stand und sich großartig eignete als Planwagen westwärts ziehender Siedler, auch wenn er die Pferde nicht hatte und den Wagen selber ziehen musste. So konnte es vorkommen, dass das scheußliche Rasseln der wackeligen, mit rostigen Metallreifen bespannten Wagenräder auf dem Straßenpflaster die Stille des Mittags erschütterte. Wenn er dann mit dem Gefährt wieder im Hof anlangte, erwartete ihn bereits mein Großvater mit einer gehörigen Standpauke, und für seine frechen Widerworte setzte es eine Ohrfeige, dass der alte Hut des Großvaters, der als westernheldenmäßige Verkleidung gedient hatte, in hohem Bogen ihm vom Kopf flog. Die Ohrfeige schmerzte den Großvater weit mehr als den Jungen, für den es viel schlimmer war, so unsanft wieder in die Gegenwart befördert worden zu sein. Für meinen Großvater war schon eine solche Aufregung zu viel. Er war nicht böse, er ertrug nur die Unruhe nicht, die der Junge mit seinen wilden Spielen verursachte.

Am liebsten war ihm, wenn er bereits bald nach dem Frühstück auf der »Schäslong« liegen und in der Zeitung lesen konnte, auf der Chaiselongue, die in der Küche unter dem Fenster stand, während der Junge seiner Großmutter half, die Erbsen zu pulen für das Mittagessen, oder auf der Veranda am Tisch saß und ein Bild malte. Im Haus war es still und die Sommerluft des Morgens noch kühl, die Verandatür zum Garten stand offen, und nur vom Hof der nahe gelegenen Getränkehandlung klang mitunter gedämpft und wie von weit das Scheppern und Klirren von Flaschen in Kästen herüber. Dann schlief er ein, auf dem Rücken liegend, die rechte Hand auf der aufgeschlagenen Zeitung über dem Bauch, am Bügel noch lose die Brille haltend, den Kopf etwas schräg dem Tisch zugekehrt, mit offenem Mund. Das konnte nicht lange gut gehen.

Von dem Moment an, da der Junge in der Frühe die Augen aufschlug, verlangte er von seiner kleinen Welt, dass etwas zu geschehen habe. Er stahl sich aus seinem Bett, das am Fußende des mächtigen, auf hohen Füßen ruhenden Doppelbetts im Schlafzimmer der Großeltern stand, umgeben von den schweren Möbeln aus dunklem Holz, dem Kleiderschrank, dem Waschtisch mit der massiven Marmorplatte und einer Kommode neben der Tür. Vergessen die bangen Momente vor dem Einschlafen, als er dort allein gelegen hatte und den Blick nicht abwenden konnte von dem schwarzen Kasten, der draußen im Flur an der Wand hing und durch die halb offen stehende Tür genau ihm gegenüber zu sehen war, das Stromzählgerät aus schwarzem Bakelit, mit den zwei großen, nebeneinander angeordneten schwarzen Sicherungsschrauben und dem Sichtfenster des Zählwerks darunter, das Gesicht eines Fremden, so furchterregend im Schatten der nächtlichen Dunkelheit, während von unten leise Gesprächsfetzen aus dem Wohnzimmer zu ihm heraufdrangen.

Am Morgen war es nurmehr ein hässlicher schwarzer Kasten, wenn er an ihm vorbei und dann die Treppe hinunter vorsichtig Stufe für Stufe auf bloßen Füßen schlich, im ersten fahlgrauen Dämmer des Morgens, der durch das kleine Fenster auf halber Treppe fiel.

Er machte einen ersten Erkundungsgang durch Wohnzimmer, Küche und Veranda oder auch in den Keller hinunter, vorsichtig tastend, gespannt und unbestimmte Schrecken erwartend, mit leisem Schauder, wenn ihm der dumpfe, leicht modrige Geruch von eingelagertem Obst, Kartoffeln und Kohlen entgegenschlug. Vor der dunklen Abseite, in der der Vorratsschrank mit den Einmachgläsern stand, machte er kehrt und floh die Treppe wieder hinauf und schloss die Tür hinter sich. Dann nahm er aus der Schublade des Garderobenschränkchens ein Kopftuch seiner Großmutter, wand es sich als ein Stirnband um den Kopf und trat nun als verwegener Krieger bedeutend mutiger auf, da es galt, sich feindlicher Angriffe zu erwehren.

Einmal fand ein solcher Kampf in aller Frühe auf der Treppe statt, er überwand die Stufen vom oberen Stockwerk bis zum Absatz auf der Hälfte der Treppe mit einem kühnen Sprung mitten unter seine Feinde, allerdings stand dort nur die große Pendeluhr, die durch den Aufprall ins Wanken geriet und über ihn fiel. Im letzten Moment schlug die Uhr auf dem Treppengeländer auf, er kam ohne Schaden davon. Oben standen die Großeltern, in Schlafanzug und Nachthemd, mit dem Schock in den Augen, froh allerdings, dass ihm nichts geschehen war.

Ein anderes Mal tobte die Schlacht unten im Flur und er stieß bei einem seiner Ausfälle mit dem Knie durch ein kleines Sichtfenster in der Haustür. Der Schnitt war tief und blutete heftig. Er wurde auf die Chaiselongue in der Küche gebettet und eine Ordensschwester kam und versorgte das blutende Knie. Die Schmach empfand er weit heftiger als die schmerzende Wunde. Mein Großvater saß am Küchentisch und tadelte ihn nur mit sanftem Blick, die Großmutter stand in der Tür und hatte die Hände resigniert in die Seiten gelegt. Wieder einmal waren sie beide sprachlos und der Junge ahnte nicht einmal, was sie um ihn auszustehen gehabt hatten. Aber er gab sich reumütig und hielt sich für eine Weile ruhig, ließ sich herbei und setzte sich zu meinem Großvater, wenn der sich hingelegt und ihn gebeten hatte, ihm die Innenseite seines bloßen Unterarms mit den Fingern zu kraulen. Der erschöpfte alte Mann schloss bald die Augen, der Junge sah auf seine eigene Hand und horchte und nichts geschah und die Zeit verging ganz leise.

Und dann: Zu Hause, oben im Norden, Weihnachten war gerade gewesen und der Junge spielte mit einem Freund in seinem Zimmer und zeigte ihm, was er geschenkt bekommen hatte. Er hörte, wie im Flur das Telefon klingelte, er hörte, wie sein Vater den Hörer abnahm und sprach, begriff augenblicks, denn er war schon bald neun, dass der Vater entweder mit der Großmutter oder mit der Tante sprach, und wunderte sich und begriff nicht, dass der Vater sagte, wir kommen. Bald waren seine Mutter zurück und auch sein Bruder zu Hause und die Mutter sagte ihm, er solle den Freund nach Hause schicken, und alle waren ernst und bedrückt, denn mein Großvater war nun sehr krank und es hieß, sie würden fahren, um ihn noch einmal zu sehen. So fuhren sie alle zu den Großeltern und es war Winter und dunkel und kalt. Mein Großvater lag im Bett oben im Schlafzimmer und schlief die meiste Zeit und alle sprachen nur leise und ernst, und wenn der Junge versuchte, lustig zu sein, dann lächelten sie traurig und schwiegen. Und an einem Nachmittag nahm die Großmutter den Jungen mit und die Treppe hinauf, öffnete die Schlafzimmertür und führte ihn an das Bett des Großvaters. Im Zimmer war es feierlich still. Der Junge saß neben dem Bett, als mein Großvater die Augen öffnete, ihn ansah und schließlich leise wispernd seinen Namen sagte. Fast verlegen sah der Junge zu ihm hin und legte ihm dann wie unabsichtlich die Finger auf die Innenseite seines Unterarms.

Monate später, zu Hause, als er nach dem Mittagessen in der Küche stand und beim Abtrocknen half, erschütterte ihn die Erinnerung an diesen Moment, dass er ihn noch einmal erkannt hatte. Erst da wusste er wirklich, dass mein Großvater tot war, und er wusste auch, dass alle in seiner Familie nicht unsterblich waren. Er stützte sich auf die Arbeitsplatte, das Geschirrtuch noch in der Hand, sah aus dem Fenster, hinaus in die leblose Langeweile eines norddeutschen Sonntagnachmittags, und heulte.

Neulich verließ ich das Haus, lief in Gedanken auf dem Gehsteig, vorbei an ein paar kleinen Kindern, als einer der Jungen mit einem Mal rief, »hoi, du alte Maa!« und, als ich mich erschrocken nach ihm umwandte, noch einmal, »du bisch en alte Maa!«.

ODED FLUSS

Was zu beweisen war

In einem großen Sessel sitzt ein kleiner Mann mit großen Ohren. Kopfhörer bedecken seine Ohren und lassen sie noch größer erscheinen. Ein kleines Lächeln umspielt sein Gesicht, die dunkel umschatteten Lider seiner großen grünen Augen sind fest geschlossen. Schläft er? Keines von uns Kindern weiß es, aber wenn wir durch die kleine Wohnung flitzen, schleichen wir auf Zehenspitzen um ihn herum. Schon damals wussten wir, dass man einen solchen Seelenfrieden nicht stören darf.

Sein kleines Arbeitszimmer war voller dicker Bücher. Noch bevor ich lesen konnte, zog es mich zu den riesigen Atlanten. Einmal schlug er die Augen auf, als ich gerade auf eine bunte Landkarte starrte und dabei in der Nase bohrte. »Suchst du einen Schatz?«, fragte er mit ernster Stimme, und mir war nicht klar, ob er die Karte meinte, die vor mir ausgebreitet lag, oder den Finger, der in meiner Nase steckte. »Diesen Finger kannst du besser nutzen«, sagte er, nahm meinen Zeigefinger und zeigte mir, wie man damit durch die Welt reisen konnte.

Mit demselben Finger, der durch die Wüsten Afrikas reiste, habe ich später meinen ersten Satz gelesen. Der Blinde wie der Sehende lesen zuerst mit dem Finger.

Die Bücher in den Regalen wechselten oft ihren Platz, und sosehr ich mich auch bemühte, sie wieder an ihren Platz zu stellen, in der darauffolgenden Woche stand das Buch, das ich in das eine Regal gestellt hatte, plötzlich in einem anderen. Als kleines Kind fragte ich mich, ob das wohl daran lag, dass die Bücher untereinander Streit hatten.

Ein Regal aber blieb immer genau so, wie es war. Es war das oberste Regal, und man konnte aus dem Staub auf den Büchern schließen, dass sie seit Jahren nicht mehr bewegt worden waren. Einmal kletterte ich auf den Drehstuhl meines Großvaters, um sie mir aus der Nähe anzusehen. Das war keine leichte Aufgabe, denn der Stuhl bewegte sich ständig, und ich musste unaufhörlich das Gleichgewicht halten. Während ich einen komischen Elvis-Tanz vollführte, sah ich zum ersten Mal die Titel der Bücher aus der Nähe, aber obwohl es vertraute hebräische Buchstaben waren, konnte ich ihren Sinn nicht verstehen.

Plötzlich machte der Stuhl eine scharfe Drehung, und ich verlor das Gleichgewicht. Ich griff nach dem Regal, um nicht zu fallen, doch es bot keinen Halt, und ich fiel mit lautem Getöse mitsamt allen Büchern auf den Boden. Meine Großmutter stürmte ins Zimmer, und als sie mich sah, schimpfte sie: »*Vey iz mir!* Schon wieder turnst du wie ein Affe auf den Möbeln herum …« Sie steckte den heruntergefallenen Nagel wieder an seinen Platz und befestigte das Regal. »Stell alle Bücher wieder zurück, bevor dein Großvater aufwacht!«, sagte sie ungeduldig.

Als ich mich wieder gefangen hatte und die Bücher zusammensuchte, stellte ich fest, dass sie viel älter waren als die anderen Bücher meines Großvaters. Sie waren nicht nur sehr alt, sondern die meisten auch runzlig und zerfleddert. Viele hatten keinen Rücken mehr, manche waren fleckig, und wenn man eines aufschlug, roch es, als hätte das Buch Mundgeruch. Der Boden war nicht nur voller Staub, sondern übersät mit Teilchen, die sich von den Büchern gelöst hatten. Mir war, als hätte ich sie verletzt, und zum ersten Mal in meinem Leben hatte ich Mitleid mit Dingen. Und noch etwas war mir bisher nicht aufgefallen: In jedem dieser Bücher prangte auf der ersten Seite ein alter blauvioletter Stempel mit dem Namen meines Großvaters. Ich fand das sehr merkwürdig, denn derselbe Mann hatte mich immer angehalten, niemals in Bücher zu schreiben.

Behutsam und bewusst langsam nahm ich jedes Buch, blätterte es durch und stellte es wieder ins Regal zurück. Ich fühlte mich bereits als Meisterleser, darum war ich schockiert, dass diese Bücher für mich völlig unverständlich waren. Jeder Satz bestand aus langen, seltsamen, sinnlosen Wörtern, dazwischen aber fand sich immer wieder das eine oder andere Wort, das ich problemlos lesen konnte. »Was ist das denn für eine Hexerei«, dachte ich mir.

Eines der Bücher fiel mir besonders auf. Es hatte einen verblichenen blauen Einband, und die Seiten darin waren so empfindlich, dass bei jedem Umblättern Papierkrümel auf den Boden segelten. Auf der ersten Seite befand sich ein Porträt, von dem ich nicht wusste, ob es einen eigentümlich aussehenden Mann oder eine hässliche Frau darstellen sollte. Als ich hörte, dass sich meine Großeltern im Schlafzimmer unterhielten, legte ich das Buch vorsichtig ins Regal zurück und ließ es ein wenig herausragen, damit ich es später leicht wiederfinden konnte. Ich verbrachte die Nacht bei meinen Großeltern und wusste, dass ich wie üblich viel früher als sie aufwachen würde. So hatte ich die Chance, dieses »Mannweib« in Ruhe zu betrachten.

Als ich am nächsten Tag die Vögel zwitschern hörte und ein kleiner Lichtstrahl durch die Ritzen der Fensterläden ins Zimmer fiel und meine Augenlider streifte, ging ich auf Zehenspitzen zum Bücherschrank, balancierte vorsichtig auf dem Drehstuhl (diesmal ohne das Gleichgewicht zu verlieren) und fuhr mit den Fingern über die Bücher in den Regalen, bis ich das blaue Buch wiederfand, das ein wenig herausragte. Vorsichtig zog ich es heraus, wieder rieselten ein paar Krümel langsam wie Schneeflocken auf den Boden. Ich schlug das Buch auf der Seite mit dem Porträt auf. Jetzt wurde mir klar, dass es sich bei der abgebildeten Person um einen Mann handelte, der etwas auf dem Kopf trug, das wie eine lange schwarze Perücke aussah, die ihm bis zu den Schultern reichte. Um den Hals hatte er eine Art Babylätzchen, und er lächelte wie Großvater, wenn er Musik hörte. Unter dem Porträt stand ein Name. Der Vorname war leicht zu lesen, er lautete »Baruch«, ein etwas altmodischer, aber beliebter jüdischer Name, welcher »der Heilige« bedeutet. Der Nachname war wieder in diesem seltsamen Pseudohebräisch geschrieben, dessen Buchstaben ich zwar lesen konnte, die aber keinen Sinn ergaben. Hebräisch ist sparsam, und hier gab es einfach zu viele Buchstaben.

Als ich das Bild genauer betrachtete, hatte ich plötzlich das Gefühl, nicht allein im Raum zu sein. »Was liest du da?« Ich drehte mich um, und mein Großvater stand hinter mir und schaute mir über die Schulter. Ich blickte auf die Papierkrümel und den Staub auf dem Boden, und mich überkam ein Gefühl von Scham und Angst. *»A-tik«*, versuchte ich laut den Titel zu lesen, der in goldenen Buchstaben auf dem Einband stand (*Atik* ist das hebräische Wort für »alt«, und obwohl ich wusste, dass es seltsam geschrieben war, las ich es, so gut ich konnte). »Hä«, fragte mein Großvater verwirrt, und ich versuchte vergeblich, den Namen unter dem Porträt zu lesen: »Sh-pi-na-ssa«, antwortete ich, denn nur so konnte ich den Namen entziffern, der in kleineren Buchstaben unter dem Bild stand. »Ah, Spinoza! Die Ethik von Spinoza!«, rief mein Großvater mit einem Schmunzeln. »Ich wusste gar nicht, dass du Jiddisch lesen kannst«, sagte er lachend. Erst später wurde mir klar, dass das Buch, das ich in der Hand gehalten hatte, zwar mit den mir bekannten hebräischen Buchstaben geschrieben war, aber in der Geheimsprache, die meine Großeltern benutzten, wenn ich etwas nicht verstehen sollte.

Etwa zehn Jahre später begegnete ich diesem Buch wieder in einem Antiquariat in Jerusalem. Es hatte den gleichen Zauber: alt, zerfleddert, und nun wirkte es noch geheimnisvoller, weil es hoch oben in einer Ecke des Ladens lag, wo man nur über eine Leiter hinkam. Diesmal war es in Hebräisch geschrieben. Glücklich kam ich mit meinem Fund zum Verkäufer, einem alten orthodoxen Juden. *»Tfui! Epikoros!«*, rief er aus, was so viel wie »Pfui! Ein Ketzer!« bedeutet, und gab es mir umsonst. Ich war überglücklich.

Zu Hause begann ich es zu lesen, blätterte vor und zurück und versuchte – manchmal mit dem Finger – den Definitionen, Erklärungen und Axiomen zu folgen. »Was zu beweisen war«, stand, keinen Widerspruch duldend, am Ende eines jeden Satzes. Und ich erinnerte mich sofort daran, wie mein Großvater jedes Mal, wenn er einen Streit gewonnen hatte, seine Gegnerin – meine Großmutter – ansah, den Finger hob und stolz sagte: »Was zu beweisen war!«

An der Universität begegnete ich diesem Buch wieder, und mit jeder Vorlesung und jedem Kommentarbuch verlor es für mich mehr von seiner Magie. »Spinoza ist ein Philosoph für den Laien«, pflegte mein Großvater zu sagen und hämmerte mit dem Zeigefinger in die Luft, »je mehr du ihn verstehst, desto weniger bist du ein Spinozist!« Ich erinnere mich an den bemerkenswerten Dialog zwischen dem einfachen Fixer Jakow und dem Untersuchungsrichter in Bernard Malamuds Roman *Der Fixer*. Als der Untersuchungsrichter den Fixer fragt, was er von der Philosophie Spinozas halte, antwortet er: »Vielleicht besagt sie, dass Gott und die Natur ein und dasselbe sind und der Mensch ebenfalls, oder so was Ähnliches, egal, ob er reich ist oder arm. Wenn Sie begreifen, dass der menschliche Geist ein Teil Gottes ist, dann verstehen Sie diese Philosophie so gut wie ich. Frei ist man, wenn man eins ist mit dem Geiste Gottes. Und wenn man es ist, weiß man es.«

Dieses Buch habe ich meinem Großvater vorgelesen, als er an der Dialyse war. Ich habe versucht, ihm seine Musik auf einem kleinen iPod ins Krankenhaus zu bringen, aber er wollte sie nicht hören: »Musik muss frei sein, nicht gefangen in einem kleinen Gerät.« Vorlesen funktionierte besser, obwohl ich nicht genau sagen konnte, ob er schlief oder zuhörte. »Kraul mir den Rücken«, sagte er, und als ich anfing, ihn zu kraulen, beschwerte er sich: »Nicht so, unter dem Hemd!«, und ich erinnere mich, wie ich mit dem Fingernagel über seinen Rücken fuhr und seine runzlige Haut fühlte. Ich hatte das Gefühl, dass kleine Hautkrümel unter meinen Fingernägeln steckten. »Ach, *Ima* …«, sagte er mit wehmütigen Gedanken an seine Mutter, und aus seinem geöffneten Mund stieg ein Hauch von Mundgeruch.

In dieser Nacht starb er, und als sie seinen kleinen Körper mit den geschrumpften Ohren wegtrugen, dachte ich: »Vielleicht ist er jetzt frei, vielleicht ist er jetzt eins mit dem Geiste Gottes? Aber weiß er es?«

Noch heute frage ich mich das. In meinem Bücherschrank steht das jiddische Buch meines Großvaters zusammen mit dem alten hebräischen Buch aus dem Antiquariat. Im selben Regal stehen zwei weitere Übersetzungen ins Hebräische, eine ins Deutsche und das Original auf Latein. Von Zeit zu Zeit nehme ich mir eines dieser Bücher und versuche zu lesen: »Frei ist, was existiert und wirkt allein auf Grund seiner eigenen Natur.« Meine Tochter steht neben mir und fährt mit ihrem Finger über den Einband: »Spi-no-za. Was für ein lustiger Name!«

»Spinosaurus!«, ruft mein Sohn aus dem Nebenzimmer.

Was zu beweisen war.

Waseem Hussain

Niwala

Wochenlang war meine Familie in Aufregung, wir kauften Geschenke, ließen uns gegen Hepatitis, Malaria und Cholera impfen, gingen zum Friseur, besorgten unsere Visa. Die Jungen und Mädchen in meiner Klasse hatten eine Ferienwohnung in Graubünden, ein Haus im Tessin oder einen Wohnwagen, mit dem sie nach Südfrankreich fuhren. Als ich ihnen sagte, dass ich die Ferien bei meiner Großmutter in Karachi verbringen würde, machten sie Augen, als erzählte ich ein orientalisches Märchen.

Am Ende des langen Nachtflugs sagte Mutter zu mir und meinen Brüdern, sehr feierlich: »Hört gut zu: Wenn wir bei Nani über die Schwelle treten, wascht ihr euch zuerst das Gesicht. Danach geht ihr zu ihr und küsst ihr die Hand.«

»Kommt, wir wollen frühstücken«, sagte Nani nach der Begrüßung. Und während sie mit Mutter Tränen des Wiedersehens weinte, legten Vater, meine Brüder und ich eine große weiße Decke auf den Boden und stellten Teller und Tassen darauf. Nani und Mutter kamen dazu, wir setzten uns und erzählten uns bei Spiegeleiern mit Steinsalz, schwarzem Pfeffer und fruchtigem Kaschmir-Chili, bei Chapati-Brot und Chai, in welche Klasse wir Kinder gingen, wer wo arbeitete, dass die Lebensmittel wieder teurer geworden seien oder wen die Nachbarstochter heiraten werde.

So erinnere ich mich an unsere Ankunft, jedes Jahr im Sommer, in *Nanistan*. Im Großmutterland. Bei jedem Besuch hörte ich alte und neue Geschichten, lernte mehr und mehr Urdu. Noch heute ist *Niwala* eines meiner Lieblingswörter. »Hier«, sagte Nani, wenn ich meinen Teller leer gegessen hatte, »nimm noch ein *Niwala!*« Sie packte mit etwas Chapati ein Stück von ihrem Ei, formte mit vier Fingern eine Schaufel und schob es mir mit dem Daumen in den Mund. Es war der kostbarste Bissen von allen. Gerade weil *Niwala* nicht mit Bissen übersetzt wird, sondern so: eine Gabe, die du empfängst. Alles, was Nani mir erzählte, war ein *Niwala*. So wie der Segen der Ahnen, wenn sie mir die linke Hand auf meinen Kopf legte, ich ihr die rechte küsste und sie sagte: »Lebe.«

Nach dem gemeinsamen Begrüßungsmahl setzte sich Nani im Schneidersitz auf ihr Ruhebett und las Zeitung. Was konnte sie schimpfen! Ihre weiche, hohe Stimme stieg hinab in einen Keller voll rasselnder Wut. Die empörte Bürgerin polterte gegen die Macht und die Habgier des pakistanischen Landadels, der sich alle Parlamentssitze und hohen Ämter gekrallt hatte.

Manchmal blieben ihre Augen an den Nachrufen und den Todesanzeigen haften. Einsame Tränen fielen auf die Buchstaben. Ihr Ehemann, mein Nana, der in Britisch-Indien Jura studiert und als Journalist gearbeitet hatte, war jung gestorben. Seine kämpferischen Zeitungsartikel gegen die Fremdherrschaft des British Empire, seine Flugblätter, die er im Schutz der Nacht druckte und Fahrrad fahrend unter die Leute brachte, führten dazu, dass er einige Male ins Gefängnis geworfen wurde. Nicht einmal die Anwälte und Richter, mit denen er verwandt war, konnten ihn und seine Familie länger schützen.

Als die Kolonialmacht 1947 abzog, stritten sich die politischen Führer darüber, ob das freie Indien eine Mehrheitsgesellschaft mit geduldeten Minderheiten werden sollte oder ein Land der Vielfalt und des Kräfteausgleichs. Der indische Subkontinent wurde geteilt. In einer unvergleichlichen Tragödie entstanden zwei neue Staaten: Indien und Pakistan. Auf der Flucht vor Plünderung und Vergewaltigung verloren fünfzehn Millionen Menschen ihr Hab und Gut, ihren heimatlichen Grund und Boden. Eine Million wurde getötet. Nani sprach nicht gern darüber. Nur das erzählte sie: Als die Drohungen gegen Nana im Oktober 1951 unerträglich wurden und auch sie aus Indien fliehen mussten, war sie dreißig Jahre alt und hatte vier Kinder. Nana kümmerte sich um die heimliche Reise durch Weiler und Dörfer und um Herbergen, in denen sich die Familie verstecken konnte. In Bombay besorgte er Karten für die Schiffspassage über das Arabische Meer nach Karachi, der ersten Hauptstadt des vier Jahre jungen Pakistan.

In meinem Hunger nach Antworten auf die vielen Fragen, die ich nie gestellt habe, drehe ich mit geschlossenen Augen Kurzfilme. Ich sehe den Hafen von Bombay und die Farben am Himmel. Die Früchte in den Auslagen, die gerösteten Kichererbsen in Päckchen aus Zeitungspapier. Ich höre die Stimmen der Menschen, die einen barfuß, die anderen auf Kutschen. Matrosen lösen Seile, Möwen kreischen. Im Wellengang auf hoher See drückt Nani ihren Sohn und ihre drei Töchter an sich, gibt ihnen mit ihren umhüllenden Armen zu verstehen, dass alles gut wird. Wie gerne wüsste ich, mit welchen Worten sie die fünfjährige Zohra getröstet hat, die mich fünfzehn Jahre später in Karachi zur Welt brachte und ein Jahr später auf dem Arm trug, als wir 1967 in die Schweiz auswanderten, weil Papa hier eine Bankfiliale aufbaute. Wie gerne hätte ich Nanis große, dunkelbraune Mandelaugen gesehen, als sie Nana fragend anschaute: »Sag mir, dass es uns an nichts fehlen wird.« Gerade als er antworten will, ertönt aus dem Bordlautsprecher die Stimme des Kapitäns: Der erste Premierminister Pakistans, erschossen bei einem Attentat. Ich sehe Nani, wie sie voller Entsetzen zu Nana schaut. Aber ihr sonst so kämpferischer Ehemann blickt schweigend in die Ferne. Zehn Jahre später ist er unterwegs von Karachi in die irakische Hafenstadt Basra, von wo er zum Pilgerort Kerbela weiterreisen will. Noch auf dem Schiff wird er krank und verstummt für immer. Nani erfährt es erst viele Tage später.

Nani lebte fortan bei ihrem Sohn, meinem Onkel, und seiner Familie. In ihrem Groll über die britische Kolonialisierung und über all das Leid, das in ihrer Heimat daraus entstanden war, rümpfte sie die Nase, als ihr Sohn, dank einer Beförderung, einen Esstisch und Besteck kaufte. Noch heute höre ich sie sagen: »Muss ich jetzt essen wie die Engländer?« Als ich vor ein paar Jahren erfuhr, dass Schweizer Firmen im Kielwasser der englischen Schiffe in Nanis Heimat gesegelt waren, um von der Kolonialisierung zu profitieren, dachte ich an den Stubentisch in unserer Wohnung am Zürichsee. Dort hatten mir Mutter und Vater beigebracht, mich gerade hinzusetzen und mit Löffel, Messer und Gabel zu essen. »Sonst werden wir immer als Fremde auffallen«, sagten sie.

Wenn ich mich in Karachi nach dem Mittagsschlaf an Nanis Arm lehnte, strich sie mir mit der Hand über Kopf und Nacken, gab mir fünf Rupien und flüsterte: »Geh, hol von dem feinen Brot.« Ich sprang auf, ein pakistanischer Bub vom Zürichsee in kurzen Hosen, T-Shirt und Sandalen, ging zur Bäckerei mit dem Erdloch aus gebranntem Lehm und bestellte in meinem schweizerdeutschen Urdu zehn *Naan*. Der Bäcker legte ein elftes dazu, nur für mich. Als ich zurückkam, sagte Nani: »Hier ist er ja«, und legte die bestellten zehn Brote auf das große Tuch zu den Schüsseln und Schalen, aus denen es nach Ingwer und Knoblauch duftete, nach grünem Kardamom und Schwarzkümmelsamen, Sternanis, Zimtrinde und Muskatblüte.

Oft stand ich bei ihr in der Küche, sah zu, wie sie Gemüse, Fleisch und Kräuter richtete, Reis wusch, Teig knetete. »Jedes Gewürz zu seiner Zeit«, lehrte sie mich, wenn sie eine der vielen kleinen und großen Dosen öffnete.

Im November 1989 las sie in der *Daily Vatan Gujarati*, der Zeitung, für die Nana gearbeitet hatte, dass in Deutschland eine lange, hohe Mauer gefallen war. Von Tauwetter zwischen Ost und West war die Rede, von Menschen, die in die Alleen Berlins strömten. In einem Leitartikel hieß es, dass jetzt zusammenwachse, was zusammengehöre. Auf Fotografien tanzten Menschen beider Seiten auf den Trümmern ihrer Entfremdung. Staatsoberhäupter gaben sich Küsse links und rechts und wussten, dass ihre Namen von nun an in das Gedächtnis der Weltgeschichte eingebrannt waren. Nani freute sich, jedoch mit Bitterkeit. Mit ausgestreckten Armen hielt sie die Zeitung über ihrem Gesicht und schüttelte ruppig die aufgeschlagenen Seiten. Ihre Stimme war ein Seufzen: »Auch hier wurde einmal getanzt.« Sie erzählte von rauschenden Partys und glanzvollen Kinos, gediegenen Restaurants und überfüllten Musikklubs, die es einst in Karachi gegeben hatte. Doch 1977, zwölf Jahre vor dem Mauerfall in Berlin, entfernten die USA den damaligen pakistanischen Premierminister aus dem Amt. Er hatte Seilschaften in Moskau und mochte nicht mitmachen im Kampf des Westens gegen die Sowjetunion, deren Soldaten bald ins benachbarte Afghanistan einmarschierten, um den Eisernen

Vorhang am Arabischen Meer zu schließen. Die Strategen in Washington machten den radikalreligiösen Generalstabschef Zia zum neuen Staatschef Pakistans und gaben ihm zig Millionen Dollar, getarnt als Wirtschaftshilfe, um die gottlosen Sowjets, wie sie sie nannten, aus der Gegend zu vertreiben. Zia bildete Söldner aus und schwor sie ein auf eine aus Saudi-Arabien importierte Version des Islams, aggressiv und archaisch, die Pakistan bis dahin nicht gekannt hatte. Der General änderte die Verfassung, in der er die Trennung von Staat und religiösen Institutionen aufhob. Frauen mussten fortan ein Kopftuch tragen, was die frommen unter ihnen dazu bewog, ihren Körper ganz zu verschleiern.

Während meine Schulkameraden am Gardasee oder in Bergün Ferien machten, saßen meine Familie und ich im Sommer 1977 in Nanis Dreizimmerwohnung fest. Nach dem Putsch standen wochenlang Panzer in den Straßen, es herrschte Ausgangssperre. Wer ohne schriftliche Erlaubnis das Haus verließ, wurde verhaftet. Nachts hörte ich die Militärfahrzeuge. Manchmal auch Schüsse und Explosionen.

Tagsüber, wenn die Sperre für ein paar Stunden gelockert wurde, ertönte das Rufen des fliegenden Gemüsehändlers, der seinen Laden, ein großes Brett auf vier Rädern, durch die Straßen schob. Nani eilte auf den Balkon, ließ ihren Korb an einer Schnur hinunter und bestellte Zwiebeln, Tomaten, Gurken, Auberginen. Sie zog die Waren hoch, schickte jedes Mal zwei oder drei Sachen zurück und rief dem Verkäufer zu, die seien nicht frisch. Es schien ein Spiel zu sein. Ein Schmunzeln lag auf den Gesichtern der beiden, wenn Nani die Ersatzware hochzog und den Korb mit dem Geld nach unten schickte. Der Mann tippte sich mit den Geldscheinen an die Stirn und ging weiter.

Im Februar 1989, wenige Monate vor dem Fall der Berliner Mauer, zogen sich die sowjetischen Truppen zurück, der Eiserne Vorhang verschwand. Nicht aber Zias geistige Erben, die als Taliban und Al-Kaida die ganze Region terrorisieren. Wer in Pakistan regiert und wer scheitert, wird bis heute nicht allein in Pakistan bestimmt, sondern auch von Regierungen und Geheimdiensten in Washington, Riad und Peking.

Im Dezember desselben Jahres stand Nani am Ende ihres Lebens. Ihr Herz war schwach geworden. Sie hatte zu viel Zucker im Blut und war auf einem Auge erblindet. Das viele Blei im Trinkwasser hatte ihre Nieren geschädigt. Die meiste Zeit lag sie auf dem Rücken auf ihrem Ruhebett, das Haar offen, grau meliert und lang und dicht, wie ein Kissen unter ihrem Kopf. Ich fragte sie: »Werden Pakistan und Indien jemals wieder vereint sein?« Sie dachte nach. Dann sagte sie: »Mein lieber Enkel der vielen Fragen«, und erzählte von ihrer Kindheit, die 1921 in Bhavnagar in Britisch-Indien begonnen hatte. Ihre Eltern tauften sie, indem sie ihr zuerst ein Gebet und dann ihren Namen ins Ohr flüsterten: Zainab Bano Kokadwala. Sie beschrieb den Duft des Monsunregens, wenn er auf die staubige Erde fiel und die Kinder fröhlich durch die Gassen hüpften. Sie erzählte, wie sie und ihre Geschwister Kuhdung trockneten und zur Mutter brachten. Diese feuerte damit den Herd an und kochte. Ein paar Stunden später schickte sie die Kinder los, um die Festtagsspeisen mit den Nachbarn zu teilen, ungeachtet ihres Glaubens. Von den einen Händen in die anderen. Lauter *Niwalas*. Nani sah mich an und sagte: »Das ist Geschichte.«

Martin Kunz

Ein Lebenskünstler?

1

Und wieder war es so weit. Es wurde langsam Frühling, und wie jedes Jahr kam mein Lieblingsonkel Charlie zu Besuch. Unangemeldet. Und er blieb ein paar Tage. Mein Vater war immer hocherfreut über das Erscheinen seines Stiefbruders, meine Mutter weniger. Onkel Charlie hatte regelmäßig, wenn er auftauchte, einen anderen Beruf, einen anderen Wohnort und jedes zweite Mal eine andere Freundin.

Diesmal, es muss Mitte der Fünfzigerjahre gewesen sein, kam er aus Mallorca, wo er gerade den ersten Preis für die Gestaltung eines Villengartens gewonnen hatte. Er war nun also Gärtner, nachdem er sich als Teppichhändler, Übersetzer, Versicherungsagent und Souvenirverkäufer verwirklicht hatte.

»Du bist ein Lebenskünstler, genau wie unser Erzeuger«, sagte mein Vater zu ihm.

»Ja«, erwiderte Charlie, »*übrigens* widme ich mich neuerdings der Malerei. Kommt ihr zu meiner Vernissage? Unser Vater hat ja auch mal einen Anlauf in diese Richtung … aber es wurde nichts daraus.«

So ging es zwischen den beiden Brüdern Gustav und Charlie

hin und her. Mich hielt man nun offensichtlich für alt genug, um bei Gesprächen dabei sein zu dürfen, in denen auch Vieldeutiges oder nicht Lupenreines aus dem Familienroman meiner Vorfahren verhandelt wurde. Vor allem was meinen Großvater betraf.

2

»Weißt du, dein Großvater hatte immer wieder Liebesabenteuer mit anderen Frauen«, sagte Charlie zu mir. »Das Ergebnis einer solchen Beziehung bin ich. Ich habe nie herausgefunden, wer meine Mutter war. Jedenfalls, so muss es gewesen sein, brachte dein Großvater eines Tages ein Baby, also mich, nach Hause, und erklärte: Das ist Charlie, mein Sohn, und er gehört jetzt auch zu uns. Die Familie, die durch mich bereichert wurde, wohnte damals im Zürcher Industriequartier, wo dein Großvater als Tapezierer arbeitete.«

3

Von nun an erfuhr ich immer mehr über meinen Großvater, der Adolf geheißen hatte, an den ich mich aber nicht erinnern kann: Er starb, als ich zweijährig war. Episoden aus seinem Leben kamen zur Sprache, die nicht unbedingt in einen geordneten Zusammenhang zu bringen waren. Mein Vater sprach aber immer respektvoll von ihm, Charlie nicht selten ironisch, Tante Emma amüsiert. Niemand äußerte sich vorwurfsvoll, obwohl es für Grosi und die drei Geschwister genug Gründe gegeben hätte, über das spannungsgeladene Familienleben zu klagen.

»*Übrigens* hat die Polstermöbel in unserer guten Stube dein

Großvater entworfen«, warf meine Mutter gelegentlich ein, die sonst eher schwieg, wenn es um ihren Schwiegervater ging.

»Er war zuerst angestellt, ich weiß nicht mehr, in welchem Geschäft«, sagte mein Vater an jenem Familienaufklärungstag. »Und dann, Martin, als ich siebenjährig war, beschloss dein Großvater, mit der ganzen Familie nach München auszuwandern. Dort wollte er selbstständig ein Geschäft aufbauen. Es gebe in Deutschland viel bessere Chancen als hier, behauptete er. Und so kam es, dass ich in München eingeschult wurde, und natürlich gingen auch Charlie und Emma dort zur Schule. Aber nach zwei Jahren kehrten wir wieder nach Zürich zurück.«

Hier habe mein Großvater einen neuen Anlauf für die Gründung einer Polsterei und eines Innendekorationsgeschäfts genommen. Und das offenbar ziemlich erfolgreich. Er habe sogar eine Villa am Suvrettahügel oberhalb von St. Moritz eingerichtet. Seither habe er ab und zu eine Zigarre geraucht.

4

Auch Tante Emma begann in jenen Jahren, mir gegenüber von Großvater zu erzählen: »Weißt du, alles, was einen Rock trug, war vor unserem Vater nicht sicher. Er war ein stattlicher Mann, zeigte sich in der Öffentlichkeit gern mit einem Spazierstock. Nach München sind wir nicht aus beruflichen Gründen gezogen, sondern weil er dort eine Geliebte hatte. Uns Kindern gefiel es dort. Unser Vater war guter Dinge, begann vermehrt zu singen, nahm sogar Gesangsstunden und sang regelmäßig in einem Chor. Er war sehr musikalisch und wollte, dass auch wir uns für Musik interessierten. Von uns dreien war vor allem Gustav wirklich begabt und erhielt früh Violinunterricht.«

Großvater habe, so Tante Emma, oft den Spruch zitiert: *Wer nicht liebt Wein, Weib, Gesang, der bleibt ein Narr sein Leben lang.* Und er habe immer wieder behauptet, von Martin Luther stamme dieser Vers. Bei allem Hang zur Ausgelassenheit sei er eben auch irgendwie religiös gewesen.

Etwas nachdenklicher wurde Tante Emma, als sie berichtete, wie die Ehe ihrer Eltern dann doch zerbrach, irgendwann während des Ersten Weltkriegs, als die drei Kinder zu Jugendlichen geworden waren. Meine Großeltern ließen sich scheiden. Grosi, sie, die immer gern ausgefallene modische Kleider getragen hatte, besonders Hüte, die ohne Weiteres turmartig emporragen durften, konnte sich als Geschiedene diesen Luxus nicht mehr leisten. Und die Kinder konnten trotz ihrer guten Schulnoten keine höheren Schulen besuchen.

»Mein Traum, Ärztin zu werden, blieb ein Traum«, sagte Tante Emma.

5

All das erfuhr ich, als ich eben nicht mehr das kleine Kind war, das man mit wilden Familiengeschichten verschonen wollte. Ich erinnere mich an ein Weihnachtsfest Mitte der Fünfzigerjahre. Grosi, Charlie, Tante Emma und Tante Amanda kamen zu uns zu Besuch. Tante Amanda? Wer war eigentlich diese Tante? Ich hatte mir nie Gedanken gemacht. Sie war einfach Tante Amanda. Mir gefiel ihr Name. Nachdem die Gäste gegangen waren, wurde ich nun auch noch in Sachen Tante Amanda aufgeklärt: Mein Großvater hatte einige Jahre nach der Scheidung nochmals geheiratet. Eine junge Frau, eben Amanda, eine Deutsch-Amerikanerin.

»Ich bin vierzehn Tage älter als meine Mutter«, scherzte mein Vater an jenem Weihnachtsabend.

Und da waren nun also beide einstigen Ehefrauen meines Großvaters bei uns zu Besuch gewesen. Sie schienen sich zu mögen. Wenigstens vordergründig. Grosi über achtzig, Amanda in den Fünfzigern.

6

Amanda blieb nach dem Tod meines Großvaters in Aarau wohnen. Dort hatte er ein Wohnhaus gekauft mit einem Nebengebäude, in dem er ein weiteres Innendekorationsgeschäft führte. Nach der denkwürdigen Weihnachtsbegegnung besuchten wir, also meine Eltern und ich, Amanda noch einmal in Aarau. Dann brach die Beziehung zu ihr ab. Als sie zehn oder zwölf Jahre später starb, erbte ihre amerikanische Verwandtschaft das Haus. Der von meinem Großvater für mich als einzigem Enkel testamentarisch festgelegte Geldbetrag wurde mir überwiesen. Er ermöglichte mir Ende der Sechzigerjahre ein abenteuerliches Studienjahr in Berlin.

7

Wer war mein Großvater? Kreativer Handwerker, Don Juan, Wagehals, Sänger, Unternehmer, ein Lebenskünstler – und bei alledem religiös?

Gott zu gehorchen, heiße, den eigenen Weg zu gehen und nicht den der Frömmler, soll er gesagt haben.

Auch in meinem Vater rumorte ein innerer Abenteurer, den man manchmal spürte. Er hat ihn aber sehr dosiert ausgelebt.

Immerhin haben meine Jugendfreunde gelegentlich gesagt, mein Vater, Kaufmann und Laienprediger, sei eigentlich ein Künstler. Heute denke ich, dass er einiges unterdrückte, was sein Vater und sein Stiefbruder, souverän oder rücksichtslos, wie man will, ausgelebt haben.

Unterdrückte – oder freundlicher gesagt: zugunsten seiner Suche nach Harmonie und Menschenfreundlichkeit darauf verzichtete.

Und ich? Bin ich ganz mein Vater? Schlage ich eher meinem Großvater nach? Oder beiden? Welche mehrdeutigen Urvätermixturen wirken in mir weiter?

Ariela Sarbacher

Großes Kino

Nonna Miria band den weichen Gürtel um den Morgenmantel und verließ die Wohnung, trat aus dem Haus auf die Straße, wandte sich nach links in Richtung Altstadt. Die Zigarette, mit dem Abdruck des roten Lippenstifts auf dem Filter, blieb in der Kerbe des schweren Aschenbechers aus Kristallglas liegen, und der Qualm stieg auf, breitete sich aus, vor dem schwarz-weißen Porträt ihrer Mutter, die ernst von der Anrichte in die verlassene Küche blickte. Im Caruggio Dritto angekommen, eilte Nonna Miria zielstrebig unter den niedrigen, dunklen Arkaden die Einkaufsstraße entlang, vorbei an der Macelleria, der Focacceria, der Salumeria und dem Negozio di pasta, machte nur kurz halt vor den beleuchteten Schaukästen des noch geschlossenen Cinema Centrale, versank in den Anblick der Farbfotografien mit Sophia Loren und Richard Burton, tauchte für einen Moment ein in die Welt des *Breve incontro*, der Titel verhieß Begegnung und Schmerz, Liebe und Leiden, setzte befriedigt ihren Gang fort, bis sie sich endlich ein paar Häuser weiter vor dem Prachtstück wiederfand, das schwarzbraun schimmernd, mit ausgebreiteten Ärmeln, den gesamten Raum der Vitrine einnahm.

Unterdessen schob Nonno Nerio sein Fahrrad durch die belebte, lärmerfüllte Altstadt, zwischen all den anderen Passanten, die wie er hier im Caruggio Dritto ihre morgendlichen Einkäufe erledigten, unbeeindruckt vom Hupen der Kleintransporter, die um diese Zeit die Läden und den Markt beliefern, vom Geknatter der Mopeds. Am Nachmittag ist es hier wie ausgestorben, und derselbe Ort bietet Gelegenheit, zwischen den rostfarbenen Häusern unter einem schmalen Streifen Himmel zu flanieren.

Still kam er seinen Alltagspflichten nach, unter keinen Umständen war er davon abzubringen. Er lehnte sein Fahrrad gegen den Pfeiler der Arkade und verschwand durch den Vorhang der gelb-rosa Plastikkordeln im Innern der Salumeria. Kurz darauf kam er wieder heraus, mit einem zugeschnürten Päckchen, legte es sorgfältig in den Korb, der an der Lenkstange seines Fahrrads befestigt war, das er dann zum nächsten Laden schob. So arbeitete er tagtäglich die Einkaufsliste ab, die seine Frau ihm unter normalen Umständen frühmorgens in die Feder diktierte. War sie aber wieder einmal in Hochstimmung, musste er selbst entscheiden, was zu besorgen war, was er essen wollte, mittags und abends, da sie während solcher Phasen von Whiskey, Schokolade und Zigaretten lebte. Das konnte Tage oder auch Wochen dauern.

Gut möglich, dass er im Verkehrsgewimmel plötzlich der munteren kleinen Frau begegnete, die im Morgenmantel umherstreifte und gerade nur Sinn für die schönen Dinge des Lebens hatte.

Gut möglich, dass er auf sie zueilte und sie zur Vernunft zu bringen versuchte. Dass sie ihn aber mit einem höhnischen Lachen abschüttelte, ihn auf offener Straße beschimpfte, als einen verdammten Langweiler und einen Pedanten, so wie sie es zu Hause immer gerne tat.

Seine bloße Anwesenheit reichte aus, um sie in Rage zu bringen. Er brauchte nur zu sagen: *Ich gehe.* Schon schrie sie ihn an: *Und wohin gehst du?*

Wo soll ich schon hingehen, ich gehe einkaufen!

Um diese Uhrzeit?!

Ja, um diese Uhrzeit.

Und was willst du einkaufen?

Joghurt. Es ist keins mehr da. Für morgen früh.

Ach, er und sein Joghurt, wehe, es ist keins mehr da! O Segnô!

Na und, ich mag Joghurt, du musst es ja nicht essen.

Aber es ist doch schon spät!

Nein, ist es nicht.

Natürlich ist es spät, es ist sieben Uhr, siehst du die Uhr nicht!?

Und der Laden schließt um halb acht, ich habe also noch Zeit.

Was für ein Langweiler, wie mich dieser Mann nervt!

Ebenso am Nachmittag, wenn er die Stunden der Siesta in seinem Zimmer zubrachte, sich die Kopfhörer aufsetzte, Wagner hörte und in seinem schwarzen Wachstuchheft Mathematikaufgaben löste. *Diese Kälte draußen! Diese Hitze!*

Immer zu Hause, er, immer zu Hause!, schrie sie durch die Wohnung, und er: *Ja, draußen ist es zu heiß!*

Was redest du denn da? Wo ist es heiß?

Draußen!

Du gehst ja nie raus! Wie kannst du dann sagen, dass es draußen heiß ist?!

Es war schwer, ihn aus der Ruhe zu bringen, aber das stachelte sie nur noch mehr an. Wenn allerdings er mit ihr schimpfte, was äußerst selten vorkam, dann donnerte er sie an, so tief und kraftvoll, dass ihr der Atem stockte, bis sie schließlich in ihr übliches hohes Gelächter ausbrach und sich so die Spannung löste.

Deine Mutter sagt immer, ich hätte ihn nicht heiraten sollen, er sei viel zu pingelig für mich! Das vertraute sie mir an, als wir zusammen auf ihrem Bett lagen. *Non c'è posto migliore al mondo del letto! Es gibt keinen besseren Platz auf der Welt als das Bett!* Das war einer ihrer wiederkehrenden Sätze. Sie und Nonno Nerio hatten getrennte Schlafzimmer und jeder sein eigenes Bad. Sie schlief in einem großen Doppelbett, er begnügte sich mit einem Einzelbett.

Drei Verehrer hatte sie gehabt, von denen er einer war. Er bemühte sich um sie, stellte ihr regelrecht nach und lauerte ihr auf. *Signorina Baldini, wann waren Sie gestern Abend zu Hause? – Um acht. – Das stimmt nicht, es war zehn, ich bin Ihnen nämlich gefolgt!* Er kontrollierte sie ständig, bis sie sich eines Tages vor ihn hinstellte und sagte: *Also, Ingegnere, was ist jetzt, heiraten Sie mich?* Korrekt wie er war, konnte er keinen Rückzieher machen. Und sie brauchte endlich eine Lösung, um sich aus der Not zu befreien, sich in anständige Verhältnisse zu bringen. Zu diesem Zeitpunkt, 1940, war sie alleinstehend und hatte eine siebenjährige Tochter. Mit zwanzig war sie schwanger geworden und ihre Eltern hatten sie aus dem Haus gejagt. Sie hatte sich in den Zug gesetzt und war vier Stationen gefahren, nach Chiavari, wo der Vater des Kindes lebte. Ein Mann aus guter, angesehener Familie, der weder von ihr noch von seiner Tochter etwas wissen wollte. So musste Miria meine Mutter in einem Frauenhaus zur Welt bringen.

Wie meine Großmutter den reichen Guido kennengelernt hat, habe ich nie erfahren. Guido war ein vornehmer älterer Herr, der sie und meine Mutter, die noch ganz klein war, bei sich aufnahm. Fortan lebten sie in seiner herrschaftlichen Wohnung, mit den Bediensteten, im Viale delle Palme. In der Palmenallee. Für meine Mutter war er der Zio Guido. Er riet ihr, immer fest mit den Füßen aufzutreten und sich so Respekt zu verschaffen. Sie folgte diesem Rat ihr Leben lang. Und dieser Zio Guido war es auch, der sich darum bemühte, den Vater meiner Mutter dazu zu bewegen, seine Tochter wenigstens rechtlich anzuerkennen. Dazu kam es aber nicht, denn dieser Mann, der mein Großvater war, starb in der Kirche, während der Messe, an einem Herzinfarkt, wenige Tage bevor er seine Unterschrift hätte leisten sollen. Er war dreißig Jahre alt. Ein paar Jahre später starb auch Zio Guido und meine Großmutter stand mit meiner Mutter wieder alleine da. Bis der Ingegnere Nerio Cabrini in ihr Leben trat.

Du bist doch nicht schwanger, oder? Diese Frage bekam ich oft zu hören, von meiner Großmutter wie auch von meiner Mutter. Ich sehe noch immer ihre verängstigten Gesichter, als sei eine Schwangerschaft das Ende, die Katastrophe schlechthin. Ich erinnere mich auch an mein Erstaunen über diese Angst, die ich nicht teilte und die ich mir auch nicht erklären konnte.

Hatte Nonna Miria etwas mit Zio Guido?

Das weiß ich nicht, sagte meine Mutter und sah dabei an mir vorbei aus dem Fenster. *Wir haben nie darüber gesprochen.*

Zum Schluss musst du sie mit kaltem Wasser abspülen, finché cantano, bis sie singen, du wirst sehen, wie sie dann glänzen! Ich kniete vor der Wanne und hielt mir die Augen zu, während Nonna Miria mir die Haare wusch.

Miria stammte aus Camogli, einem kleinen Städtchen an der ligurischen Küste. Schon mit elf Jahren musste sie in einer

Fabrik arbeiten, wie ihre beiden Brüder, und so zum Lebensunterhalt der Familie beitragen. Die Schule war ein Luxus, den man sich nicht leisten konnte. *Fabbrica*, meine Mutter sprach das Wort wie eine Formel aus, genauso wie *educazione*, Bildung. Heute versuche ich vergeblich, mich daran zu erinnern, was für eine Fabrik das war, in der meine Großmutter als Kind gearbeitet hatte. Ich weiß, dass ich sie danach gefragt habe, und ich weiß, dass sie es mir gesagt hat, und ich bin sicher, dass wir bei diesem Gespräch nur zu zweit waren. Denn beim Essen an der großen Tafel, wo jedes Jahr im Sommer die ganze Familie zusammenkam, sprachen ihre Töchter, meine Mutter und meine Tante, von der *fabbrica* nur, um klarzustellen, dass es eben Leute gibt, die keine Wahl haben, die schon als Kind arbeiten müssen und für die Bildung deshalb nicht infrage kommt. Ganz im Gegensatz zu ihnen, die studiert hatten, was sie Nonno Nerio zu verdanken hatten. Nonna Miria, die Einzige, die wusste, was Fabrikarbeit bedeutete, sprach nicht davon, nahm das Wort *fabbrica* nie in den Mund. Sie schwieg, während wir Ripieni, Ravioli und frittierte Sardinen aßen, für die sie den ganzen Vormittag in der Küche gestanden hatte. Von ihrem Sessel aus sah sie uns zu und rauchte. Wenn sie so dasaß, wusste man nie, was in ihr vorging. Ihre Stimmungen waren immer besondere, sie war niedergeschlagen oder anmaßend, kleinlaut oder aufmüpfig, stets reizbar, nur ausgeglichen, zufrieden oder ruhig war sie nie.

An einem Vormittag, ich war mit ihr allein in der Wohnung, klingelte es. Als sie nicht wie üblich durch die Gegensprechanlage: *Chi è?* fragte, eilte ich in den Flur und sah sie aus der Küche kommen, mit nackten Füßen auf Zehenspitzen über den

Marmorboden huschen – es klingelte. Sie blieb abrupt vor der Wohnungstür stehen. *Wer ist das?* Rasch drehte sie den Kopf und führte den Finger an die Lippen: *Schscht!* Ich rührte mich nicht von der Stelle. Sie bückte sich, schob vorsichtig das kleine, runde Messingplättchen über dem Schlüsselloch zur Seite und spähte hindurch – es klingelte – länger – kräftiger. Dann schlug jemand gegen die Tür. *Nonna! – Schscht!* Sie kam zu mir geschlichen. *Mach die Tür auf, Miria, ich weiß, dass du da bist!* Ich erkannte die wütende Stimme, es war der Besitzer des Strandbads, auf dessen wettergegerbtem Gesicht mit den unzähligen Falten nie ein Lächeln zu sehen war. Meine Großmutter stand regungslos. Sie wartete einfach ab. Wenn jetzt meine Mutter zurückkäme oder mein Großvater, was würde dann passieren? Die Stimme klang, als wäre sie zu allem entschlossen. Die Wände erschienen mir auf einmal viel höher, wir starrten zur Tür am Ende des langen Flurs, hinter der dieser Mann jetzt pausenlos polterte und Nonna Miria beschimpfte, sie sei eine Lügnerin, eine Betrügerin, der Ring sei nicht echt. Ich sah sie an, sie blickte weiter stur zur Tür – sie war nicht im Geringsten verunsichert, nie würde sie ihn reinlassen. Aber was, wenn er wiederkam? Ich stellte keine Fragen mehr, konnte mir aber nicht vorstellen, wie diese kleine Frau gegen den aufgebrachten Mann ankommen könnte. Mit einem Mal bekam ich Angst, nicht nur um sie, auch um meine Mutter, um meinen Großvater, um uns alle. Dann hörte der Lärm draußen auf einmal auf. Wir hörten die äußere Lifttür sich öffnen, dann die innere, und auch, wie sie sich nacheinander wieder schlossen, dann erst vernahmen wir das holpernde Geräusch, als der Lift sich abwärts in Bewegung setzte. Meine Großmutter eilte sofort zur Tür, um zu horchen, richtete sich auf und sah durch den Spion, *er ist gegangen*, sagte sie und kehrte in die Küche zurück. Wie diese Geschichte ausging, habe ich nie erfahren oder ich habe es vergessen. Was ich noch weiß, ist, dass der Mann an diesem Tag aufgehört hat, uns zu grüßen.

Die Sache mit dem Ring war nur eine ihrer kleineren Unternehmungen, ebenso wie der Kauf jenes Prachtstücks von einem Nerzmantel. Doch als sie eines Morgens ihre Wohnung an der Strandpromenade, die von unschätzbarem Wert war, hinter aller Rücken verkaufte und stattdessen eine andere im Viale delle Palme kaufte, sah sich die Familie am Abend vor vollendete Tatsachen gestellt und konnte zusehen, wie auf die Schnelle ein Umzug zu organisieren war. Oh ja, in ihren Hochs konnte sie sehr forsch sein, sie blühte auf, traute sich alles zu, gerade Unbekannten gegenüber wirkte sie sehr überzeugend, sie sah zehn Jahre jünger aus, obwohl sie kaum schlief, und war sehr fröhlich, solange man ihr nicht widersprach. Zu Hause dagegen trieb sie alle in den Wahnsinn mit ihrer permanenten Umtriebigkeit, ständig war sie wach, ging den abstrusesten Ideen nach, überall witterte sie Geschäfte, und obwohl alle auf das Ende dieser Phasen hofften, fürchteten sie es auch und vor allem den Absturz, der unweigerlich darauf folgte. Da wurden die Tage lang und waren nicht zu ertragen. Unwillig und in gedrückter Stimmung verrichtete sie ihre Aufgaben oder saß einfach auf ihrem Stuhl in der Küche neben dem Herd, den Blick auf den Boden gerichtet, lamentierte endlos und trauerte der schönen Wohnung an der Uferpromenade nach, schämte sich, auch für den Nerz, der jetzt ungetragen im dunklen Schrank hing.

Was immer ging, war Kino. In Chiavari gab es damals vier: das Cinema Centrale, das Teatro Cantero, das Cinema Nuovo und das Cinema Astor. Jeden Morgen lief ich los, um die Filmplakate zu studieren, die gleich am Beginn des Caruggio Dritto an einer der Arkadensäulen angeschlagen waren. Nur das Cinema Nuovo hatte seinen eigenen Anschlag, an der Piazza delle Carrozze. Ich musste dafür den gesamten Caruggio durchqueren. Danach lief ich wieder nach Hause und berichtete ihr. Das Programm wechselte täglich, außer am Wochenende. Von Freitag bis Dienstag wurde derselbe Film gespielt, was sie jedes Mal ärgerte. Bereits am frühen Nachmittag waren wir dort, zur ersten Vorführung. Aufrecht und wachsam saß sie neben mir, konzentrierte sich auf die Leinwand, rauchte eine nach der anderen, angespannt, als geschehe tatsächlich Unerhörtes vor unseren Augen, und hin und wieder entfuhren ihr Kommentare, als gelte es einzugreifen. Sie war immer leidenschaftlich bei der Sache, aber es mussten gute Filme sein und sie wusste, was gut war. Sie kannte sie alle, die großen Schauspielerinnen und Schauspieler, und nur die Besten fanden Gnade vor ihren Augen. Doch selbst für die Klassiker der Filmgeschichte gab es eine Bedingung: Es mussten Frauen mitspielen. Ein Film ohne Frau war kein Film. Es mag sein, dass sie hier eine Art Zuflucht suchte, heraustreten wollte aus einem Leben, mit dem sie nie zufrieden war. Doch diese Geschichten mit den großen Gefühlen waren ihre Passion, und es ist kein Zufall, dass ich meinen späteren Beruf dort, in einem dunklen, fast leeren Saal, an ihrer Seite, für mich entdeckte. Sie mutete mir alles zu und ich fürchtete mich nicht neben ihr. Während der Abspann lief, blieben wir sitzen und warteten darauf, dass der Film wieder von vorne begann.

Una fabbrica di tappeti ... Es war eine Teppichfabrik! Jetzt, nachdem ich die Geschichte aufgeschrieben habe, fällt es mir ein.

Roswitha Gassmann

Zu Fuß nach Paris … wirklich?

In seinen letzten Lebensjahren saß mein Großpapa Karl Hasler oft in einem Lehnstuhl, in der Nähe des schwarzen Wandtelefons. Der Telefonapparat war einer der ersten im Dorf gewesen, Nummer 37. Damals konnte man die Nummern nicht selber wählen, man brauchte die Hilfe von Telefonistinnen. Erst 1959 wurde die letzte Telefonzentrale in der Schweiz automatisiert. Wenn jemand im Dorf telefonieren musste – damals telefonierte man nicht zum Spaß –, begab man sich ins Gasthaus zur Krone und bat um die Erlaubnis, den Telefonapparat benützen zu dürfen. Selbstverständlich gegen Bezahlung.

Sobald es die Witterung erlaubte, verbrachte Großpapa viele Stunden in seinem Gartenstuhl im großen Garten, der zum Gasthof gehörte und dem sich Großmama mit Leidenschaft widmete. Sie legte ihm eine Wolldecke über die inzwischen mageren Beine, und während wir Kinder in einem Blumenparadies, zwischen Bäumen und Gemüsebeeten, herumtollten, ruhten seine Augen liebevoll auf uns.

Den Gasthof zur Krone hatten Großpapas Eltern gekauft, als er sechs Jahre alt war. Ein Jahr später brannte das Gebäude vollständig nieder – ein paar wenige Biedermeiermöbel konnten gerettet werden, vier davon stehen heute noch als kostbare Erinnerungsstücke in meiner Wohnung.

Mein Großpapa kaufte den Gasthof, den seine Eltern nach dem verheerenden Brand neu aufgebaut hatten, seinen Geschwistern später ab. Er erweiterte den Bau und fügte dem Gebäude einen Theatersaal, ein paar Fremdenzimmer und sein neu gegründetes Stickereigeschäft hinzu. Obwohl ihm dieser Betrieb in meiner Kindheit schon längst nicht mehr gehörte, erinnere ich mich an die vielen Garne in leuchtenden Farben, die aus irgendwelchen Gründen nach wie vor im Hause waren und von denen zahlreiche ihren Weg sogar in mein Erwachsenenleben gefunden haben. Es gibt auch immer noch Spitzen in meinem Stoff-Fundus, die auf Großpapas Zeit als Stickereiunternehmer zurückgehen.

Bereits mein Urgroßvater hatte in den Siebzigerjahren des 19. Jahrhunderts acht Stickmaschinen besessen. Bis zum Ersten Weltkrieg war die Ostschweiz eines der weltweit wichtigsten und größten Herstellungs- und Exportgebiete von Stickereiprodukten gewesen, kurz vor Ausbruch des Kriegs machten sie mit achtzehn Prozent den größten Exportzweig der Schweizer Wirtschaft aus. Über fünfzig Prozent der Weltproduktion kam aus dieser Region.

Mein Großpapa, ein attraktiver und strebsamer Mann, Jahrgang 1862, war vielseitig begabt. Insbesondere das Zeichnerische lag ihm, und so absolvierte er eine siebenmonatige Lehre als Stickereizeichner in St. Gallen. Danach holte er sich den letzten Schliff an jenen Orten, die in der Stickerei-Industrie besonders berühmt waren für die Spitzenfabrikation: Argenteuil, St. Denis und Paris.

Eine in der Familie kursierende Legende erzählt, dass Großpapa die Reise von seinem Heimatort Oberriet nach Paris zu Fuß unternommen habe. Mein ältester Bruder Kurt bezweifelt den Wahrheitsgehalt dieser Geschichte, denn Karls Vater, mein Urgroßvater, war lange Jahre Stationsvorstand der Eisenbahn in Oberriet gewesen und sowohl Vater als auch Sohn hatten eine enge Beziehung zu diesem modernen Fortbewegungsmittel. Noch heute denke ich, wenn ich eine Zugreise unternehme und rund um mich herum Chinesen und Japaner in ihr Handy schauen, an meinen Großpapa, der mahnte: »Wenn ihr Zug fahrt, sollt ihr weder lesen noch schlafen. Schaut hinaus, beobachtet die Gegend. Ihr werdet jedes Mal etwas entdecken, was ihr noch nie gesehen habt, und sei es bloß ein Vögelchen.«

Nach seiner Grundausbildung zum Stickereizeichner in St. Gallen und Frankreich erlernte Karl im Geschäft seines Vaters in Oberriet zuerst das Sticken, anschließend ging er zurück nach St. Gallen und Rorschach, um die *Schiffli*-Stickerei zu lernen. In Teufen ließ er sich zuletzt den Kettenstich und die Grobstickerei beibringen. Erst dann, mit vierunddreißig Jahren, kehrte er in seine Heimatgemeinde zurück.

Mit siebenundvierzig Jahren heiratete Karl die siebenundzwanzig Jahre jüngere Marie, die sich auf ein relativ sorgenfreies Leben einstellen konnte, denn in der Zwischenzeit gehörte Karl zu den angesehensten und wohlhabendsten Männern in der Gegend. Auch das hatte er sich zum Ziel gesetzt: Er wollte erst heiraten, wenn die Existenz seiner zukünftigen Familie auf sicheren Fundamenten stand. Dass Sicherheit durch äußere Umstände erschüttert werden kann, musste später aber auch mein Großpapa erfahren.

Seine junge Frau gehörte damals zu den wenigen Mädchen, die die Realschule absolviert hatten. Ihren Beruf als Schneiderin hat sie nur kurz ausgeübt, denn sie war mehr als ausgelastet mit der Arbeit als Sekretärin ihres zukünftigen Mannes und später mit der Erziehung von drei Töchtern und einem Sohn sowie dem Führen des Gasthofs.

Mein Großpapa hatte vorausgesehen, dass sich die Hochblüte der Stickerei nicht nur zu Ende neigte, sondern auch, dass sie sich nicht mehr erholen würde. 1915 verkaufte er seine Stickmaschinen. Da der Käufer, ein Textilunternehmer, nicht genügend liquide Mittel hatte, einigten sie sich darauf, dass der neue Besitzer als Teil des Kaufpreises die textile Aussteuer der drei Hasler-Töchter ausrichten sollte. Die letzte Tochter, Tante Nelly, heiratete im Jahr 1955 und besitzt noch heute Textilien aus diesem »Heiratsgut«. Wie ich übrigens auch: Mir bleiben von der Aussteuer meiner Mama immer noch hochwertige Damast-Servietten und -Tischtücher, die ich bei Einladungen gern verwende, aber auch Küchen- und edle Gästetücher sind immer noch in Gebrauch bei mir.

Ich besitze jedoch nicht nur Textilien aus Mamas Mitgift, sondern auch eine prall gefüllte Mappe mit Unterlagen aus der Studienzeit meines Großpapas: Da gibt es Zeichnungen von Pflanzen, aber auch Bleistiftzeichnungen von Landschaftsidyllen oder geometrische Entwürfe. Ein paar davon habe ich einrahmen lassen, die anderen hüte ich wie einen Schatz, so wie ich auch die mittlerweile vergilbten Spitzen nicht entsorgen mag.

Karl hatte einen guten Riecher für Finanzen. Von 1921 bis 1951 war er Präsident der Ortssparkasse und von 1908 bis 1923 betreute er die Finanzen des Rheintalischen Schützenverbandes. Und doch verlor er im Börsenkrach von 1929 einen Großteil seines Vermögens. Aber er raffte sich immer wieder auf und war äußerst sparsam. Trotzdem durfte Großmama ihren Töchtern schöne Kleider kaufen oder schneidern lassen. »Wir Landpomeranzen waren immer eleganter als die Mädchen aus der Stadt«, erzählte Mama oft, und die Fotos aus jener Zeit lassen ihre Aussage glaubhaft erscheinen.

Auch nachdem Karl sein Stickereigeschäft verkauft hatte – mittlerweile war er dreiundfünfzig Jahre alt – blieb er aktiv: Von 1921 bis 1924 war er Mitglied des St. Gallischen Großen Rats. Wann er mit den Recherchen zu unserem Stammbaum begonnen hat, kann niemand mehr genau sagen, vermutlich während seiner Zeit als Politiker. Wir wissen nämlich, dass er regelmäßig in den St. Galler Archiven nach unseren Vorfahren forschte, und so kommt es, dass wir unseren Stammbaum – mit einigen wenigen Lücken – bis zurück ins 13. Jahrhundert verfolgen können. Nicht ohne Stolz erzählte uns Mama oft, dass mehrere unserer Vorfahren die Burg Blatten bewohnt hatten und dort als Vögte herrschten. Der Turm der um 1230 erbauten Burgfestung ragt heute noch stolz auf dem Blattenberg in den Himmel. Die Anlage war bis 1798 Amtssitz der Vögte von Kriessern, wurde 1799 im Napoleonischen Krieg zerstört und um 1911 teilweise als Steinbruch benutzt.

Die »Krone«, die es heute noch gibt, liegt in Oberriet, direkt an der österreichischen Grenze und nur ein paar Kilometer von Diepoldsau entfernt. Während des Zweiten Weltkriegs entkamen Hunderte österreichischer Juden dem Nazi-Terrorregime über diese Grenze dank Polizeihauptmann Paul Grüninger. Ob die Familie etwas von den Flüchtlingsströmen mitbekommen habe, wollte ich irgendwann wissen. »Der Grenzübergang in Oberriet war während des Kriegs geschlossen«, erzählte Tante Nelly, »und die Gastzimmer waren alle besetzt von Schweizer Offizieren, die die Grenze zu sichern hatten.« Dann erinnerte sie sich an eine Geschichte, die Guido Kolb, Pfarrer, Schriftsteller und ein entfernter Verwandter von uns, in einem seiner Bücher erzählt und die ungefähr so lautet: »Eines Abends beobachtete ich unseren Dorfpolizisten mit einem Fremden, und auf die Frage, wer das gewesen sei, bat er um strikte Geheimhaltung, er habe einem Flüchtling den Weg ins Appenzellische, also in die Sicherheit gewiesen.«

Sein Leben lang war die »Krone« der Lebensmittelpunkt meines Großpapas. Ich habe lebhafte Erinnerungen an das Haus und die verschiedenen Räumlichkeiten, besonders präsent sind mir die Erinnerungen an den Theatersaal.

Großpapa legte großen Wert auf Bildung und Kultur. Daher schickte er seine beiden ältesten Töchter ins Internat der renommierten Klosterschule Maria Hilf in Altstätten. Und er förderte das Kulturleben im Dorf. Mindestens einmal im Jahr wurde Theater gespielt in der »Krone«, und ich durfte während der Proben dabei sein. Ich bewunderte vor allem die blond gelockte junge Frau, die die Hauptrolle spielte. Ich fand sie wunderschön – in meiner Erinnerung sieht sie ein bisschen aus wie Marilyn Monroe. Ich wollte immer in ihrer Nähe sein. Nach der Vorstellung – oder vielleicht während einer Pause? – schlief ich auf ihrem Schoß ein: mein größtes Glück. Erst im Erwachsenenalter erfuhr ich, dass mein drei Jahre älterer Bruder Richard die Schauspielerin genauso angebetet hatte wie ich. Aber nicht nur die Theaterbühne war aufregend: Das große Haus hatte einen Estrich, der für uns Kinder eine Offenbarung war und bis heute Teil unvergesslicher Erinnerungen ist. Dort waren nämlich die Theaterrequisiten untergebracht. Richard und ich wühlten gerne in den Kostümen und verkleideten uns. Im Theatersaal versteckten wir uns zwischen den Theaterkulissen und mein Bruder schlüpfte in den Souffleurkasten. Ob ihn diese frühen Begegnungen mit dem Theater wohl später dazu bewogen, die Schauspielschule zu besuchen?

Ein weiterer kleiner Saal bleibt mir in intensiver Erinnerung. Er wurde für Beerdigungen oder kleinere Feiern benutzt. Die eine Wand war mit Fresken einer Landidylle geschmückt – und zweifellos auch dem Kultur- und Kunstverständnis meines Großpapas geschuldet. Daran konnte ich mich nicht sattsehen. Die Fresken haben sogar eine Renovation des späteren Gasthofbesitzers überlebt.

Als Wirt war es Großpapa wichtig, in der Gaststube zu sitzen. Alkohol war ihm zwar zuwider, aber er konnte seine Gastgeberpflichten auch ohne Wein oder Bier wahrnehmen. Nur am Mittag saßen wir alle zusammen in der riesigen Küche: Großmama, Großpapa, Mama, ein Dienstmädchen und wir Kinder. Alle kümmerten sich liebevoll um Großpapa, zerkleinerten sein Essen und sorgten dafür, dass sein geliebter Biberfladen nie fehlte.

In der Zeit, die wir jeweils im Haus meiner Großeltern verbrachten, gingen alle Familienmitglieder und Angestellten ihren Pflichten nach. Einzig Großpapa war davon befreit. Er war alt geworden und zweifellos nicht mehr in der Lage, uns Enkelkinder zu betreuen. Aus diesem Grund engagierte man ein Mädchen aus dem Dorf, das auf uns, insbesondere jedoch auf mich, aufpassen sollte. Emerita hieß sie. Sie war groß und ziemlich dick, aber sie kümmerte sich nicht nur mit Hingabe um uns, sondern achtete auch darauf, dass wir mit den vielen alten Spielsachen sorgsam umgingen. Denn das große Haus war voller wunderbarer Spielsachen: Puppenwagen, bezaubernde Porzellanpuppen in edlen Samtkleidchen, Puppen, so perfekt, dass sie allerdings in Kinderherzen keine Wärme, sondern höchstens Bewunderung auslösten. Etwas ganz anderes war dagegen mein »Negerpüppchen«, das ich immer bei mir hatte und das es heute noch gibt, etwas lädiert zwar, aber ich habe es bei meinem kürzlichen Umzug nicht übers Herz gebracht, es zu entsorgen, dieses mir liebste Geschenk von meinem Großpapa. Unvergessen auch der Puppenherd, auf dem man mit Kerzen kochen konnte, oder was wir darunter verstanden. Immerhin konnten Richard und ich mit Emerita kleine Omeletten backen.

Mit neunzig Jahren starb Karl Hasler. Sein langes Leben verdankte er sicher auch der Tatsache, dass er immer großen Wert auf eine gesunde Ernährung legte. Gut kauen war eine seiner Devisen und Alkohol war nur für Gäste bestimmt. Auch wenn ich mich als Kind über ihn ärgerte, weil er mich immer Rosmarie nannte und ich doch stolz war auf meinen Namen Roswitha, bleibt er mir als weiser Mann in Erinnerung, und viele seiner prägnanten Aussprüche begleiten mich durchs Leben, nicht zuletzt sein Ratschlag: »Erniedrigt euch nie selber. Das erledigen die anderen schon!«

Herrad Schenk

Die Kunst des Lebens

»Da seid ihr ja!«

Fast alle Schulferien verbrachten wir bei ihr, anfangs alle fünf, zuletzt nur noch meine jüngste Schwester und ich. Wir reisten mit dem Zug und dem Bus, liefen ein paar Schritte zu Fuß, und sobald wir das hohe schmiedeeiserne Gartentor geöffnet hatten, das uns knirschend ankündigte, stand sie da und wir stürmten die vielen Stufen hoch, um uns in ihre ausgebreiteten Arme zu werfen. Sie war gut zu umarmen, warm, rundlich, man hatte etwas zu drücken und wurde liebevoll empfangen.

Großmutter Else war die einzige der vier Großeltern, die wir erlebten. Wir hatten bei ihr gewohnt, bis ich sieben Jahre alt war, und die Trennung von ihr, vom alten Haus mit dem großen verwilderten Garten, vom ländlichen Leben, war uns allen schwergefallen. Anfangs bedeuteten die Ferien deswegen auch eine Art Wieder-nach-Hause-Kommen.

Sie war eine wunderbare Köchin, anders als meine Mutter, die die Niederungen des Haushalts verachtete. Sie kochte mit Lust und ganzem Körpereinsatz – »Kinder, jetzt habe ich mir schon wieder was hingelegt«, kommentierte sie kummervoll die unvermeidlichen Fettspritzer auf ihrer Bluse. Wir genossen es, abends mit ihr und gerade anwesenden Gästen Rommé zu spielen, denn auch beim Spiel engagierte sie sich leidenschaftlich, als ginge es um alles. Wir liebten unsere Oma aber nicht zuletzt, weil sie uns, wenn nicht gerade gegessen wurde, uns selbst überließ. Wir konnten von morgens bis abends spielen oder lesen, später durch die nahe gelegenen Wälder und Wiesen stromern, ohne Rechenschaft über unser Kommen und Gehen ablegen zu müssen.

Trotz aller Vertrautheit blieb sie mir letztlich fremd. Ich kann mich nicht erinnern, je irgendwelche tiefschürfenden Gespräche mit ihr geführt zu haben. Sie war warmherzig und lieb, sicher, doch fand ich sie nicht sonderlich interessant. Die Bücher, die sie las – meist strickte sie lieber –, fand ich langweilig, und die, die mich aufwühlten, kannte sie nicht. Wenn sie sonntagnachmittags mit ihrer langjährigen Freundin Ella bei Kaffee und Kuchen saß, ein unverbrüchliches Ritual, führten die beiden Gespräche, die mir ziemlich banal schienen.

Als Else mit 86 Jahren starb, war ich Anfang zwanzig und sicher traurig, aber nicht tief bewegt. Der noch nicht lange zurückliegende Tod meines Vaters hatte mich so nachhaltig verstört, dass ich den meiner Großmutter eher beiläufig erlebte, als Teil eines großen Kummers, der meine bis dahin heil geglaubte Kindheit endgültig verschlang. Erst viel später, als ich die Biografien meiner Eltern recherchierte, wurde mir klar, mit welch gewaltigen Umbrüchen Else in ihrem Leben fertig werden musste. Und ich zog nachträglich den Hut vor ihr.

1885 in Mülheim an der Ruhr geboren, Tochter eines wohlhabenden Fabrikanten, Jüngste einer längeren Geschwisterreihe, wuchs Else als Familienliebling auf, von der Mutter gehätschelt, verwöhnt von den älteren Brüdern. Die frühen Jahre in einer herrschaftlichen Villa, mit reichlich Personal, eine Erziehung zur höheren Tochter, die mit zwei Jahren Schweizer Pensionat – ein bisschen Benimm-, Handarbeits- und Kochunterricht, Fingerübungen am Klavier und Französisch parlieren – ihren angemessenen Abschluss fand. Versehen mit einer ansehnlichen Aussteuer, konnte Else Anfang des 20. Jahrhunderts eine gute Partie und ein bequemes Leben in der besseren Gesellschaft erwarten.

Mit Frauenrechten hatte sie nicht viel im Sinn, doch sie entwickelte ein paar Hobbys, die für Frauen ihrer Generation ungewöhnlich waren. So fuhr sie begeistert Fahrrad, ging fast täglich schwimmen, fotografierte exzessiv und entwickelte die Fotos in ihrer eigenen Dunkelkammer. Außerdem liebte sie das Theater, noch bis ins höchste Alter unterhielt sie ein Abonnement im Lippischen Landestheater Detmold und versäumte keine Vorstellung.

Das Theater stiftete auch ihre Ehe. Mein Großvater Adolf, Oberstleutnant im wilhelminisch-preußischen Heer, verliebte sich in Else, als er sie auf der Bühne sah, in einer Liebhaberaufführung zu Wohltätigkeitszwecken. Sie gab die Karin von Schweden, die Frau Gustav Adolfs, und war mit ihren neunzehn Jahren eine üppige, barocke Erscheinung. Er, dreizehn Jahre älter, war schmal, drahtig, eher klein für einen Mann, erst recht für einen Offizier. Auf dem Brautbild – sie heirateten ein Jahr später, 1905 – wurde die angemessene Größenrelation dadurch hergestellt, dass Else saß und er neben ihrem Stuhl stand.

Auch in anderer Hinsicht waren die Unterschiede groß. Else war vermögend – von Adolfs Salär allein, auch als Hauptmann, später Major, konnten sie sich nicht annähernd den Lebensstil ihres Elternhauses leisten. In Elses Familie war man an Wirtschaft, Handel, vor allem am Geldverdienen interessiert – Adolf dagegen hatte eine klassische humanistische Gymnasialbildung und einige Semester Jura absolviert, in seinem Stammbaum folgten Generationen von Richtern und Pfarrern aufeinander. Sie war lebenslustig, temperamentvoll, oft impulsiv, gab gern mit vollen Händen Geld für schöne Dinge aus, Blumen, modische Garderobe, gute Küche, Geselligkeit – er übte sich in den preußischen Tugenden Genügsamkeit, Pflichterfüllung und Gefühlskontrolle. Dennoch waren sie sehr verliebt und scheinen ein harmonisches Paar gewesen zu sein. So jedenfalls vermittelte es uns meine Mutter, und so klang es auch, wenn meine Großmutter noch Jahrzehnte nach seinem Tod von ihrem Adolf erzählte. Sein Ölporträt hing über ihrem Bett, sodass sie sich zeitlebens gewissermaßen zu ihm legte, wenn sie abends schlafen ging.

Die erste große Herausforderung für Else kam mit dem Krieg. Bis dahin hatten sie in einem imposanten Stadthaus in Mülheim – Jugendstil in bevorzugter Lage, zehn Zimmer, Stallungen, Dienstboten samt Köchin und Pferdeburschen – das Leben der Reichen und Schönen geführt. Sie waren viel gereist, kreuz und quer durch Europa, wobei es Adolf zu Baudenkmälern, in Kirchen und Museen zog, Else eher in angesagte Cafés und auf Kurpromenaden. Auch die Geburt der Töchter – 1907 meine Tante Ilse, 1908 meine Mutter Hertha – hinderte sie nicht am Reisen, denn sie wussten die Kleinen zu Hause gut aufgehoben in der Obhut der Säuglingsschwester und später des Kinderfräuleins.

Mit Kriegsausbruch wurde Adolf an die Westfront kommandiert, Else löste den Mülheimer Haushalt auf und zog mit beiden Töchtern nach Hagen zur inzwischen verwitweten Mutter ins elterliche Stadtpalais. Während der Kriegsjahre traf sie ihren Adolf nur selten, wenn er ein paar Tage Fronturlaub hatte, meist in kleinen Hotels in der Nähe seiner Einsatzorte.

In der »Hölle von Verdun« muss auch für Adolf etwas Einschneidendes geschehen sein. Was genau, das konnten Ilse und Hertha ihrer Mutter nie ganz entlocken. Vermutlich hatte er einen psychischen Zusammenbruch, eine höchst beschämende Schwäche für einen Offizier, die man nur eisern verschweigen konnte. Jedenfalls war er Anfang 1917 mehrere Wochen in Erholungsurlaub, ohne dass eine physische Verwundung vorlag, und im Anschluss daran wurde er nicht mehr an der Front, sondern nur noch im Hinterland zur Rekrutenausbildung eingesetzt. In dieser Zeit entdeckte er bei einem seiner Streifzüge in der Nähe von Detmold das Haus Waldesruh, das sie nach Kriegsende bezogen.

Was für uns später das Paradies der Kindheit war, bedeutete für Else einen markanten sozialen Abstieg. Ein einfaches Landhaus, ausgerichtet auf eine Kleinfamilie mit höchstens zwei Dienstboten: geräumige Küche und einige Wirtschaftsräume im Parterre, vier repräsentative Zimmer in der Bel Etage, drei Schlaf- bzw. Gästezimmer im Obergeschoss, zwar fließend Wasser und Strom, aber nur ein Badezimmer und Ofen- statt Zentralheizung.

Das Bedürfnis nach Ortswechsel und sozialem Rückzug ging von Adolf aus. Im Hunderttausend-Mann-Heer der Weimarer Republik gab es keine Verwendung mehr für ihn, er war mit sechsundvierzig Jahren arbeitslos, überflüssig, hatte nichts gelernt, das auf dem Arbeitsmarkt taugte. Seine Offizierspension wurde durch Wirtschaftskrise und Inflation wertlos, auch Elses zum Teil in Wertpapieren angelegtes Vermögen schrumpfte merklich. Mit einem Mal war Sparsamkeit und einfaches Leben angesagt. Adolf studierte Lehrbücher der Landwirtschaft und versuchte sich mit mäßigem Erfolg in Obst- und Gemüseanbau sowie der Hühnerzucht. Die Töchter, die inzwischen das Lyzeum in Detmold besuchten, wurden zu Hilfsarbeiten herangezogen. Verwandte aus den besseren Jahren, die keine vergleichbare soziale Deklassierung erfahren hatten, rümpften die Nase, wenn sie die Familie im neuen Heim besuchten: Finsterste Provinz! So gar kein Wohnkomfort! Ein fast bäuerisches Leben! Ohne gleichwertigen, kultivierten Umgang! Die Mädchen verwildern ja geradezu – wie sollen sie da eine passende Partie finden!

Erstaunlicherweise schien die einschneidende Lebensveränderung Else nichts auszumachen. Sie fand sich schnell und klaglos zurecht, führte den Haushalt mithilfe nur noch eines Dienstmädchens. Sie kochte jetzt selber, sie besorgte sogar mit Adolf den Holzvorrat für den Winter. Gemeinsam standen sie am Sägebock, brachten Äste und Stämmchen auf die richtige Länge, Adolf spaltete die Klötze, die Töchter stapelten sie. All das machte Else sogar Spaß, sie genoss den gemeinsamen Alltag mit Adolf, denn sie schätzte sich glücklicher als viele andere, weil sie ihren Mann körperlich unversehrt aus dem Krieg zurückbekommen hatte.

Doch die Freude währte nicht lange. 1924 verstarb Adolf mit zweiundfünfzig Jahren an einem spät erkannten Darmkrebs, nachdem er zunächst rätselhaft geschwächelt hatte, über Wochen bettlägerig war und zuletzt schlimme Schmerzen ertragen musste.

Mit neununddreißig Jahren Witwe, allein mit Haus, Garten, sehr viel Arbeit und zwei halbwüchsigen Töchtern – es wird eine Weile gedauert haben, doch irgendwann kam Else mit den neuen Herausforderungen zurecht. Für den Anfang zog die Gesellschaftsdame der inzwischen ebenfalls verstorbenen Mutter zu ihr, und der ältere Bruder Carl, Finanzbeamter, half bei der Regelung ihrer finanziellen Angelegenheiten, von denen sie, wie fast alle Frauen ihrer Zeit, keine Ahnung hatte. Und dann war da zum Glück Ella, eine Nachbarin in ihrem Alter, bereits vor ihr verwitwet, eine selbstbewusste, patente Frau, Vorbild und Lehrmeisterin in Sachen unfreiwilliger Selbstständigkeit, ihre beste Freundin, lebenslang.

Viele Veränderungen standen an. Die obere Etage wurde an ein kinderloses Paar mittleren Alters vermietet. Else und die Töchter nutzten nur noch den ersten Stock und das Parterre. Bald schon brachen Ilse und Hertha für ihre Berufsausbildungen in fremde Städte auf. Sie kehrten allerdings im Lauf der folgenden drei Jahrzehnte immer wieder in ihr Elternhaus zurück, mal die eine, mal die andere, gelegentlich beide gleichzeitig. Haus Waldesruh wurde für sie und ihre späteren Familien ein Zufluchtsort, Nothafen in schwierigen Lebenslagen, Stein gewordene Familiengeschichte. Am Ende des Zweiten Weltkriegs wohnten beide Töchter bei Else, ohne ihre Männer, die in Sachen Vaterland unterwegs waren, aber mit einer wachsenden Kinderschar. Die Gegend um Detmold blieb vom Krieg weitgehend verschont, es fielen keine Bomben, und die Nazis zogen fast ohne Gegenwehr ab, bevor die Briten als Besatzungsmacht einmarschierten.

In den Jahren unmittelbar nach dem Krieg lebten zeitweise bis zu zwanzig Personen in Elses vollgestopftem Haus, neben den Töchtern mit Anhang zwei Flüchtlingsfamilien, ebenso viele Erwachsene wie Kinder jeglichen Alters, teils gemeinsam wirtschaftend, teils getrennt. Abenteuerliche Zeiten, Not und

Entbehrung, Hunger und Kälte, Holzaktionen im Wald, Tauschgeschäfte mit Bauern, zusammengestoppelte Mahlzeiten, Speisepläne aus Fallobst und Kartoffelschalenkuchen, viel erzwungene Improvisation. Meine Großmutter Else, inzwischen bereits über sechzig, scheint während dieses unfreiwilligen engen Zusammenlebens die zentrale, integrative Figur gewesen zu sein, unermüdlich tatkräftig, nie um praktische Lösungen verlegen, Optimismus und gute Laune verbreitend.

Umso erstaunlicher, dass sie einige Jahre später, als sie ganz allein in dem riesigen alten Kasten wohnte, ebenso gut zurechtkam, meist heiter, einverstanden mit sich und ihrem Leben. Einmal, so wurde erzählt, sei sie gegen Mitternacht aufgewacht, weil ein fremder Mann an ihrem Bett stand. Sie hatte wie immer vor dem Einschlafen gelesen, der Krimi war ihr aus den Händen gerutscht und vor das Bett gefallen. Sie soll nicht etwa geschrien, sondern sachlich gefragt haben: »Was machen Sie denn hier?« Es war der Mann von der Wach- und Schließgesellschaft, der sie darauf hinweisen wollte, dass ihre Haustür nicht abgeschlossen war.

Wir hörten sie nie über Einsamkeit klagen, sie lebte gern, auch im Alter, und sie wusste es sich schön zu machen. Ich sehe sie noch heute vor mir, auf dem Sofa strickend oder am Fenster gegen den wärmenden Heizkörper gelehnt, mit versonnenem Blick über den Garten hinwegschauend. Wenn wir Enkelkinder abends nach dem Rommésspielen Gute Nacht sagten, gab es für jedes von uns, auch für sie selbst, noch »ein Schokolädchen«, zwei Stücke, nicht mehr. Kummer und Lebenskrisen anderer Erwachsener begegnete sie ebenso wirkungsvoll mit »einem Likörchen«, auch da nur eins, die Flasche wurde gleich wieder an sicherem Ort weggeschlossen.

So rund und versöhnlich, wie sie gelebt hatte, war auch ihr Tod. Sie starb an einem Schlaganfall, auf Besuch bei ihrem Lieblingsbruder Georg, dem einzigen noch lebenden ihrer Geschwister. Sie hatten schön zu Abend gegessen und saßen mit einem bekömmlichen Rotwein vor dem Fernseher, um einen Edgar-Wallace-Film zu sehen, ein Vergnügen, das sie sich selten entgehen ließ. Als der Bruder ihre sonst üblichen Kommentare vermisste und sich zu ihr wandte, saß sie tot im Nebensessel, einfach so, ohne Schmerzen, ohne Aufsehen gestorben.

Gottfried Hornberger

Ein Theologe in bewegten Zeiten

Meinen Großvater Adolf, den Vater meiner Mutter, habe ich nur als kleines Kind erlebt. Ich war neun Jahre alt, als er 1956 mit 83 Jahren starb. Und doch habe ich ihn als Respekt einflößenden Mann in lebhafter Erinnerung. Wir nannten ihn »Großvater« – Opa oder gar Opi war in unserer Familie verpönt.

Adolf wohnte mit seiner Frau Gertrud in einer am Berg gelegenen Gründerzeitvilla in Stuttgart-Feuerbach, die er in den späten Zwanzigerjahren nach einem unerwarteten Erbe gekauft hatte. Ich erinnere mich gut an die alljährlichen Besuche in diesem noblen Haus aus Anlass von Großvaters Geburtstag. Mit seinen drei Kindern (ein Sohn war im Krieg gefallen) und acht Enkelkindern waren wir immer eine lebhafte Runde, von der jedes Jahr ein Programm erwartet wurde. Meine Eltern hatten stets einen launigen, gereimten Text vorbereitet, es wurde musiziert und wir Kinder mussten ein auswendig gelerntes Gedicht vortragen. Zum Abschied gab es dann für jedes von uns Enkelkindern ein silbernes Fünfmarkstück.

Großvater war Pfarrer. Als Sohn eines erbärmlich schlecht bezahlten Unterlehrers mit fünf Kindern war für ihn an eine akademische Ausbildung vorerst nicht zu denken. Doch mit vierzehn Jahren bot sich ihm die Möglichkeit, das »Landexamen« zu absolvieren, eine mehrtägige Aufnahmeprüfung in eine der evangelischen Internatsschulen für Knaben in Württemberg. Er bestand und verbrachte die ersten beiden Jahre in der evangelischen Klosterschule Maulbronn, anschließend zwei Jahre bis zum Abitur in Blaubeuren. Diese Seminare waren eine württembergische Besonderheit. Für die Schüler war die Ausbildung kostenlos, sofern sie später die theologische Laufbahn einschlugen. Ein Schwerpunkt lag daher auf Latein, Griechisch und Hebräisch. Hermann Hesse hat als Zögling im Seminar in Maulbronn eine unglückliche Zeit verbracht und später seine Erlebnisse in der Erzählung *Unterm Rad* verarbeitet.

Nach dem Abitur führte der vorgezeichnete Weg für meinen Großvater direkt zum Theologiestudium im Evangelischen Stift in Tübingen, in dem vor ihm bereits Persönlichkeiten wie Hegel, Schelling und Hölderlin ihr Studium absolviert hatten. Dieses Studium fand nur teilweise an der Universität statt, viele Vorlesungen wurden intern im Stift gehalten, wo die Studenten wohnten, verköstigt wurden und zusätzlich von Repetenten betreut.

Kontakte zum weiblichen Geschlecht waren freilich spärlich. Die ersten Studentinnen kamen erst viel später an die Tübinger Universität. Höchstens bei Stiftungsfesten der studentischen Verbindungen – fast alle »Stiftler« waren Mitglieder solcher Burschenschaften – traf man auf Töchter der »Alten Herren«.

Dies änderte sich erst im Vikariat. Nach dem theologischen Examen kam mein Großvater als zukünftiger Seelsorger und Verkünder des Evangeliums als eine Art Referendar nach Ilsfeld bei Heilbronn zu Pfarrer Hartmann. Dieser stammte aus einer alten schwäbischen Pfarrer- und Professorendynastie. Ich stelle mir vor, wie der akademisch gebildete, aber in Seminar und Stift weitgehend vom realen Leben unberührt gebliebene junge Adolf nicht nur lernte, wie man zu predigen, taufen, verheiraten und beerdigen hatte, sondern im familiären Kreis, zu dem er ins Pfarrhaus geladen wurde, auch mit den Töchtern seines theologischen Lehrherrn in Kontakt kam.

Die heiratsfähigen jungen Pfarrerstöchter hatten das Problem, auf dem Dorf keinen adäquaten, standesgemäßen Partner zu finden, Bauern und Handwerker kamen aus Gründen der sozialen Stellung nicht infrage. Auch Pfarrer Hartmann und seine Frau hatten ein Interesse, ihre Töchter »angemessen« unter die Haube zu bringen. Ein zukünftiger Pfarrer kam da als Schwiegersohn sehr wohl in Betracht. Zudem wussten die Pfarrerstöchter durch das Vorbild ihrer Mutter ziemlich genau, was später als Pfarrfrau auf sie zukommen würde.

So war auch das Schicksal von Adolf vorbestimmt. Die räumliche Nähe bewirkte erste Schritte, scheue Blicke, zartes Erröten. Nach angemessener, züchtiger Werbezeit schrieb mein Großvater an den Vater der Erwählten einen wohlgesetzten Brief, in dem er sich in aller Bescheidenheit ins rechte Licht zu setzen wusste, und hielt um die Hand der ältesten Tochter Gertrud an. Zu aller Zufriedenheit erfolgte nach offizieller Verlobung und nach einem Jahr mit intensivem Briefwechsel die Vermählung, wobei auch hier die unterschiedliche soziale Herkunft – Gertrud aus großbürgerlichem Hause, Adolf der Sohn eines Unterlehrers – durchaus registriert wurde. Die Hochzeitsreise führte in die Schweiz. Aus Rücksicht wurden, wie meine Mutter erzählte, für die ersten Tage zwei getrennte Zimmer gebucht, um die unerfahrene Braut nicht allzu heftigem Druck auszusetzen. Sexuelle Aufklärung war zu jener Zeit und nicht nur in evangelischen Pfarrhäusern sehr dürftig. Doch bahnte sich die Natur ihren Weg und zwölf Monate nach der Hochzeit wurde der erste Sohn geboren.

Mein Großvater fühlte sich in der Rolle eines Landpfarrers nicht sehr wohl. Bei aller rhetorischen Begabung fiel ihm das Predigen schwer. Meine Mutter berichtete, ihrem Vater habe es vor der Predigt am Karfreitag immer gegraust. Ich könnte mir vorstellen, dass er mit manchen christlichen Dogmen seine Probleme hatte. Seine Interessen und Fähigkeiten gingen eher in Richtung Pädagogik, soziales Engagement und Organisation. Daher nahm er das Angebot gerne an, die theologische Leitung einer Einrichtung für »schwer erziehbare Kinder« in Lichtenstern bei Heilbronn, die mit einem Seminar für Grundschullehrer verbunden war, zu übernehmen. Zu dieser Institution gehörte auch eine große Landwirtschaft. Man war in weiten Bereichen selbstversorgend, was sich besonders in der Zeit nach dem Ersten Weltkrieg als sehr vorteilhaft erwies. Diese Mischung aus pädagogischem Engagement und der Leitung des ganzen umfassenden Betriebs sagte ihm zu. Er war beliebt bei den Kindern, die ihn »Vater« nannten, während seine emotional deutlich kühlere, auf Abstand bedachte Frau sich als »Frau Inspektor« anreden ließ. Leider versagten seine pädagogischen Fähigkeiten in der eigenen Familie. Zu seinem homosexuellen Sohn, dem ältesten der Kinder, konnte er zeitlebens keine ungetrübte Beziehung aufbauen.

Nach einigen Jahren in einer höheren Stelle der Inneren Mission, einer Vorläuferin des heutigen Diakonischen Werks, übernahm mein Großvater, zusammen mit einem technischen Verwalter, die theologische Leitung der »Heil- und Pflegeanstalt für Schwachsinnige und Epileptiker«, wie sie damals hieß, im Schloss Stetten. Für mich als Kind war bei einem Besuch die

Begegnung mit den teilweise schreienden und grimassierenden, geistig stark beeinträchtigten Menschen ein nachhaltig verstörendes Erlebnis.

Während der Zeit des Nationalsozialismus hatte sich mein Großvater der »Bekennenden Kirche« angeschlossen, einer christlichen Oppositionsbewegung gegen Versuche einer Gleichschaltung der Evangelischen Kirche mit dem Nationalsozialismus. Als 1940 im Zuge des Euthanasieprogramms der Nazis die grauen Busse der SS anrollten, die Menschen mit psychischen und körperlichen Beeinträchtigungen aus den Heimen abholten und in Tötungsanstalten deportierten, stellte sich mein Großvater mit erhobenen Händen vor das große Eingangstor. Weil er nicht weichen wollte, wurde er geschlagen und mit brachialer Gewalt abgedrängt. Dass er die ihm anvertrauten Schutzbefohlenen nicht retten konnte, belastete ihn bis zu seinem Lebensende.

Auch nach seiner aktiven Zeit blieb mein Großvater bis in die Fünfzigerjahre der weiterhin »Heilanstalt« genannten Einrichtung im Schloss Stetten als Berater und Förderer eng verbunden. Seinem Wunsch entsprechend fand er auf dem Gelände der Anstalt seine letzte Ruhestätte.

Alice Grünfelder

Elis, wohin willst du?

Deine Hände.

Runder Handrücken, so rund, dass die Haut darüber spannte. Immer wund. Vom Wühlen. Wenn im Oktober Kartoffeln aus der Erde geklaubt werden mussten. Schrundig vom Herbsten. Wenn frühmorgens das kalte Tauwasser von den Trauben über die Finger tröpfelte. Und krumm. Von der Gicht. Trotzdem sehe ich dich, wie du in den kalten Monaten auf der Ofenbank gesessen bist, melierte Sockenwolle verstricktest, wenn die Arbeit getan war, die Schweine, das Vieh gefüttert, oder wenn die Männer in den Wald gingen, Holz machten.

Deine Unterkleider.

In allen Ferien, an allen Wochenenden waren wir bei dir, um in den Reben mitzuhelfen: Unkraut jäten, Schösslinge zwischen den Drähten hindurchfädeln. Im Hochsommer auf den Feldern Heu einholen. Ich schlief bei dir im Ehebett, Opa in der Kammer nebenan. Sah dir zu, wie du deine Kleider ablegtest, die Strickweste, die Schürze, Hemd, Unterhemd, noch eines, den Büstenhalter hast du anbehalten, ein Nachthemd darübergestreift. Einmal, der Tag graute schon, wachte ich auf, weil draußen ein Motor brummte. Ich trat ans Fenster, stellte mich auf die Zehenspitzen, sah hinunter in den Hof, hinaus auf die Straße, kein Wagen, nicht wie letztes Mal, als Schweine quietschend und zeternd die Rampe hinauf ins Innere eines Schlachtwagens gezogen wurden. Kehrte wieder um, legte mich ins Bett, lauschte dem Geräusch. Bis ich merkte, es kam von dir.

Dein Lachen.

Es klingt mir noch heute in den Ohren, die Aussetzer deines Atems, das Luftholen zwischen den Wörtern, wie manchmal daraus ein Husten wurde. Deine Bäckchen rutschten hoch zu den Augen, die wurden schmal, verschwanden zwischen den Falten. Du lachtest gern, auch über deine eigenen Witze. Wenn du viel Wind gelassen hast in der niedrigen Stube, weil es am Abend Bohnen mit Speck gegeben hatte – die mochtest du am liebsten –, fürchtete ich manchmal, du bekämst vom Lachen keine Luft mehr, weil ich nichts mehr hörte, nur dieses hohe Gicksen, dann aber konntest du unvermittelt keuchen: »Jedes Böhnli git es Tönli.« Doch sonst bist du still gewesen, ich erinnere mich an kein Wort, keinen Satz von dir. Nur einmal, und da sind wir erschrocken, alle sind wir erschrocken, als die Nachrichten liefen und du gesagt hast: »Das hätte es unter ihm nicht gegeben.« Wir, meine Cousins und ich, haben dich angesehen und dich ausgeschimpft, da sagtest du nichts mehr. Hast nur auf deine Hände geschaut und die Daumen kreisen lassen. Wie in der Kirche, in die ich dich sonntags begleiten musste.

Wir lachten auch über dich, meine Cousins, meine Mutter, mein Vater, meine Tanten, mein Onkel, der Jüngste, der Nachgeborene, er lachte dich aus, wenn du mal was nicht gleich gefunden, etwas übersehen hast. Weil: »Hast ja nicht mal deinen eigenen Mann erkannt, als der nach dem Krieg damals.«

Diese Geschichte. Wie ein Knoten an einem langen Faden, daran aufgefädelt Hochzeiten, Kommunion, runde Geburtstage, Jubiläen. Dem Faden entlang wurde erzählt, doch der wurde immer dünner, ausgefranster, weil man sich seltener traf, die Knoten immer weiter auseinanderlagen. Diese Geschichte aber, sie wurde wieder und wieder erzählt, und du hast dazu geschwiegen.

Wo warst du, als du Bescheid bekommen hast damals?

Hast du gerade den Eimer mit den Kartoffeln, die immer weich gekocht auf dem Beistellherd standen, ihr Geruch zog schon früh am Morgen durchs Haus, nach hinten getragen, um die Schweine im Koben zu füttern? Hast du den Eimer langsam abgestellt oder fallen gelassen, als jemand über das Hoftor deinen Namen rief und dass die Männer? Hast dann das Rad aus dem Hof und auf die Straße geschoben. Oder warst du auf dem Acker, hast Samen hineingedrückt in die sandige Erde? Oder in den Reben? Die drei Töchter hinter dir, in den endlos langen Reihen das Unkraut mit der Harke herausgehackt, hast dich aufgerichtet, als nach dir gerufen wurde, hast die Hände an einer blauen, ärmellosen Schürze abgerieben, immer waren sie blau: blau gepunktet, blau gestreift, blau kariert. Bist du durch die Reihen gelaufen oder langsam gegangen, weil du müde warst? Hast zugehört, was man dir sagte, hast das Rad aufgerichtet, das am Hang lag, hast den Töchtern zugerufen: Der Vater ist zurück.

Du auf dem Fahrrad.

Als Kind kam mir dieses Rad riesig vor. Schwerfällig musstest du dich auf den Sattel hieven, um mit »deinen kurzen Stumpen« – wie dein jüngster Sohn, der vom Krieg nichts mitbekommen hatte, später wieder und wieder sagte, um dich zu ärgern – die Pedale zu erreichen. Den Oberkörper hast du dicht übers Lenkrad gebeugt, bei jedem Tritt in die Pedale tiefer, damit das Rad an Fahrt gewann, damit es zu schwanken aufhörte, bis ich dich nicht mehr sah.

Nachdem du also Bescheid bekommen hast, so stelle ich es mir vor, bist du durch die enge Gasse gefahren, links um die Ecke, fünf Häuser weiter rechts abgebogen auf die lange Straße hinaus aus dem Dorf, vorbei am »Engel«, wo Männer grölten, auf die du nicht achtgabst, vielleicht saßen sie dort und feierten die Heimkehr.

Wann kam er zurück?

»Weiß ich doch nicht mehr«, sagte meine Mutter, »war doch noch ein Kind.« Ich rechnete. Sie war neun Jahre alt.

Also stelle ich mir weiter vor, wie du auf dem Rad die Straße entlangfuhrst, schnell und immer schneller, und dass dir vielleicht bei jedem Tritt in die Pedale Gedanken gekommen sind, dass der Krieg jetzt schon zwei Jahre vorbei war, dass aber jetzt erst der Mann, erst jetzt, fast gab es da in deiner Brust einen Schluchzer. Und davor, du ganz allein, deine Eltern noch, dein Bruder, der nicht in den Krieg musste, weil er was mit dem Bein hatte. Und ihr habt keinen Arbeiter bekommen wie die anderen, nur ein deutsches Mädchen ein Pflichtjahr lang. Und wie da was nicht stimmte mit den Polen im Dorf. Denn bei der einen, da lag ein Kind im Bett, und jeder, der im Dorf rechnen konnte, wusste: »Da stimmt was nicht, wenn der das mitbekommt, wenn der Mann das mitbekommt, wenn er zurückkehrt und dieses Balg sieht, was wird dann?« Sie schwangen die Zungen wie Glocken in ihren Mündern, die Frauen, wenn sie abends vorm Haus saßen. Über ihnen bleckten blutrote Geranien aus tief hängenden Blumenkästen.

Immer weiter fuhrst du die fadengerade Straße aus dem Dorf hinaus. Vielleicht war es Sommer, links und rechts Äcker, Felder mit goldschweren Ähren, überreif, weil noch immer Männer fehlten, um die Ernte einzubringen vor dem nächsten Sommergewitter. Doch dafür hattest du keinen Blick, dachtest vielleicht an das Ende des Kriegs, als der Franzos kam. Draußen auf einem Gutshof haben sie einen vor den eigenen fünf Kindern erschossen, weil er das Schwein nicht hergeben wollte. Und wie sie dann zu euch gekommen sind. Drei Männer waren es, so sagt es meine Mutter heute, oder auch mehr. Jedenfalls hast du gesagt, du wolltest rasch einen Krug Wein im Keller für sie holen, bist dann aber zu den Töchtern und zusammen seid ihr in die Hügel geflohen, habt euch dort eine Woche lang in einer Höhle versteckt. Weil du Angst hattest und nicht wusstet, was der Franzos unten im Dorf treibt.

Auch das fiel dir wieder ein, bei jedem Tritt in die Pedale, schnell nur nahmst du eine Hand vom Lenker, weil du eine Haarsträhne unters Kopftuch zurückschieben wolltest, das Rad schwankte kurz. Lerchen kreiselten über den Äckern, der Wind fuhr in die Blätter der Pappeln, die sich an beiden Seiten der Landstraße stramm hinstellten, die Baumstämme glänzten schwarz in der Sonne. Doch auch dafür hattest du keinen Blick, denn deine Gedanken gingen weit, sie gingen vor und wieder zurück und noch weiter zurück, damals, als ihr geheiratet habt. Im Jahr, als er an die Macht gekommen war. Aber daran hat niemand gedacht, niemand denken können hier im Dorf. Nur an die Felder, das Vieh und die Reben wurde gedacht, an das Unwetter zu Unzeiten und nie zu wissen, ob die Arbeit das Jahr über umsonst gewesen war. Wer hatte schon Zeit, nachzudenken über etwas, das weit weg war. Und als der Krieg gekommen war und als später die Flugzeuge zuerst über Breisach flogen, in der Ferne Rauchsäulen sich hochschraubten, dann weiter nach Freiburg, wo das Feuer, der Rauch, »tagelang«, so sagt es meine Mutter, die heute noch keinen Flugzeugen, die

Formation fliegen, nachsehen kann, ohne an diese Jagdbomber zu denken … Als dieser Krieg also zu einem schlechten Ende kam, so wie der erste schon, den du als Kind erlebt hattest, aber immerhin und endlich zu einem Ende, kehrten die Männer noch lange nicht zurück. Verstanden hat das niemand im Dorf. Wo der Krieg doch aus war.

Mit diesen Gedanken im Kopf warst du damit beschäftigt, den Löchern auf dieser Landstraße auszuweichen, die zum Bahnhof im Nachbardorf führte, denn jeder Schlenker brachte das Rad zum Wanken. Vielleicht aber hattest du eine Freude am Wind, der dir übers Gesicht strich, den Schweiß auf deiner Stirn trocknete, an deinen Armen – da hörst du eine Stimme, fährst weiter, hörst deinen Namen, wagst nicht, den Kopf zu drehen, fürchtest, sonst vom Rad zu fallen, hörst wieder jemanden deinen Namen rufen. »Elis!«

Du lässt das Treten sein, lässt das Rad auf der Straße ausrollen, springst ab, stolperst, drehst dich erst da nach der Stimme um.

»Elis, wo willsch hi?«

Du wendest das schwere Rad, brauchst dafür die ganze Straßenbreite, gehst zurück in die Richtung, aus der du gekommen bist.

»Kennsch mi nimmer?«

Der Mann, ja, er ist groß, wie der Sepp es gewesen war beim letzten Fronturlaub, sonst aber?

Vorbeigefahren bist du an ihm.

Deine Augen bleiben an seinen Händen hängen, im Kriegsgefangenenlager mit Gewehrkolben verkrüppelt, die Arme baumeln lang an ihm herab.

Hast ihn nicht gesehen, nicht erkannt.

Wie konnte das sein, wie konnte es so weit gekommen sein, dass du ihn nicht erkannt hast?, fragten sich alle später, viele Jahre später, wieder und wieder, wenn wir abends um den Ofen saßen und lachten, dich auslachten, wo hattest du bloß deine Augen gehabt?

Elis, wohin wolltest du?, haben wir dich gefragt. Nur das.

Fabio Andina

Die Entscheidung meines Großvaters

Aus dem Italienischen von Karin Diemerling

Die Wochen folgen gleichförmig aufeinander, tagsüber grau und kalt, nachts schwarz und eisig. Ich öffne die Augen. Vielleicht habe ich gar nicht geschlafen. Hier, wo ich bin, wird der Schlaf konturlos, vermischt sich mit dem Wachzustand.

Kaum erwacht, plagt mich die Angst wie ein stechender Schmerz, mein Körper weiß nicht, wie er reagieren soll. In einem Augenblick ist mir heiß, im nächsten zittere ich wie Espenlaub, es würgt mich, aber es kommt nichts hoch, weil ich seit Tagen kein Essen angerührt habe. Ich atme tief und versetze mich weit weg von hier. Eines der wenigen Dinge, die sie mir nicht nehmen können, ist die Erinnerung. Die Erinnerung an zu Hause.

Es war am letzten Märzsonntag vor vielen Jahren. In Cremenaga wurde das Fest der Maria Santissima Annunziata gefeiert, Schutzpatronin des Dorfs. Ich war erst vor wenigen Tagen aus der Schweiz heimgekehrt, wo ich den Schreinerberuf erlernt hatte.

In der Kirche standen die Frauen mit ihren Handtaschen und Kopftüchern in ihren Bankreihen. Als der Pfarrer aus der Sakristei trat und das Gloria a Dio anstimmte, fiel der Organist mit ein und ebenso die Frauen. Wir Männer gingen, den Hut in der Hand, durch das Seitenportal, und auch wir sangen schon.

Mein Auge fiel auf eine junge Frau, sie war schön mit ihren dunklen Haaren und grünen Augen. Ich erinnerte mich an sie vom letzten Jahr. Damals war sie noch ein Mädchen, aber jetzt, sieh da, ist sie eine Frau, dachte ich.

Die Kirche leerte sich. Die Sonne wärmte die Luft. Jemand hatte den Schnee auf dem Platz weggeschaufelt und zwei Tische herbeigeschafft. Die Kinder machten eine Schneeballschlacht, ein Mann entkorkte ein paar Weinflaschen und schenkte aus.

Der Küster stieg auf die Mauer. Aufgepasst, Freunde, rief er. Jetzt geht's los. Meine Herren, kommen Sie herbei. Hier habe ich etwas, das Ihren Damen gefallen wird.

Ich unterbrach das Gespräch mit meinen Freunden, die Auktion interessierte mich. Ich machte ein lautes Gebot, musste es ein paarmal erhöhen und errang schließlich das lila Foulard. Als es ans Bezahlen ging, fragte mich der Küster, wem ich es schenken würde, und ich antwortete, der schönsten Frau von Cremenaga.

Monate später lagen wir Händchen haltend im hohen Gras, umgeben vom Liebesgezirpe der männlichen Grillen. Die Blicke weit in den blauen Himmel gerichtet, die bloßen Füße um weiße, gelbe und rosa Blumen geschlungen.

Jetzt haben wir wieder Sommer, sagte sie.

Der längste Tag des Jahres, sagte ich.

Ich wünschte, er würde nie enden.

Die Glühwürmchen kamen. Sie schwärmten, es war unmöglich, sie zu zählen. Dann begann der Himmel zu leuchten.

Siehst du diesen Stern dort, fragte ich.

Welchen? Es sind so viele.

Den dort, zeigte ich. Den hellsten von allen. Das ist unser Stern.

Wie heißt er?

Keine Ahnung. Spielt keine Rolle. Du schaust hinauf und siehst ihn und weißt, dass es unserer ist. Wenn ich einmal nicht bei dir bin, schaue ich zu ihm hinauf und denke an dich. Und du machst es genauso. Nicht wahr, du machst es genauso?

Ja. Versprochen. Ich mache es genauso, sagte sie und drückte meine Hand. Aber ich will, dass du immer bei mir bleibst.

Ich liege auf der Seite, in derselben Position, in der ich mich gestern Abend hingelegt habe. Durch das einzige Fenster fällt das fahle Licht der Morgendämmerung. Die Wache schlägt mit dem Knüppel gegen die Holzbetten, um uns hinauszutreiben. Eingezwängt, wie wir sind, muss der, mit dem ich dieses enge Lager teile, als Erster aufstehen, er schiebt sich zwischen den harten Brettern und meinen harten Knochen hinaus. Von der Mitte der Baracke aus betrachtet, ähneln diese sogenannten Betten den Fächern von Lagerregalen. Kriecht man hinein, ist es eher wie eine Grabnische.

An jenem Stephanstag war die Kirche voll, alle standen und tuschelten. Als endlich das Portal aufging, wurde es still. Ein kalter Windstoß kündigte das Eintreten meines zukünftigen Schwiegervaters an, der meine zukünftige Frau am Arm führte. Alle Augen waren auf sie gerichtet. Sie trug ein schlichtes weißes Kleid, einen Wollschal um die Schultern und einen dezenten Schleier vor dem Gesicht, weiße Schuhe mit kleinem Absatz und einen Strauß Schneeglöckchen in den Händen. Vom Altar aus sah ich sie zwischen den Bankreihen auf mich zukommen. Als ich die Hand nach ihr ausstreckte, löste sie sich von ihrem Vater.

Hinter dem Gittertor, das auf den Hof führt, hob ich sie auf meine Arme wie ein schlafendes Kind und ging mit ihr zu der schmalen, steilen Treppe. Die zwei Stockwerke stieg ich junger Bräutigam mühelos hinauf. Mit dem Fuß drückte ich die Klinke hinunter und öffnete die Tür. Das ist die Küche, sagte ich. Das ist das Kinderzimmer, und das ist unser Schlafzimmer. Ich legte sie sanft auf das Ehebett, das ich erst vor Kurzem fertig gebaut hatte. Willkommen in unserem Zuhause, meine liebste Frau, sagte ich. Dann hob ich ihren weißen Schleier, und wir küssten uns.

Sie jagen uns im Laufschritt über den harten Schnee zur Latrine. Die Wunden an den Füßen fangen sofort an zu schmerzen. Eine Minute geben sie uns Zeit, um in die Holzeimer zu kacken und zu pissen. Jeweils zwei pro Eimer, Rücken an Rücken, unter den Augen der Wachen. Ich tauche die Hände in einen Blecheimer voll eiskaltem und schon schmutzigem Wasser und wasche mich, so gut es geht. Drei Lappen, um uns abzutrocknen. Den Ersten gelingt es noch, die Übrigen tun nur so, als ob. Sie haben einen Sauberkeitswahn, diese Deutschen. Und furchtbare Angst vor Fleckfieber.

Je kälter es ist, desto endloser scheinen die Appelle. Mein Körper ist ein trockener Haselnusszweig, der in einem Wintermonat in einen gefrorenen Garten gesteckt wurde. Ich spüre meine Füße nicht mehr, ich spüre meine Hände nicht mehr, ich spüre gar nichts mehr. Eine dichte Atemwolke quillt aus meinem Mund, ich stelle sie mir warm vor wie den Dampf, der zu Hause aus dem kleinen Topf mit dem Kräutertee stieg.

An einem schwülen Augusttag lehnte ich die Holzleiter an den Stamm der alten Eiche hinter der Kirche. Ich sah zu dem dicken, brüchigen Ast hinauf, der zu nah an das Fenster der Sakristei gewachsen war. Bei Schnee konnte er abbrechen und die Scheibe zertrümmern.

Der Pfarrer machte das Fenster auf. Er hielt ein Glas Wasser in der Hand. Dein Kamin wird sich freuen, sagte er.

Eigentlich dachte ich gerade, dass ich die Wiege daraus machen könnte. Mein Sohn muss schließlich einen Schlafplatz haben.

Oder deine Tochter.

Sohn oder Tochter, ist mir gleich, sagte ich und stieg auf die Leiter. Was steht Schönes in den Zeitungen, Padre, fragte ich.

Nichts Schönes. Da, nimm. Er reichte mir das Glas. Ich habe einen beängstigenden Artikel gelesen. In Deutschland brennen sie immer noch Synagogen nieder.

Ich beobachtete die schrägen, durch das sommerliche Eichenlaub gefilterten Sonnenstrahlen. Ein Glück, dass ich die einzige Gefahr für diese Kirche jetzt beseitige, sagte ich und trank.

An Bord eines Militärfahrzeugs trifft ein Offizier ein. Er steigt aus und beginnt, um uns herumzugehen, uns zu begutachten, als wären wir Vieh bei einer Versteigerung. Er spricht mit dem Appellkommandanten. Der Appellkommandant lässt seinen Blick über das Blatt in seiner Hand wandern und brüllt meine Nummer. Mir stockt der Atem. Ich schreie meinen Namen. Aus dem Augenwinkel sehe ich den Offizier herankommen. Er baut sich vor mir auf.

Beruf, fragt er laut, auf Italienisch.

Schreiner, sage ich.

Er holt mich aus der Gruppe heraus. Ich weiß nicht, ob ich

immer noch die Luft anhalte oder meine Atmung wieder eingesetzt hat.

Es gibt seltene Momente im Lauf dieser wahnwitzigen Tage, in denen es mir gelingt, mich auf mich selbst zu konzentrieren, auf mich als Mann, Ehemann, Vater, Christ, Italiener. In diesen Momenten frage ich mich, was aus mir geworden wäre, wenn ich in einem anderen Land geboren worden wäre, wenn ich Jude wäre. Oder wenn ich meine Frau nicht gefunden hätte.

Es war ein später, aber strenger Winter. Eine Kaltfront trieb aus Nordosteuropa herunter und blieb in jenem Winkel der Welt hängen, in dem mein Dorf lag. Mitten in einer Januarnacht klopfte ich an die Tür der Hebamme und riss sie aus dem Bett. Wir eilten durch das Schneetreiben, sie mit einer über den Morgenrock geworfenen Decke. Ans Geländer geklammert, stieg sie in den zweiten Stock, stürmte atemlos in die Wohnung und erteilte allen Anweisungen. Nach stundenlangen Wehen, als der Küster gerade die Mittagsstunde läutete, wurde unsere Tochter geboren.

Der Sommer des folgenden Jahres brachte eine nie dagewesene Hitze, und die Alten in der Bar erzählten sich Geschichten von Bränden und Dürre. Dann, als könnte es nicht anders sein, fegten die Gewitter der ersten Herbsttage die Gluthitze hinweg, die Leute fingen an, von Kaminholz und Kastanien zu reden, und meine Frau spürte die ersten Wehen. Weil sie sich nicht gut fühlte, legte sie sich ins Bett. Sie verbrachte zwei Wochen liegend, an deren Ende, wieder mithilfe der Hebamme, ein Junge geboren wurde.

Ich fange an zu arbeiten, wenn es draußen noch dunkel ist, und höre auf, wenn es wieder dunkel ist. Im Sägewerk herrscht ein furchtbares Getöse, das einem die Knochen durchrüttelt und bis ins Mark dringt. Einige italienische Arbeiter sagen mir immer wieder, dass die Arbeit unsere Rettung ist. Doch die einzige Rettung für mich bist du, meine geliebte Frau.

Ich hätte die Möglichkeit gehabt, Beamter zu werden, mit dem Hintern im Warmen und einem staatlichen Lohn, aber ich habe mich dafür entschieden, Schreiner zu werden. Das gab den Ausschlag, ob ich in einem Ofen endete oder für die Nazis in einem Sägewerk arbeitete. Es mag ein Gemeinplatz sein, aber es stimmt, dass das Leben aus Entscheidungen besteht und jede Entscheidung den Weg festlegt, auf dem man weitergeht. Meiner hat mich hierhergeführt, und es gibt kein Zurück. Nur ein Voran.

Anfang September ging ich im Bergwald von Cremenaga in die Pilze und auf dem Rückweg durchs Dorf auf einen Sprung in die Bar. Ich grüßte beim Hereinkommen, aber niemand erwiderte meinen Gruß, alle hörten schweigend die Radionachrichten.

Was ist denn los, wollte ich wissen.

Italien hat den Waffenstillstand ausgerufen, sagte jemand. Von heute an werden die deutschen Truppen ins Land einfallen. Sie kommen sicher auch zu uns. Dann gibt es ein großes Auf und Davon, wirst sehen.

Was die Stammgäste der Bar ein großes Auf und Davon nannten, war für mich Anlass zum Handeln. Ich war bereits erfahren im Schmuggel von Gütern des täglichen Bedarfs zwischen Italien und der Schweiz, ich kannte die Wege und die Verstecke und die Rundgänge der Grenzwachen entlang der

Tresa. Außerdem hatte ich ein kleines Netz von Kollegen, sowohl hier als auch jenseits der Grenze, die mitmachten.

So begann ich, Menschen auf der Flucht zu helfen, sich in Sicherheit zu bringen. Sie wurden mir nachts in den Wäldern übergeben, ich führte sie zum Fluss, brachte sie hinüber und vertraute sie dem Schweizer Kollegen an. Alles lief wie am Schnürchen. Dann wurde ich von jemandem verraten, dem mein Tun nicht gefiel. Sie kamen zu mir nach Hause, nahmen mich fest und brachten mich fort.

Ich hätte, wie so mancher im Dorf, ein doppeltes Spiel spielen können, mich von den Flüchtenden bezahlen lassen, um sie dann aber nicht in die sichere Schweiz zu bringen, sondern auf italienischem Boden in die Fänge der Nazis zu treiben und mich auch von denen bezahlen zu lassen. Aber ich schaute nicht aufs Geld, sondern in die Augen dieser Menschen.

Ich fühle mich nicht imstande, die Person, die mich denunziert hat, zu verurteilen. Zumindest im Moment nicht. Von oben betrachtet, aus der Höhe, aus der Er uns sieht und über uns wacht, verliert sich mein Unglück zwischen den Wirren einer Vielzahl von viel tragischeren Schicksalen. Das Leben ist einzigartig. Das Leben ist groß. Ich versuche stets, das Richtige zu tun. Am Ende werde ich die Rechnung bezahlen. Und auch sie werden ihre Rechnung bezahlen, am Ende. Dann werde ich vielleicht Genugtuung bekommen, vielleicht auch erst meine Kinder, meine Enkel.

Sabine Bierich

Die geheimnisvolle Tür im Haus meines Großvaters

Mein Großvater trug ein Totenhemd. Er war aufgebahrt, um ihn herum wuchsen wilde Orchideen. Eine Tür, die es eigentlich nicht gab, war aufgesprungen. Er stand hinter mir, legte seine Hände auf meine Schultern, sie wogen schwer. Ich schritt mit ihm die Treppe hinauf unter das Dach. Hier lag sein Büro. Staub bedeckte die Möbel. Ein Zeichentisch, der mit dem Mechanismus einiger Gewichte verstellt werden konnte, stand beim Fenster. Winzig kleine Abziehbilder von Menschen, aufgeklebt vor Bäumen und Häuserfluchten. Tinte aus Tintenfässern, schwarz und rot, in Tuschestifte aufgezogen, Schablonen mit Schriften, Lineale und Zirkel auf dem Zeichenbrett. Mauern, Säulen, Dachlandschaften und Fenster, entstanden auf transparentem Skizzenpapier. Sich abwechselnde Perspektiven, akkurate statische Berechnungen, gezogene Wurzeln. Er baute große, elegante Häuser.

Ich träume oft von Häusern, im Grundriss immer maßlos herrschaftlich, feudal. Alles scheint möglich schwarz auf weiß, jeder Raum lässt sich gewinnen. Die Eule aus buntem Glas leuchtet nicht mehr. Die Glühbirne ist durchgebrannt. Die rote Tinte klebt an den Fingern wie Blut. Pläne fallen mir entgegen aus den langen Schubladen des eichenen Architektenschranks, geheimnisvoll aufgerollt. Ich hüpfe auf der Chaiselongue, während die alten Sprungfedern ächzen.

Er benutzte Speick Seife, um sich die Hände zu waschen, und Eau de Cologne. Ich hätte mir gewünscht, dass er so leicht hätte verfliegen können wie dieser Duft, aber alles war gewichtig an ihm, ähnlich den Löwenfüßen unter dem Esstisch, den wir uns mit Decken zu einem Wigwam ausbauten und Winnetou spielten. Ich bin Nscho-tschi und Old Shatterhand.

Seine Schuhe hingen schwer an seinen Füßen, vollgepackt mit jüdischem Gold. Er baute Häuser, schöne Villen, wie schon sein Vater und Großvater. Sein Sohn, mein Vater, wurde Tiefbauingenieur. Er wollte über seinen Vater, meinen Großvater, und seine Mutter, meine Großmutter, und sein eigenes Leben schreiben, aber es misslang. Lediglich ein Dutzend Sätze brachte er aufs Papier. Ich habe sie geerbt. Die Aufzeichnungen enden mit seiner Geburt. Von meinem Großvater berichtet er, dass er im Ersten Weltkrieg mit sechzehn Jahren in der Schlacht bei Tannenberg kämpfte und früh der NSDAP beitrat. Mit der Machtergreifung der Nazis wollte er sich alles zurückholen, was er in der Wirtschaftskrise 1929 verloren hatte. Die Baufirma der Familie war in dieser Zeit bankrott gegangen.

Er ist stattlich, trägt ein grau meliertes Sakko aus Wolle, darunter ein weißes Hemd mit Krawatte, dazu passend eine dunkle Hose, gewienerte schwarze Schuhe. Seine Haare sind kurz geschnitten. Er schaut ein wenig scheu in die Kamera. Die schwarz umrandete Brille stünde auch heutigen Architekten gut an. Das ist ein Bild, ein verblassendes.

Wenn es um sexuelle Fragen am Esstisch ging, hieß es, verließ er den Tisch, seine Frau, seine beiden Töchter und seinen Sohn, setzte sich auf die Kellertreppe und schwieg.

Der Zwergesel im Garten grast friedlich, die Boa constrictor auf dem Sofa schläft. Sie hätte den Esel verspeisen können, hätte mein Großonkel, der Bruder meiner Großmutter, sie nicht gut gefüttert. Ich hätte ihn und seinen Lebenspartner, einen Maler, der expressionistische Landschaftsbilder malte, gerne näher kennengelernt. Bei ihnen konnte ich atmen. Auch meine Neugierde weckten die beiden, doch ich war ein Mädchen, und sie bedauerten, wie mein Vater auch, dass er keine Söhne gezeugt hatte. Mein Vater sagte einmal, dass er vom Onkel ein paar der wichtigsten Dinge gelernt habe. Er kannte Bäume, Pflanzen und Tiere, hatte sie meinem Vater gezeigt. Sein Zimmer sei voll Eidechsen, Blindschleichen, Schlangen und Heuschrecken gewesen. In den Fünfzigerjahren brachte er von Expeditionen aus Madagaskar Orchideen für den Frankfurter Palmengarten und Chamäleons für den Zoo mit. Als Kind fing ich Eidechsen in der Macchia.

»Sie haben damals einen Schwulenklub in Darmstadt ausgehoben«, sagt mein Vater. Er lacht, als ob das lustig wäre. »Der Großvater war dabei. Er war einer der Schlimmsten.«

»Was heißt ausgehoben?«, frage ich. »Aufgeräumt«, antwortet mein Vater. »Was hat er denn genau gemacht, was hat er denn aufgeräumt?«, will ich wissen. Mein Vater lacht dumm. Ich stelle mir vor, wie mein Großvater in SS-Uniform und mein Großonkel sich gegenüberstehen in einem Schwulenklub. Ich schmecke Blut, spüre im Lachen und in den Worten meines Vaters Gewalt und bin unendlich wütend.

Immer wieder habe ich von meinem Großvater geträumt. Das fing an, als ich sieben Jahre alt war. Da war er schon ein Jahr lang tot: Die Tür im Haus meiner Großeltern, die es nicht gab, sprang auf und er war aufgebahrt. Kurz darauf stand er hinter mir und legte seine Hände auf meine Schultern. Jedes Mal gingen wir das Treppenhaus hinauf in sein Büro. Ich habe dabei keine Angst, ich staune.

Mein Vater hatte den Telefonhörer abgenommen und bleich gesagt: »Der Opa ist gestorben.« Kurz darauf verließ er das Haus und fuhr mit dem VW zur Großmutter. Ich ging in mein Zimmer und verfluchte Gott. Ich mochte meinen Großvater nicht besonders gerne und Gott, beschloss ich an diesem Tag, erst recht nicht. Ich bewahre aber immer noch den großen Teddybären der Firma Steiff auf, den mir mein Großvater schenkte, als ich zur Welt kam.

Irgendwann als Teenager, vielleicht war ich sechzehn, erzählte ich meiner Mutter, dass ich diesen Traum immer wieder träume. Sie senkte die Stimme und sah mich betroffen an. »Ich sag es dir jetzt«, sagte sie, sich selbst Mut zusprechend. Sie überwand sich, gestand, dass mein Großvater nicht eines natürlichen Todes gestorben sei, sondern sich in seinem Büro erhängt habe. Niemand solle darüber sprechen.

Mit meinem Schreiben breche ich das Schweigen in meiner Familie.

»Er hat sich nicht erhängt, sie haben ihn aufgehängt«, das sind die Worte meines Vaters, nachdem ich ihn mit dem Wissen über den Selbstmord meines Großvaters konfrontiert habe. Wie jetzt? Wieso hat niemand Anzeige erstattet, wenn es Mord gewesen sein soll? Es sei ein Mann da gewesen, den meine Oma nicht kannte. Danach hat sie ihn erhängt aufgefunden. So könne sich keiner selbst richten, behauptet mein Vater. Der Hausarzt hat laut ihren Aussagen einen Herztod attestiert, wollte der Familie die »Schande« ersparen. Keiner sollte von diesem Tod erfahren.

Der Abgrund, der sich vor mir auftut, wird immer größer. In tiefen Höhlen sind blaue Riesen angekettet.

Ich glaube meinem Vater kein Wort. »Wer soll denn meinen Großvater ermordet haben?«, frage ich. »Sie haben sich gerächt«, antwortet mein Vater. »Wer hat sich gerächt?«, frage ich. Er stammelt, er weiß es nicht, faselt etwas von Zigeunern und Selbstjustiz. Wie viel Schuld hatte mein Großvater auf sich geladen? Von welchen Taten wusste mein Vater, welche unaussprechlichen Dinge traute er seinem Vater zu? Einer kam ins Haus und lynchte ihn?

War mein Großvater nicht vielleicht depressiv gewesen nach dem Krieg, hatte ein schlechtes Gewissen, war traumatisiert und hatte sich deshalb umgebracht? Das würde ich zumindest verstehen.

Meine Großmutter und mein Vater erzählen mir vom jüdischen Kinderheim in Neu-Isenburg. Es war ein Heim für »gefallene« jüdische Mädchen und ihre unehelichen Kinder. Das erste seiner Art in Deutschland. Gegründet wurde es 1907 von der jüdischen Mäzenin, Frauenrechtlerin und Schriftstellerin Bertha Pappenheim. Die Häuser, in denen es untergebracht war, hat teilweise das Bauunternehmen meines Urgroßvaters gebaut. 1938 wird das Heim am Abend des 10. Novembers von einem nationalsozialistischen Mob, von fünfzehn bis fünfundzwanzig Männern mit Fackeln in der Hand angezündet. Auf der Gedenkseite des Heims im Internet kann man lesen, dass »angesehene Bürger der Stadt Neu-Isenburg« schon tagsüber durch die Stadt zogen und Gewalt an jüdischen Menschen und ihrem Eigentum verübten. Ein großer Teil der Gebäude des Heims brennt ab. Es gibt einen Augenzeugenbericht, in dem vom Wimmern der Kinder und Frauen die Rede ist und von »Barbaren«, die die Häuser angesteckt haben. Ich würde gerne die Gesichter und Namen der Täter kennen. War mein Großvater unter ihnen? Ich weiß es nicht. Mein Vater und meine Oma bedauerten lediglich, dass die Häuser bis auf eines nicht mehr standen, das Schicksal der Bewohnerinnen erwähnten sie nicht.

Mein Großvater ist längst tot und ich bin ein Teenager. Ich grüße die Nachbarin freundlich, unterhalte mich mit ihr. Sie fragt mich, auf welche Schule ich gehe, was nette Nachbarn eben fragen. Ich bin kurz vor der Schwelle der Tür zum Reihenhaus, möchte meine Oma besuchen. Die Tauben auf den Dächern gurren, in den Tannen auf der Grünfläche, die den Häusern vorgelagert ist, springt ein Eichhörnchen von Ast zu Ast. Auf der Straße fahren die Autos, so als wäre alles in Ordnung. Ich klingle. Meine Großmutter öffnet die Tür und schlägt sie gleich wieder vor mir zu. Sie hat am Fenster hinter der Gardine beobachtet, wie ich mit der Nachbarin geredet habe. Sie schneidet sie, weil sie nach dem Krieg amerikanische Liebhaber hatte und mit einem GI zusammenlebt. Sie sei ein Flittchen, eine »Hurra die Büx«. Ich verweigere mich den Anschauungen meiner Großmutter.

Es ist der Teufel. Er liegt unter meinem Bett, und ich habe Angst, dass er Besitz von mir nimmt. In der Tagesschau habe ich die

Stimme von Anneliese Michel während der Exorzismen, die an ihr verübt wurden, gehört. Das hat meine Ängste heraufbeschworen. Im Jahr 1976, ich bin elf Jahre alt, haben sich die Dämonen aus meiner Familie unter meinem Bett versammelt. Heute weiß ich, es war die unbarmherzige Stimme meines Vaters, die cholerisch nicht mehr an sich halten konnte, die da unten lauerte und bellte: »Ich möchte dich vernichten.« Dazu gesellte sich die meiner Mutter, ein kehliges Flüstern: »Ich möchte dich besitzen.«

Zum Glück gab es die Kiste mit den Kostümen. Wir konnten uns verkleiden, schlichen die Treppe nach oben, während sie im Esszimmer Kaffee tranken und Käsekuchen aßen. Ich sprach mit den Geistern, sprang mit meiner Schwester und der Cousine auf der quietschenden Chaiselongue unterm Dach bis in den Himmel oder ritt unten im Keller in der Waschküche auf dem Wäschebock über weites Land.

Ruth Werfel

Ein Familienleben aus Bildern

Oma Werfel? Wie wenig ich über sie weiß. Das Leben meines berühmten Verwandten, des Schriftstellers Franz Werfel, ist für mich ein offenes Buch. Aber dasjenige seiner Tante?

Wenn ich an Oma Werfel denke, sehe ich ein graues Blatt vor mir. Und einige lose darauf verstreute Bilder, eher Skizzen. Ohne Zusammenhang. Mit vielen Leerstellen. Oma, die mich als Kleinkind badet. Und mich nach dem Bad mit einem großen weißen Frotteetuch abtrocknet. Ich liebte das. Und immer und immer wieder musste sie mir von ihrem Hund erzählen, wie er den Weg von der Landvilla bei Prag ganz alleine zurück zur Stadtwohnung fand. »Oma, erzähl noch einmal!«

Aber da sind auch Bilder einer kleinen, verhutzelten, hinkenden Frau, immer in Schwarz, mit grauem Umhang, seltsame Laute ausstoßend. Nach einem Schlaganfall halbseitig gelähmt, war sie der Sprache beraubt und lebte mit ihrer Tochter Amalia in dem kleinen Haus in der Zürcher Carmenstraße.

Vor Kurzem wurde das Dach von unserem Wohnhaus saniert. Als die Arbeiter den Estrich isolierten, fanden sie in Winkeln, von denen ich nichts ahnte, lädierte Kartonschachteln. Sie häuften sie in meinem Abteil kurzerhand auf einen Tisch, auf dem

Hinter Glas
steife Kragen und
strenge Bärte
Zylinder und Blumenhüte mit
Rüschen und Bändern

Das Papier vergilbt
Stockflecken wie Jahresringe
Zeugen
vergangener Zeiten

Für einen Moment
scheint es, als
lösten sich
Wärme, Geruch, Leben
und füllten den Raum

Hirngespinst
Großeltern, Onkel und Tanten sind
steif, starr, tot

Sie sprechen nicht, sie lachen nicht
sie weinen nicht

Sie beklagen sich nicht
und hätten doch so viel zu sagen
so viel

Das Glas müsste zersplittern
der Goldrahmen bersten
das Bild sich füllen
mit Feuer, Asche und Rauch

Doch sie schauen nur reglos
aus goldenem Rahmen

Und schauen und schauen

ich nun einen Berg aus verrotteten Behältern mit beschädigten und verstaubten Briefen und Fotografien vorfand. Zeugen aus dem Leben meiner Großmutter und ihrer Familie, Erinnerungen aus einem knappen Jahrhundert. Ich fiel fast in Ohnmacht vor dem Ausmaß dieser Bescherung.

Geboren wurde meine Oma 1872 als Elsa Karpeles in eine großbürgerliche jüdische Familie in Kralupy, einem kleinen Städtchen, eine halbe Stunde von Prag entfernt. Ihr Vater war ein wohlhabender Mühlenbesitzer, Oma die Älteste von drei Geschwistern. Nach ihr kamen der zehn Jahre jüngere Georges und dann, nochmals ein paar Jahre später, Hans.

Aus dem Leben von Georges, der sich den Künstlernamen Kars zulegte und ein bekannter Maler war, weiß ich einiges. Er studierte in München, ging nach Paris, gehörte zur »École de Paris«, wurde weltweit gezeigt. In Kralupy ist die Aula des Technikums nach ihm benannt, sein schönes Porträt im Profil schmückt die Wand. 2020 erhielt ein großer Platz in Kralupy seinen Namen. Es gibt ein Museum, das seinen Bildern gewidmet ist. Er war jemand. Ist es dort bis heute. Ich erinnere mich als etwa Fünfjährige an Großonkel Georges, als er bei meiner Oma in Zürich zu Besuch war. Er zeichnete einen Baum mit Buntstiften, dem Stamm fügte er kräftige Blautöne hinzu. »Warum denn blau, der Stamm ist doch braun?«, wollte ich wissen. An die Antwort kann ich mich leider nicht erinnern.

Am 24. Oktober 1897 heiratete meine Oma in der Meisel-Synagoge in Prag den Fabrikanten Oscar Werfel, einen Bruder von Rudolf, dem Vater von Franz Werfel. Einen Monat später brach der Dezembersturm aus. Ein Mob der tschechischen Bevölkerungsmehrheit verwüstete aus Rache für eine verlorene Abstimmung zur Gleichberechtigung der tschechischen Sprache fünf Tage lang Institutionen, Universitäten, Theater, Zeitungsredaktionen, Banken und Fabriken der meist wohlhabenden deutschsprachigen Prager. Das jüdische Großbürgertum – es bildete eine Minderheit innerhalb der deutschen Minderheit – gehörte zur Oberschicht. Zur »guten Gesellschaft« zählte sich zweifellos auch Oscar Werfel mit seiner Handschuhfabrik.

Standen zu Beginn des Dezembersturms die Deutschprager im Zentrum der Ausschreitungen, waren es bald die Juden. Antisemitismus war in Prag über die letzten zwei Jahrhunderte ein immer wiederkehrendes Thema. Er flammte in den Jahren vor dem Ersten Weltkrieg, nachdem er zuvor etwas abgeflaut war, in seiner vollen Stärke wieder auf.

Was für eine Zeit für eine Heirat! War es eine Liebesheirat? Oder die gut arrangierte Heirat mit der Tochter aus reichem Haus? War die Ehe glücklich? Zwei Jahre nach der Hochzeit lächelt Oma auf dem Bild mit ihrer kleinen Tochter so glücklich, wie sie später selten auf Fotos zu sehen ist. Amalia, Malchen genannt, guckt aus Spitzen und Rüschen und mit süßem Schmollmündchen. Kaum zu glauben, wenn ich an später denke. Nach Malchen kam Paul auf die Welt. Er starb bei seiner Geburt. Dann wurde Kurt, der Jüngste, mein Vater, geboren.

In einem seiner Schüleraufsätze lese ich: »Vater hatte eine Fabrik, war meist weg.« In Prag blieb die Mutter mit dem Hund, den Kindern und dem Kinderfräulein. Allein. Im Sommer fuhr man aufs Land. Wohl in die »Villa Werfel« in Rostock bei Prag.

Die Rolle der Frauen im Großbürgertum jener Zeit war eine Nebenrolle. Sie hatten Kinder zu gebären, die Dienstboten anzuleiten und im Zaum zu halten, für den reibungslosen Ablauf des Haushalts zu sorgen und der Umwelt zu beweisen, wie vermögend ihr Gatte und wie großzügig er war. Ich denke, dies war das Schicksal von Oma Werfel. In den Behältern auf dem Estrich lagen großformatige, wunderschöne Aquarellblumenbilder von E. K., vor der Heirat mit viel Talent gemalt. Hätte Elsa Karpeles Malerin werden wollen wie ihr Bruder?

Auf den Fotos zeigt Oma als junge Ehefrau eine Art Modeschau von anno dazumal: Wespentaille, helle, spitzen- und rüschenbesetzte Kleider. Zweimal wird Elsa im selben Taftkleid fotografiert, einmal von vorn und einmal, wegen einer enormen Schleife, von hinten. Ich fand auch eine wunderschöne Robe, dunkler Tüll auf heller Seide. Der Stoff war so brüchig, dass er in meinen Händen buchstäblich zerfiel. Unter einem Foto aus Karlsbad, das einen Wagen mit Chauffeur und zwei Damen mit unter dem Kinn festgebundenen Hüten zeigt, schreibt Oscar in seiner gut leserlichen Schrift: »Andenken an unser erstes Auto (Laurent Clement Marke 18 Pf.) aus dem Jahre 1909. Mama fuhr zur Anprobe eines Kostüms bei Grünbaum, das ich ihr bestellt hatte.« Das waren noch Zeiten.

1914, nach Kriegsausbruch, stand die große Handschuhfabrik von Oscar Werfel still. Fabriken, die ins Ausland exportierten, mussten per Dekret schließen. Auch Antisemitismus, sicherlich. »Papa«, schreibt der kleine Kurt in der Schule in Zürich in schlechter Schrift – er muss zur Strafe alles noch einmal abschreiben –, »reiste nach München, dann nach Zürich, um sich zu erholen. Gegen Weihnachten erkrankte Papa auf Leben und Tod.« Jetzt leben alle in der Stadt an der Limmat.

Warum gerade Zürich? Marianne Werfel, die Schwester von Franz Werfel, lebte in Rüschlikon am Zürichsee. Sie war verheiratet mit Ferdinand Rieser, dem Inhaber und Direktor des Schauspielhauses Zürich. Half sie ihrem Onkel, in die Schweiz zu übersiedeln?

Ein paar Jahre später kauft mein Großvater das Haus an der Carmenstraße. Die Familie zieht ein. Und bringt mit der vergoldeten Sitzgruppe Überreste ihres großbürgerlichen Lebens in den winzigen Salon. In dem kleinen Sekretär, der jetzt in meinem Wohnzimmer steht, lagerten damals elegante Handschuhe aus seidenweichem Leder. Am Schiefertisch, heute vor meinen Fenstern mit Blick auf die Bäume, zeichnete der Großonkel mein Kinderporträt. Es hängt in Sichtweite vor meinem Bett, wie auch das Porträt von meinem Vater als jungem Mann. Die Zinnteller in meiner Küche entdeckte ich auf einem Foto der imposanten Wohnzimmereinrichtung in Prag. Und von den Wänden schauen mir Oma und Tante Malchen aus den Ölbildern von Großonkel Georges beim Lesen und Arbeiten zu. Überreste anderer Leben aus einer anderen Zeit. Meiner Familie.

Oscar, den ich nie kennenlernte, er starb vor meiner Geburt, schaut auf den Fotos adrett, selbstbewusst, mit Zwirbelschnauz, Kinnbärtchen, Hut und Gehstock. Was war mein Großvater für ein Ehemann? Ich hatte von ihm weniges, nichts Schönes, gehört. Mein Vater, der schon in seinen frühen Schulaufsätzen nicht wie aufgetragen sein Leben, sondern akribisch Gebäude und Denkmäler beschrieb, der auf der Rückseite seines Briefpapiers mit dem Aufdruck »Dr. Kurt Werfel, Rechtsanwalt« mit Hingabe gotische Kathedralen zeichnete, die immer mehr in die Höhe strebten, sodass er mehrere Blätter aneinanderkleben musste, mein Vater durfte seinem innigsten Wunsch, Architekt zu werden, nicht nachgehen. Er musste Jura studieren. Und

Malchen zerriss der Vater, so wurde erzählt, ein weißes Mousselinekleid von oben bis unten, weil es ihm nicht gefiel.

Und Oma? Wie war ihr Leben neben diesem Mann, der so oft abwesend war, weshalb lächelte sie später kaum auf den Fotografien, neben den beiden Kindern, dem Mann? Weshalb schaute Malchen, als sie etwas älter war, ihre Mutter so oft mit diesem besorgten Ausdruck an? Wenn die Fotografien nur ein wenig lauter sprächen. Ich verstehe sie nicht gut.

Einem Nachruf auf meinen früh verstorbenen Vater, gehalten in der Freimaurerloge, entnehme ich, dass sein Vater Oscar »für Kunst und humanitäre Bestrebungen Herz und Geist besaß«. Aber von den literarischen Zirkeln im Prag jener Zeit, von Franz Werfel, von Kafka, Brod, Rilke, von den Zusammenkünften im Café Arco keine Spur. Bestand kein Interesse? Von seiner Religion, dem Judentum, nicht das geringste Zeichen in den Kartons auf meinem Estrich.

Der junge Oscar war allem Deutschen zugetan. Sorgsam hat er Zeitungsausschnitte auf Karton geklebt. Gartenfest der deutschen Vereine. O. W. übergab den glücklichen Gewinnern der Tombola ihre Preise. Aber was nützte ihm das alles, seiner Familie, als die Juden nicht mehr gelitten waren? Ich sehe, ich schreibe wieder über Oscar. Oma, seine Ehefrau, war gemeint! Er hat sich in den Vordergrund gedrängt. Wie im Leben. Rücksichtslos. War er so? War das sein Charakter?

Das Ende ist rasch erzählt. Es ist ein trauriges Ende. 1937 starb Oscar, mein Großvater. 1945 nahm sich Georges Kars, der Maler und Bruder von Oma, das Leben. Er sprang in Genf aus dem Fenster eines Hotels. Der Krieg war zu Ende. Doch das Grauen über die Geschehnisse war so entsetzlich, dass er es nicht länger ertragen konnte. Drei Jahre später starb Omas Sohn, mein Vater. Im Strandbad Männedorf hatte er einen Herzinfarkt. Es war zu viel: Oma erlitt einen Hirnschlag und vegetierte die letzten Jahre bis zu ihrem Tod im Februar 1957 als sprachloses Elend vor sich hin. Malchen, die einst als Zweijährige in Spitzen und Rüschen bezauberte, wurde ein Messie, müllte das ganze Haus an der Carmenstraße von unten bis oben zu, sammelte Marken, hielt und züchtete Pudel und starb als unglückliche Frau. Was soll ich dazu sagen, schreiben? Was ist das Fazit? Es gibt keines. Außer meiner Gewissheit, dass im Leben alles seinen Lauf nimmt, in vorgezeichneten Bahnen, das Glück wie das Unglück.

Vielleicht noch dies als bittere Pointe: Auf dem letzten Foto von Oscar und Oma sitzt der Strahlemann von einst als Todkranker an der Seite seiner Frau. Leicht an sie gelehnt, den Kopf zu ihr geneigt. Auf ihre Hilfe angewiesen. Sie steht neben ihm, wirkt um einen Kopf größer, und in ihrem Blick liegen Trauer und Wehmut. Was war das für ein Leben.

Klemens Renoldner

Am Kap der Guten Hoffnung

Jetzt werden sie wieder sagen, eine Amsel, na gut, ein sympathischer Vogel, schwarzes Federkleid, gelber Schnabel, was soll's, eine Amsel, pickt Würmer aus der Wiese, reißt Himbeeren vom Strauch, bevor du sie in den Mund schieben kannst, hockt im Apfelbaum und weiß genau, welche Früchte süß sind, in die schlägt sie ihren Schnabel ohne Unterlass, so wie ein Specht den seinen in das wurmstichige Rindenholz, aber während der Specht klopft und wartet und wieder klopft und hofft, dass die vom Lärm aufgeschreckten Würmer endlich aus der Rinde herauskriechen und er sie fressen kann, hat die Amsel die feinsten Apfelbröckchen längst verdaut, schwingt sich vom Baum hinunter zum Teich, wo sie sich mehrmals das Wasser über den Körper spritzt, aber sie wird dabei nicht nass, weil die Federn auf eine raffinierte Weise eingefettet sind, und ein, zwei Augenblicke später sitzt sie oben auf einem Schornstein und singt vor sich hin, singt und singt, oder was man halt so Singen nennt.

Das ist doch nichts Besonderes, sagen meine Schwester und meine Brüder, das beeindruckt doch niemanden, eine Amsel ist eine Amsel, wozu erzählst du uns so eine Vogelgeschichte.

Weil ich ihren Gesang hören kann, denn die Amsel singt Lieder, zwar nicht extra für mich, sondern nur für sich, sie denkt nicht an die anderen, aber dann kann es auch einmal vorkommen, dass einer das hört und dass der Gesang eines so kleinen Vögelchens einem Menschen Lebensfreude schenkt, das habe ich mir zuvor ja auch nicht vorstellen können, aber dann hat es mir einer erzählt, dass es bei ihm so war, es handelt sich dabei um meinen Großvater, er war im Gefängnis, und also hat es mit der Amsel seine Richtigkeit! Punkt! Schluss!

Aber da höre ich wieder die Stimmen, na geh bitte, lass uns mit deiner Nazi-Geschichte in Ruhe, die will niemand wissen, aber es geht mir doch nicht um die Nazi-Geschichte, alles dreht sich um eine Amsel, und es geht um mich und um dich und die Halunken auf dieser Welt und um das Kap der Guten Hoffnung und was nicht noch alles.

Ich erzähle es jetzt der Reihe nach. Mein Großvater, damals, als er mir das mit der Amsel erzählt hatte, war schon ziemlich alt. Er hatte einen Schlaganfall erlitten und lag in einem Bett in einem Krankenhaus, und bei der Gelegenheit eines Besuches, den ich ihm mit meiner Mutter abstattete, war auch davon die Rede, dass er im März 1938 verhaftet worden und dann ein halbes Jahr lang als politischer Gefangener eingesperrt war, in einem Gefängnis, und zwar in Linz an der schönen blauen Donau, wo er schließlich die Amsel beobachten konnte, nämlich von seiner Gefängniszelle aus, dass er aber dann auch noch in das Konzentrationslager nach Dachau, in das Deutsche Reich, gebracht wurde, wo aber von einem Amselgesang kein Ton mehr zu hören war.

Meine Mutter wurde bei der Schilderung des Großvaters plötzlich unruhig, sie rutschte auf dem Krankenhaussessel hin und her, fuchtelte wirr mit den Händen durch die Luft, und dann unterbrach sie die Erzählung des Großvaters und fing aus heiterem Himmel von etwas ganz anderem zu reden an, wie viele Leute wohl zu der Geburtstagsfeier des Großvaters kommen würden, und ob man vorher in den Mariendom zu einem Gottesdienst gehe, um welche Uhrzeit dieser Gottesdienst beginnen und wer die Predigt halten werde, und so weiter und so fort, denn in drei Wochen würde der Großvater gewiss wieder gesund und munter auf beiden Beinen stehen, darauf freue sie sich schon, und das alles sagte sie heiter und fröhlich mitten in seine Amselrede hinein, denn es war meiner Mutter unangenehm, dass der Vater ihres Mannes früher einmal ein Häftling gewesen war, sie schämte sich dafür und mochte es nicht, wenn darüber gesprochen wurde, was ohnehin höchst selten der Fall war, und schon gar nicht wollte sie, dass ich und wir, meine Schwester und meine Brüder, es hörten, meine Mutter hatte Angst, dass wir es vielleicht den Freunden in der Schule erzählen und dass es dann auch die Eltern der Freunde erfahren könnten, dass einer aus unserer Familie in einem Gefängnis gewesen war, sie wollte vermeiden, wenn wir alle am Sonntag nach dem Gottesdienst noch ein wenig vor der Kirche stehen, wo die Eltern immer mit Bekannten plaudern, dass dann jemand plötzlich zu ihr sagt, oho, liebe Frau und Mutter, wir wussten das gar nicht, dass ihr Schwiegervater *seinerzeit* in einem Gefängnis einsaß, einem solchen Disput über das sogenannte *Einsitzen* wollte sich meine Mutter nicht aussetzen, aber der Großvater war nun einmal ein Häftling, da hilft all das dazwischen- und hineinreden nichts, und überhaupt wollte ich ja nur die Geschichte von der Amsel hören, und die bekam ich dann ja auch zu hören, denn glücklicherweise ließ sich mein schwerhöriger Großvater durch die Einwürfe meiner Mutter nicht beirren, und so fuhr er fort, mir alles, alles zu erzählen, ich hörte aus seinem Munde, dass die Zelle in dem Gefängnis nur ein sehr kleines Fenster hatte und dass er an diesem Fenster die Amsel füttern konnte, dazu musste er auf ein eisernes Bettgerüst hinaufklettern, nur so konnte er zu dem hoch oben in der Zellenwand angebrachten Fensterchen gelangen, und dann hat er seine Brotreste oder etwas Milchreis auf das Fensterbrett gelegt und die Amsel ist zu ihm hergeflogen und hat sich das Futter geholt, und dann hat er mir noch erzählt, dass sich die Amsel meistens auf einem der vielen kleinen Obelisken niedergelassen hat, die auf dem Dach des Nachbarhauses aufgestellt waren, und von dort zu ihm herübergesungen hat, denn das gegenüberliegende Haus war ein pittoreskes Museum, auf dessen oberster Spitze die Hakenkreuzfahnen im Wind flatterten, und so konnte mein Großvater der Amsel zuhören, wobei er, wie er mir erzählte, dachte, dass sie eigens für ihn singe, um ihn heiter zu stimmen, was für einen, der in einem Gefängnis monatelang eingesperrt ist, keineswegs leicht sei, eine fröhliche Stimmung zu bewahren, das könne ich ihm ruhig glauben. Und wenn die Amsel an einem Tag nicht gekommen ist und nicht für ihn gesungen hat, dann war er, wie er mir sagte, sehr traurig, und er hat noch weniger verstanden, warum man ihn in einem Gefängnis festhielt, denn es hat ihm keiner der Wächter sagen können, was der Grund für sein Eingesperrtsein war.

Richtig, der Geburtstag des Großvaters wurde dann auch gefeiert, ein wenig pompös, könnte man sagen, in einem von meinem Großvater besonders geschätzten Gasthaus, und zwar mit einigen seiner Geschwister und deren Familien, mit seinen Kindern und Schwiegerkindern, mit Enkeln und Urenkeln, mit Großtanten und Großcousinen, mit Nichten und Neffen und was weiß ich mit wem alles noch, jedenfalls war es eine immens große Festtafel, wie ich sie zuvor noch nie erlebt hatte, womöglich waren hundert Personen oder mehr zu diesem Jubelessen eingeladen, weiße Tücher waren über die groben Holztische ausgebreitet, und der Pfarrer Pitzlberger saß direkt neben meinem Großvater und neben meiner Großmutter, und dann sprach er ein Gebet und gab allen gleich auch noch seinen Segen, obwohl man den sonst ja in der Kirche erhält, nicht in einem Wirtshaus, wir haben alle mit dem rechten Daumen ein verhuschtes Kreuzzeichen auf Stirn, Mund und Brust gezeichnet, im Namen des Vaters und so weiter, das war für mich etwas ganz Neues, wo doch alle ihre Suppe und ihr Schnitzel essen wollten, da spendet man doch keinen Segen über alle die armen Schweinderln, die für dieses Essen geschlachtet wurden, und jetzt fällt mir auch der Name des Wirtshauses wieder ein, es hieß »Gasthaus zum weißen Lamm«.

Ich sehe ihn heute noch vor mir, den Großvater bei seinem Geburtstag im »Gasthaus zum weißen Lamm«, und auch auf den Fotos von damals kann ihn jeder erkennen, auch seinen grandiosen Schädel, der manchmal wie ein leuchtender Globus glänzte. Man kann das nicht anders sagen, der Kopf meines Großvaters war monumental, er bestand rundherum nur aus nackter Haut, es handelte sich um eine enorm weitläufige Glatze, alles andere wäre gelogen. Mit meinen Geschwistern stellte ich Vermutungen darüber an, ob der Großvater seinen Schädel mit einer farblosen Schuhcreme, mit Möbelpolitur oder vielleicht gar mit Schweineschmalz zu derartigem Glanz aufpolierte, welches Mittel das sein könnte, das einen so herrlich rosigen Schimmer auf seiner Kopfhaut erzeugte, fragten wir uns, und ob er selbst die Glatze glänzend rieb oder ob die Großmutter die Prozedur für ihn erledigte, und was er wohl für ein Gesicht dabei gemacht haben mag, wenn sie mit einem weichen Wolllappen zärtlich über seinen Kopf strich, um diesen auf Hochglanz zu polieren.

Da muss ich wieder daran denken, dass sich damals, als wir, meine Mutter und ich, vom Krankenbesuch nach Hause zurückgekehrt waren, ein Streit mit meinem Vater entzündete, denn ich erzählte ihm, dass ich erschrocken war, als ich das Krankenzimmer betreten hatte, denn der Kopf des Großvaters war im Krankenhaus größer und mächtiger geworden. Mein Vater aber entgegnete mir, dass der Schädel des Großvaters im Krankenhaus um keinen Millimeter gewachsen sei, da würde er mir das Ehrenwort darauf geben, und ich solle das jetzt bitte einsehen und nicht weiter auf meinem lächerlichen Unsinn beharren, aber ich war ja eine Stunde zuvor noch im Krankenhaus und hatte es gesehen, ich bin ja schließlich nicht blind, sagte ich zu meinem Vater, und stellte in der Folge Vermutungen darüber an, dass es vielleicht ein krankheitsbedingtes Anschwellen des Kopfes gebe, man könne vielleicht an Nebenwirkungen von Medikamenten denken, und außerdem habe er doch einen Schlaganfall gehabt, und wer weiß denn schon, welche Kräfte sich tief drinnen in so einem alt gewordenen Schädel entwickeln, und da sah ich schon die Miene meines Vaters sich verdüstern, und um ihn nicht weiter zu ärgern, sagte ich, dass mich der kranke Großvater in dem großen weißen Spitalbett sehr erbarme und dass er nun sicher wieder ganz einsam in dem Zimmer liege und dass das doch alles überhaupt sehr traurig sei, und dann musste ich daran denken, dass der Großvater jetzt bestimmt keine Amsel hören konnte, deren Gesang ihn trösten würde, auch wenn das Krankenhaus von dem Gefangenenhaus nur einen Steinwurf weit entfernt war, vor allem aber, weil er schon arg schwerhörig war.

Mein Vater verbat sich jede Widerrede und sagte, die Wahrheit sei, dass vermutlich der Körper des Großvaters kleiner geworden sei, ja, der Körper des Großvaters sei vermutlich ein wenig geschrumpft, und daher erscheine mir irrtümlich der Kopf etwas größer als zuvor, was aber nicht zutreffe! Punkt! Schluss!

Weil ich bei dem Wort *geschrumpft* unwillkürlich lachen musste, fuhr mich mein Vater an, dass es über den Großvater, der bitte schön zuallererst *sein* Vater sei, wirklich nichts zu lachen gebe, denn erstens werde der Großvater nicht mehr lange leben, also verbiete es sich wegen der Pietät, und dies gelte vor allem, wenn man, zweitens, bedenke, was der Großvater in seinem Leben alles habe durchmachen müssen, der Großvater habe nämlich ein schweres Schicksal gehabt, davon könne ich natürlich keine Ahnung haben, überhaupt sei des Schrumpfen eines Körpers bei einem alten Menschen ganz normal und selbstverständlich, und jetzt solle ich bitte endlich still sein und in Gedanken für den Großvater beten, ein Vaterunser im Stillen würde mir der Großvater wohl wert sein.

Ich war traurig über die Rede meines Vaters, habe genickt und im Stillen gebetet, den Text des Gebetes aufgesagt, aber ich war nicht richtig bei der Sache, denn ich sah nur den Schädel meines Großvaters vor mir, und während ich so in mich hineinmurmelte, wurde der Kopf immer größer und größer, ich dachte nur, mein Gott, mein Gott, jetzt platzt er gleich … und führe uns nicht in Versuchung, amen!

Ich denke auch heute noch manchmal, wo ich jetzt fast so alt bin, wie mein Großvater damals war, an das fantastische Fest, das zu seinen Ehren gegeben wurde, und natürlich weiß ich noch, dass ich mich, als ich ein Kind war, mit ihm nicht nur über die Amsel im Gefangenenhaus, sondern auch über so manches andere unterhalten habe.

Einmal erzählte er mir vom Kap der Guten Hoffnung, und warum es für Schiffe jahrhundertelang unglaublich gefährlich war, die Südspitze Afrikas zu umfahren, und dass er, wenn er der Kapitän eines solchen Schiffes gewesen wäre, schon den richtigen Weg gewusst hätte, um das Schiff aus der Gefahrenzone herauszunavigieren. Mein Großvater wollte sein Leben lang das Kap der Guten Hoffnung besuchen, aber leider ist ihm das nicht gelungen. Daran erinnerte ich mich während meines Aufenthaltes in Oxford, viele Jahre später, in einem Pub mit dem Namen »Cape of good hope«, das sich am Beginn der Cowley-Road, in der ich damals wohnte, befindet, und hier habe ich im Gedenken an den Großvater oftmals ein, zwei *Pint of Lager* getrunken, oder drei.

Das Kap der Guten Hoffnung habe auch ich leider nur in Oxford kennengelernt. Aber während meiner Zeit in der englischen Stadt habe ich begonnen, ein Buch über meinen Großvater zu schreiben.* Er war ein Offizier der österreichischen Gendarmerie, wurde am 13. März 1938, einen Tag nach dem Einmarsch deutscher Truppen, von seinem Vorgesetzten, einem fanatischen Nazi, verhaftet. Nach einem halben Jahr in Untersuchungshaft kam mein Großvater in das Konzentrationslager nach Dachau. Später konnte er zu seiner Familie zurückkehren, wurde, nach Ende des Krieges, rehabilitiert. In den Fünfzigerjahren schrieb er seine Erinnerungen auf, in der sich auch die Episode mit der Amsel befindet. Als er starb, war ich dreizehn Jahre alt.

* Klemens Renoldner, *Geschichte zweier Angeklagter*, Wien 2023.

Im Pub »Cape of good hope« kam mir auch eine Szene wieder in den Sinn, mit der ich später eine Erzählung begann: Mein Großvater erklärte mir, dass es auf der Welt zwei Sorten von Menschen gebe, die Anständigen und die Halunken. Ich erinnere mich, er legte seine Hand auf meine Schulter, ich trug damals diesen bunten Pullover mit dem Norwegermuster, den meine Mutter für mich gestrickt hatte, und dann sagte mein Großvater, dass er ziemlich sicher sei, dass die anständigen Menschen auf der Welt in der Überzahl seien und dass das auch gut sei. Und dass ich eines Tages, wenn ich einmal größer sei, so wie er es in seinem Leben gemacht habe, gewiss dafür kämpfen werde, dass die Halunken auf der Welt nicht mehr werden. Das habe ich ihm versprochen.

Markus Knapp

I could have done more

Ziegelhausen bei Heidelberg, am 13. Dezember 1967, gegen 22 Uhr. Eine Frau mittleren Alters betritt das Arbeitszimmer eines Einfamilienhauses in einer gehobenen Wohngegend. Sie war vor dem Fernseher eingeschlafen. Jetzt will sie vor dem Zubettgehen nach ihrem Mann sehen. Er hatte sich erschöpft von den Anstrengungen der Woche in sein Arbeitszimmer zurückgezogen. Bereits beim Eintreten bemerkt sie, dass etwas nicht stimmt. Nicht nur, dass er in seinem Sessel sitzt. Das ist ungewöhnlich, um diese Zeit. Die verkrampfte Körperhaltung, das Buch auf dem Brustkorb, die Brille auf dem Boden. Beunruhigt nähert sie sich dem Sessel. Als sie vor ihm steht, wird aus düsterer Vorahnung schreckliche Gewissheit. Mein Opa ist tot.

Eine Woche später sitzt meine Oma an ihrem Schreibtisch und verfasst einen Brief. Der Adressat: Primo Levi, italienischer Jude und weltweit bewunderter Schriftsteller.

Ich bin 1969 geboren. Ich hatte eine glückliche Kindheit, in der es mir an nichts fehlte. Nur eines ist mir nie zuteilgeworden: die Erfahrung, einen Großvater zu haben. Denn auch mein Opa väterlicherseits war Jahre vor meiner Geburt gestorben.

Ich würde lügen, wenn ich behauptete, mein Opa habe mir gefehlt. Wie sollte er auch? Was man nie besaß, kann man nicht vermissen. Und dennoch: Erzählungen, Anekdoten und Zitate, die von ihm in der Familie kursierten, fügten sich wie bei einem Puzzle oder Mosaik nach und nach zu einem Porträt zusammen.

Mein Opa wurde 1908 geboren. Er stammte aus Köln. Seine heitere rheinländische Art prägte ihn sein ganzes Leben lang. Nach dem Abitur studierte er Chemie und kam über Umwege nach Heidelberg, wo er Arbeit fand. Dort lernte er auch seine spätere Frau, meine Oma, kennen. Der Nationalsozialismus hatte ihn, wie so viele junge Männer in jener Zeit, für eine kurze Zeit verführt. Später erkannte er, welch menschenverachtendes, totalitäres System die Nazis errichtet hatten, und wandte sich 1939 für immer von ihnen ab. Als die erste Tochter geboren wurde, war das Land bereits im Krieg. 1942 dann die Einberufung zur Luftwaffe. Für den sensiblen und feingeistigen Mann muss diese Erfahrung eine Katastrophe gewesen sein. Zum ersten Mal, so schrieb er später, erlebte er das Ausmaß der sinnlosen Zerstörung. Scham, Empörung und ständige Todesangst. Er weiß, dass der Krieg nicht zu gewinnen ist, sucht nach einem Ausweg. Er will und darf nicht sterben. Die zweite Tochter, meine Mutter, wird 1943 geboren. Seine Frau erkrankt schwer. Das Schicksal der Familie hängt an einem seidenen Faden. Da eröffnet sich ihm eine Chance: die Beurlaubung von der Wehrmacht für eine Tätigkeit als Chemiker in Auschwitz. In einem Nebenlager des KZ übernimmt er als Angestellter der I. G. Farben die Leitung eines Labors. Ihm unterstellt sind jüdische Zwangsarbeiter, die dem direkten Transport von Birkenau in die Gaskammer vorerst entkommen sind. Unter ihnen ist auch ein junger jüdischer Chemiker aus Italien. Sein Name: Primo Levi.

Wenn ich meine Oma besuchte, konnte man die Schwarz-Weiß-Fotografie von meinem Opa, die im Bücherregal stand, nicht übersehen. Er hatte dem Ritterorden vom Heiligen Grab angehört. Seine Begegnung mit dem Schriftsteller Levi in Auschwitz war in unserer Familie immer wieder ein Thema. Nicht ohne Stolz berichtete meine Oma über die besondere Beziehung, ja fast Freundschaft, die mein Opa zu Levi gepflegt habe. Als Laborleiter habe er, so gut er eben konnte, den jüdischen Zwangsarbeitern das Leben zumindest ein wenig leichter gemacht. Er habe sich für warme Kleidung eingesetzt und den Häftlingen Lederschuhe besorgt. Er habe ein wenig Menschlichkeit in dieser unbarmherzigen Atmosphäre gezeigt. Levi habe ihm das nie vergessen und nach dem Krieg hätten sich beide längere Zeit in einem freundschaftlichen Briefwechsel ausgetauscht. Mich erfüllte das mit Stolz. Ich hatte einen Opa, den ich zwar nie kennengelernt hatte, der aber etwas Gutes getan hatte. Er war der Freund eines berühmten Schriftstellers gewesen, den er gerettet hatte. So schmücken sich Kinder das aus. Mit dem Vernichtungslager und dem Massenmord hatte er nichts zu tun gehabt. Das war beruhigend. Die Frage, was er davon wusste, wurde nie erörtert.

So gingen die Jahre ins Land. Meine Oma starb. In ihrem Nachlass befanden sich auch Briefe meines Opas an Levi. Irgendwann, nahm ich mir vor, würde ich sie lesen. Doch es kam nie dazu.

Eines Tages stolperte ich bei der Lektüre des deutschen Ärzteblatts völlig überraschend über die Besprechung eines Buchs, in dem die Rolle der chemischen Industrie während der NS-Zeit untersucht wurde. Dass der Name meines Opas in diesem Buch auftauchte, löste bei mir ein mulmiges Gefühl aus.

In der Abhandlung wurde auch Primo Levi erwähnt, der in seinem 1973 publizierten Werk *Das periodische System* seine Erlebnisse als Chemiker in Auschwitz, seine Beziehung zu meinem Opa und insbesondere die Umstände ihrer erneuten Kontaktaufnahme zwanzig Jahre später beschreibt. Jetzt war ich elektrisiert. Wer war dieser Primo Levi und warum widmete er meinem Opa in seinem Buch ein ganzes Kapitel? Ich begann zu recherchieren und war erstaunt, wie viel Literatur zu diesem Thema vorliegt. Ich las die Abschnitte aus Levis Büchern, die Zeitungsartikel und natürlich auch den Briefwechsel.

Primo Levi, so erfuhr ich, war 1919 in Turin auf die Welt gekommen. Trotz widriger Umstände konnte er als italienischer Jude 1941 sein Chemiestudium abschließen. Nachdem er sich 1943 einer Partisanengruppe angeschlossen hatte, wurde er im gleichen Jahr von den Nazis verhaftet und 1944 mit sechshundertfünfzig weiteren Gefangenen nach Auschwitz deportiert. Nur zwanzig von diesen bedauernswerten Menschen sollten das Inferno überleben. Levis Kenntnisse in Chemie retteten ihm das Leben, denn er wurde als Zwangsarbeiter im Buna-Werk in einem der Nebenlager von Auschwitz benötigt. Dort traf er erstmals auf meinen Opa. Levi beschreibt ihn als grauen, korpulenten (das war er nie) Mann, der ein wenig Menschlichkeit zeigte und versuchte, wenn auch in bescheidenem Ausmaß, die Bedingungen der Zwangsarbeiter zu verbessern. Levi meinte auch eine Befangenheit auszumachen, »die selten gewesen ist an diesem Ort«, so »als schäme er sich«.

Im Januar 1945, kurz vor der Befreiung von Auschwitz, erkrankt Levi schwer an Scharlach. Ein Umstand, der ihm ein zweites Mal das Leben rettet. Denn die Krankheit verhindert, dass er auf einen Todesmarsch geschickt wird. In einer Baracke zurückgelassen, überlebt er wie durch ein Wunder. Über beschwerliche Umwege findet er wieder nach Italien zurück. Dort versucht er, sein Leben in geordnete Bahnen zu lenken, und arbeitet in Turin als Chemiker in einem Chemiekonzern. Parallel dazu beginnt er, seine Erfahrungen in Auschwitz in Büchern niederzuschreiben und ihnen damit literarischen Ausdruck zu geben. Das 1947 erschienene Buch *Ist das ein Mensch?* sollte später Weltruhm erlangen.

Die Jahre vergingen, Levi und mein Opa hatten sich mit der Befreiung des Lagers aus den Augen verloren.

1967, mehr als zwanzig Jahre nach ihrer ersten Begegnung, wurde Levi damit beauftragt, eine Reklamationsforderung seiner Chemie-Firma gegenüber der deutschen BASF durchzusetzen. Es ging um ein fehlerhaftes Kunstharz, das den Ansprüchen offensichtlich nicht genügte. Als Levi die Unterschrift auf dem förmlichen Antwortschreiben aus Deutschland sah, zuckte er zusammen. Er hatte einen Chemiker mit gleichem Namen in einem früheren Leben gekannt. Zufall? Oder sollte es sich tatsächlich um dieselbe Person handeln? Anhand von diskreten Erkundungen besteht nach einiger Zeit kein Zweifel mehr. Levi entschließt sich, meinen Opa privat anzuschreiben. Vorsichtig fragt er: Sind Sie der Laborleiter des Buna-Werks von Auschwitz? Er ist es.

Die Angelegenheit mit dem fehlerhaften Harz ist relativ schnell erledigt. Aber welchen Inhalt hat die private Korrespondenz? Welche Themen und Worte wählt man? Welchen Ton schlägt man an? Mein Opa macht den Anfang. Er drückt in einem Brief seine Freude und Erleichterung aus, dass Levi überlebt hat, erkundigt sich nach den Mitgefangenen und bekennt, dass ihn das von Levi erschienene Buch *Ist das ein Mensch?* sehr bewegt hat. Er berichtet von den letzten Kriegstagen, seiner Zeit in amerikanischer Gefangenschaft und wie es mit ihm beruflich weitergegangen ist. Am Ende dieses ersten Briefs kommt er zu der Überzeugung, dass ein Treffen zwischen ihnen für beide »zur Bewältigung der Geschehnisse« nützlich wäre.

Levi antwortet. Auch er hält ein Treffen für sinnvoll, gesteht aber Hemmungen ein, sich mit einem Mann zu treffen, der damals auf der anderen Seite der »Barrikade« stand. Er sei sehr glücklich, wieder eine Verbindung zu meinem Opa zu haben, bevorzuge im Moment aber den schriftlichen Austausch. Der Brief ist insgesamt freundlich formuliert und enthält mehrere Passagen mit wohlwollenden Formulierungen. Am Ende jedoch tauchen dann auch unangenehme Fragen auf. Warum gab es Zwangsarbeit? Warum die Gaskammern? Was erfuhr man als Chemiker der I. G. Farben von den anderen Lagerstätten, was von Auschwitz-Birkenau?

Die schriftliche Antwort meines Opas lässt nicht lange auf sich warten. Er bedankt sich, dass Levi in seinem Buch die furchtbaren Zustände im Lager und die menschlichen Abgründe wahrheitsgemäß bezeuge und dennoch den unerschütterlichen Glauben an die Menschheit bekunde und mit der Beschreibung von guten und helfenden Menschen in dieser furchtbaren Zeit ein Zeichen setze für unsere Jugend. Dann schildert er ihm noch einmal seine eigene Geschichte: wie er nach anfänglicher Begeisterung für die Nazis mit ihnen gebrochen habe, wie er nach Auschwitz gekommen und mit welchen Aufgaben er betraut worden sei. Ausführlich beschreibt er einige seiner guten Taten, die allerdings in dem System der Unmenschlichkeit und angesichts der strengen Vorgesetzten verpufften. Von Maßnahmen, die zur Vernichtung der Juden getroffen wurden, habe er keine Kenntnis gehabt. Im Gegenteil, seiner Meinung nach sei das Arbeitslager errichtet worden, um den Juden die Vernichtung zu ersparen, und der strenge Umgang sei sozusagen eine Tarnung für diese Absicht gewesen.

Noch einmal antwortet Levi. Der Tonfall ist jetzt ein anderer. Er bedankt sich förmlich für die Bemühungen meines Opas, die Arbeitsbedingungen erleichtert zu haben, relativiert die Handlungen aber, indem er festhält, dass es auch Menschen gegeben habe, die weitaus mehr getan hätten. Er kommt zu dem Schluss, dass er zu einer Vergebung nur für diejenigen Menschen bereit wäre, die eindeutige Reue zeigten. Und diese vermisst er offensichtlich in den Ausführungen meines Opas. Levi wirkt desillusioniert. Die Haltung meines Opas bezeichnet er als ehrlich, aber wehrlos. Immerhin, fasst er zusammen, »wenn diese Haltung alle besessen hätten«, hätte kein Naziregime aufrechterhalten werden können.

So weit der Briefwechsel. In seinem etwa zehn Jahre später veröffentlichten Buch *Das periodische System* wird Levi deutlicher. Mit seinem letzten Brief habe mein Opa sich »entpuppt«. Er bezeichnet ihn als graues Menschenwesen, weder ein Schuft noch ein Held. Ein Einäugiger unter den Blinden. Jemand, der mit der Vergangenheit abgerechnet habe und dessen Rechnung am Ende nicht aufgegangen sei. Er könne ihn nicht lieben, habe aber zumindest eine gewisse Achtung vor ihm. Von einem ehemaligen SA-Mann könne man nicht mehr erwarten.

Die Lektüre der Briefe, der Bücher von Levi und der Literatur über ihn führten bei mir zu heftigen Emotionen. Das Bild von der Freundschaft Levis zu meinem Opa wankte. War mir von meiner Oma etwas vorgemacht worden? Wieso diese offensichtliche Diskrepanz zwischen Levis Briefen und dem *periodischen*

System, was die Beurteilung – und aus meiner Sicht Verurteilung – meines Opas betraf? Instinktiv begann ich, meinen Opa zu rechtfertigen. Er hatte wenigstens versucht, das Leben der Juden zu erleichtern. Sicher, er war kein Graf Stauffenberg und auch kein Oskar Schindler gewesen. Aber hatte er nicht viel mehr getan als der durchschnittliche Deutsche? Und warum konnte Levi ihm nicht geben, was er ganz offensichtlich gesucht hatte: etwas Dankbarkeit, Verständnis und letztendlich ein Stück Vergebung? Warum die diffamierende Bezeichnung »ehemaliger SA-Mann«? Mein Opa war 1939 aus der NSDAP ausgetreten und nie aktiver SA-Angehöriger gewesen. Doch je mehr ich darüber nachdachte, verstand ich auch Primo Levi. Er hatte sich anfangs durchaus dankbar gezeigt. Aber er hatte von meinem Opa ein klareres Bekenntnis zu den Gräueltaten erwartet, die zwar nicht von ihm, aber von einem System, dem er diente, verübt worden waren. Der Versuch einer Rechtfertigung – das Lager habe die eigentliche Aufgabe gehabt, die Juden vor einer Vergasung zu beschützen, die schlechte Behandlung sei nur eine Tarnung gewesen – befremdete auch mich. Aber steckte darin nicht der ehrliche Wunsch, die Vergangenheit zu bewältigen? Levi anerkennt in seinem zweiten Brief die Aufrichtigkeit meines Opas. Warum hat er später in seinem Buch so verbittert mit ihm abgerechnet?

Mein Opa spürte vielleicht, dass er mit seinen Ausführungen nicht immer den richtigen Ton traf und Levi mehr Reue erwartete. Vielleicht meldete sich ein schlechtes Gewissen. Jedenfalls suchte er intensiv nach einer persönlichen Begegnung und rief Levi an. Er wiederholte noch einmal nachdrücklich seinen Wunsch nach einem persönlichen Treffen, und Levi – offenbar überrumpelt – stimmte tatsächlich zu. Sie vereinbarten ein

Treffen in Italien. Das war Anfang Dezember 1967. Acht Tage später schrieb meine Oma an Levi, mein Opa sei gestorben.

Während ich das schreibe, fällt mir die Szene aus dem Film *Schindlers Liste* ein, in der Oskar Schindler unter Selbstvorwürfen zusammenbricht, weil er, seiner Meinung nach, noch viel mehr Juden hätte retten können, wenn er zum Beispiel seinen Ring oder sein Auto verkauft hätte. »I could have done more« ist der Titel des Instrumentalstücks, mit dem die Szene musikalisch begleitet wird. Ich bin mir sehr sicher: Die Frage, ob er noch mehr hätte tun können, hat sich auch mein Opa gestellt.

Der Abend, an dem meine Oma meinen Opa leblos im Sessel vorfand, hat nicht nur eine Lücke in unsere Familie gerissen, sondern auch das vereinbarte Treffen mit Levi verunmöglicht und die erhoffte Aussöhnung oder gar Wiedergutmachung zunichtegemacht. Bis zum heutigen Tag fühle ich mit allen Menschen, die Unsägliches erleiden mussten und später nie die Chance hatten, ihren Peinigern gegenüberzutreten, sie mit ihrer Schuld zu konfrontieren. Mein Respekt gilt aber auch Menschen wie meinem Opa, die in den dunkelsten Stunden deutscher Geschichte zumindest eine Spur Menschlichkeit zeigten, die später den Mut fanden, sich der Vergangenheit zu stellen, und die sich zeit ihres Lebens fragten, ob das, was sie getan hatten, genug war.

Christian Ruch

Hitlers Hand

Ich gestehe: Meine eine Großmutter habe ich verabscheut, zeitweise sogar gehasst.

Vermutlich ist das ein Tabu, und nur schon diese Abscheu zu benennen scheint ungehörig, gilt das Verhältnis zwischen Großeltern und Enkelkindern doch gemeinhin als besonders schön und harmonisch. Nun ist es zum Glück nicht so, dass ich das Bilderbuchverhältnis zu Oma und Opa nicht auch kennengelernt hätte. Meine Großmutter väterlicherseits war eine liebevolle Frau, dabei war sie eigentlich gar nicht meine Großmutter. Sie war »nur« die zweite Frau meines Großvaters, da meine leibliche Großmutter nach der Geburt meines Vaters gestorben war. Aber es gab keine Sekunde, in der mich Omi, wie ich sie nannte, hätte spüren lassen, dass ich nur ihr Stiefenkel war. Und viel später bekam ich mit dem Nani, der Großmutter meiner Bündner Partnerin, sogar noch einmal eine Großmutter, wenn auch nur für wenige Jahre. Auch sie habe ich sehr gemocht.

Die Großmutter, um die es hier geht und die ich auf den Tod nicht ausstehen konnte, war die Mutter meiner Mutter. Ich weiß nicht, wann genau die Abneigung gegen sie angefangen hat. Als ich ein kleiner Junge war, nahm ich kaum einen Unterschied wahr zwischen der süddeutschen Omi und der norddeutschen Großmutter, die wir hier Luise nennen wollen. Ich würde lügen, wenn ich sagte, ich hätte Luise von Anfang nicht leiden können. Die Übergabe von Geschenken jedenfalls erwies sich als durchaus zufriedenstellend.

Aber eben: Die Kontakte waren schon aus geografischen Gründen spärlich, lebte Luise doch an der Nordseeküste, während ich mit meinen Eltern in einer kleinen Stadt an der Schweizer Grenze zu Füßen des Schwarzwalds wohnte. Luise sah ich also gar nicht so oft, und es gab auch immer wieder lustige Momente mit ihr – so viel Fairness muss sein.

Aber über alles legte sich irgendwann wie Mehltau das Wissen um die Kindheit und Jugend meiner Mutter als Tochter dieser Frau, der vermittelt wurde, sie sei – im Gegensatz zu ihrem verhätschelten und angebeteten Bruder, der selbstverständlich eine glänzende Universitätskarriere hinlegte und für Luise ein Quell steter Freude und größten Stolzes war – zu dick und zu dumm. Ihr wurde nicht mehr zugetraut, als Gattin eines Mannes zu werden, dessen Qualitäten hoffentlich diesen Makel ausgleichen würden.

Doch dieser Mann kam nicht. Wer kam, war mein Vater: ein katholischer Malermeister aus kleinbürgerlichen, um nicht zu sagen einfachen Verhältnissen. Seine Familie hatte an der lebhaften evangelischen Tochter einer Norddeutschen, die zudem geschieden war, ebenso wenig Freude wie Luise an einem Handwerker, der nicht richtig Hochdeutsch sprach. Dass es überhaupt dazu kam, lag daran, dass meine Mutter zu diesem Zeitpunkt längst dem Bannkreis Luises entflohen war. Nach einer recht glücklichen Zeit in Norwegen hatte sie sich immer weiter nach Süden begeben, bis sie irgendwann an Bodensee und Hochrhein lebte.

Im Jahr 1977 trat eine Veränderung in Luises Leben ein: Sie, die sich bereits hatte scheiden lassen, als meine Mutter und ihr Bruder noch klein waren, heiratete noch einmal. Einen stattlichen Kapitän zur See a. D., was natürlich, das verlangte schon Luises Geltungsbedürfnis und ihr Streben nach oben, mit einer rauschenden Hochzeit gefeiert werden musste. Ihren neuen Mann mochte ich zuerst nicht. Der raue, erst im Nachhinein als herzlich erkannte Seebär überforderte mich. Seine erwachsenen Kinder aus erster Ehe, die ich nun kennenlernte, lagen mir dagegen sehr.

Doch Luises Glück war nicht von langer Dauer. Völlig überraschend verstarb der Kapitän a. D. Anfang 1979. Mein Verhältnis zu Luise muss damals noch intakt gewesen sein, denn sie tat mir unendlich leid. Zumal sich ihr Verhältnis zu den Stiefkindern rapide verschlechterte. Sie hatten meine Großmutter längst durchschaut, ihr kaltes, berechnendes Wesen. Meine Eltern hielten dessen ungeachtet weiter Kontakt zu ihnen, und ich war sehr froh darüber. Denn diese Norddeutschen waren, wie ich nun immer mehr begriff, so ganz anders als Luise. Herzlich, ehrlich.

Wenig später begann das Verhältnis vollends umzukippen, wie schlecht werdende Milch: Eines Sommers besuchten wir Luise und schauten auch bei der Familie eines ihrer Stiefsöhne vorbei. Auf dem Rückweg bekam ich einen regelrechten Tobsuchtsanfall, weil ich unter keinen Umständen zu Luise zurück, sondern die Ferien lieber bei diesen neuen Quasi-Verwandten verbringen wollte. Mein Vater wusste nicht, wie er mich beruhigen sollte, und erkaufte sich meine Rückkehr zum Wohlverhalten mit einem Eisenbahnbuch.

Von da an ging es in meinem Verhältnis zu Luise nur noch bergab. Dass ich während eines letzten Ferienaufenthalts bei ihr erleben musste, wie sie beim Kochen heimlich trank, lallend und mit glasigem Blick am Tisch saß, von Gräten sprach, obwohl es Hühnchen gab, und ich dann heimlich und mehr oder weniger in Panik meine Mutter anrief und sie bat, mich nach Hause zu holen, war das emotionale Ende. Als sich Luise zum 60. Geburtstag meiner Mutter schließlich auch noch selber einlud und völlig überraschend vor der Tür stand, hatte ich nur noch Verachtung für sie übrig. Denn es war nicht meine Mutter, derentwegen sie gekommen war, sondern ihr über alles geliebter Sohn, den sie unbedingt sehen wollte.

Ich habe sie danach nie mehr gesehen, und meine Abscheu verfolgte sie über den Tod hinaus. Wütend stellte ich meine Mutter zur Rede, weil sie in der Todesanzeige auch mich als Trauernden aufgeführt hatte. »Ich trauere nicht um dieses Miststück«, empörte ich mich.

Meine Verachtung für meine Großmutter hatte noch einen anderen Grund als die andauernde Erniedrigung meiner Mutter. Mir war bewusst geworden, dass Luise eine begeisterte Nationalsozialistin war. Sie hatte eine Führungsfunktion im »Bund Deutscher Mädel« und einmal sogar Adolf Hitler die Hand gegeben. Der Gedanke, dass die großmütterliche Hand, die mich wer weiß wie oft berührt hat, auch Hitlers Hand berührt hatte, löst bei mir bis heute Ekel aus, mag das auch noch so albern klingen. Luise wusste von den Vorgängen in den Konzentrationslagern und wurde nach dem Krieg von der britischen Besatzungsmacht in Hamburg interniert, was darauf hindeutet, dass sie nicht als so harmlos angesehen wurde, wie sie und viele andere sich nach dem Krieg gaben. Sie war bei der Machtergreifung 1933 erst achtzehn Jahre alt, ja, und trotzdem kann ich die Legende der von den Nazis verführten jungen Frau nicht glauben. Luises Eltern, ein pflichtbewusster preußischer Beamter und seine herzensgute Frau, waren nämlich alles andere als Nazis.

Luise engagierte sich später in der FDP, eine Wahl, die nicht überrascht, war die FDP doch auch ein Sammelbecken für tatsächlich oder nur geheuchelt zur Demokratie konvertierte Nazis. Und, um es mit den Worten von Bertolt Brecht zu sagen: »Der Schoß ist fruchtbar noch, aus dem das kroch«. Meine Mutter sagte unlängst, dass sie die AfD-Politikerin Alice Weidel in ihrer ganzen Erscheinung immer an Luise erinnere.

Ich freue mich sehr auf das Fortbestehen in einer jenseitigen Welt nach dem Tod. Ich freue mich darauf, Opa und Omi wiederzusehen. Und meinen Großonkel, einen katholischen Pfarrer, der als Gegner der Nazis abends unter einem dicken Tuch heimlich den Schweizer Radiosender Beromünster hörte. Ich freue mich auf alle lieben Menschen, die uns vorausgegangen sind.

Aber genauso hoffe ich auch, Luise nie mehr wiederzusehen. Denn ich verabscheue sie bis heute.

Das ist der unversöhnliche Schluss.

Der versöhnliche geht vielleicht so: Der Komponist Karlheinz Stockhausen, dessen Mutter im Rahmen des Euthanasieprogramms von den Nazis ermordet wurde, vertonte Ende der Siebzigerjahre apokryphe Texte, die ihm die Shoah-Überlebende und jüdische Widerstandsaktivistin Recha Freier hatte zukommen lassen. In einem dieser Texte, der Apokalypse des Baruch, heißt es:

»Und dann steigt herab Heilung wie Tau
und Sorge Trübsal Seufzer schwinden von den Menschen
und Freude wandert auf der ganzen Erde.«

Wenn das jenseitige Paradies seinen Namen verdient, müsste doch alles gut werden zwischen Menschen, die sich zu Lebzeiten verfolgt, gehasst, verachtet haben. Vielleicht ist alles Irdische dann nicht mehr wichtig und wir können uns und alle als Geschöpfe Gottes begreifen, auch ein vermeintliches Miststück wie Luise.

Und dann steigt herab Heilung wie Tau.

ANDRÉ SEIDENBERG

Das Cello meines Großvaters

Mein Großvater mütterlicherseits, der Cellist Jakob Margoler, wurde 1906 in Zürich geboren. Schon in den frühen Dreißigerjahren begann ein gefährlicher Lymphdrüsenkrebs in ihm zu wachsen und wucherte auch nach dem Krieg weiter. Kaum fünfundvierzigjährig, nach jahrzehntelanger Krankheit, starb er 1951. Ich war bei seinem Tod erst ein halbes Jahr alt. Aber in meiner Kindheit war mein Großvater immer präsent. Auf Fotos und Zeichnungen, die zu Hause an der Wand hingen, sah man seine ernsten Augen – und immer war da sein Cello.

Meine Großmutter, Helen Margoler, und ihre Tochter Ruth hatten erbittert um seine Liebe rivalisiert. Der weibliche Zank überdauerte sogar seinen Tod. Von meiner Mutter weiß ich, dass sie als kleines Mädchen, an den Rücken ihres Vaters gelehnt, stundenlang den Bewegungen und Tönen seiner Cello-Übungen folgte. Mich berührte sie nie. Die lebensfrohe Großmutter dagegen umarmte und küsste mich unablässig, hielt ab und zu inne, rief laut: *Chind und Religion sind s'Schlimmscht!*, drückte mich erneut an sich und seufzte in Gedanken an ihren verstorbenen Mann, den sie in mir zu erkennen meinte: *Jo, dr Jakobli.*

Beide Frauen waren stolz auf die Bekanntschaft mit Jakobs weltberühmten Freunden und Musikerkollegen. Jakob Margoler war der Erste Cellist in verschiedenen Schweizer Orchestern, doch seine schwere Krankheit und der Krieg verwehrten ihm eine internationale Karriere. Feierlich hörten wir an Jom Kippur das von ihm gespielte *Kol Nidrei*, das wichtigste Gebet am Versöhnungstag, in der Vertonung von Max Bruch und einer Konzertaufnahme mit dem Schweizer Radio-Orchester. Das Drahttongerät meines Vaters wurde nur noch zu diesem einen Zweck benutzt.

Meine Eltern Philipp Seidenberg und Ruth Margoler glichen sich fast wie Geschwister. Philipp war nur elf Jahre jünger als sein Schwiegervater Jakob, und auch er stand in seinem Bann. Doch nicht nur in ihrer äußeren Erscheinung waren sich die beiden Familien ähnlich, sondern auch in ihrer weltanschaulichen Einstellung. Keine Frage, das waren jüdische Familien. Aber welches Judentum lebten sie? Am höchsten jüdischen Feiertag zeigten sich weder die Margolers noch die Seidenbergs in der Synagoge. Auch an Jom Kippur wurde nicht gefastet oder gebetet. Die Familien meiner Mutter und meines Vaters waren sozialistisch, seit Generationen. Kultur, Judentum und Kommunismus gehörten für sie zusammen und waren eins: Hoffnung, Halt und Zukunft. Kultur war die Hoffnung, Judentum war der Halt, und Kommunismus war das reale Versprechen einer Zukunft.

In den Dreißiger- und Vierzigerjahren saßen täglich prominente und weniger prominente, meist jüdische Migranten am Mittagstisch meiner Großeltern. Koscher gekocht wurde nicht, auch nicht für Gäste. Aber die jüdische Kultur war für die Margolers wichtig, und die Margolers für die jüdische Kultur. Jakobs Eltern, Moische und Sonja, gestalteten ganze Unterhaltungsabende, sie traten zu zweit auf Bühnen in Zürich, Basel und Davos auf, sie musizierten und erzählten Geschichten und Witze. Im jiddischen Theaterverein Perez waren sie Mitglieder, sie sangen im Hasomir-Chor und engagierten sich im jüdischen Kulturverein Omanut.

Moische Margoler, mein Urgroßvater, stammte aus der nach Katharina der Großen benannten Stadt Jekaterinoslaw, die zu Sowjetzeiten Dnjepropetrowsk und heute Dnipro heißt, eine Millionenstadt im Osten der Ukraine. Der kleine Jude Moische war Uniformschneider in der Armee des russischen Zaren. Als Vierzehn- oder Fünfzehnjähriger wurde er zu fünfundzwanzig Jahren Militärdienst zwangsrekrutiert. Er sollte im Russisch-Japanischen Krieg an die Front geschickt werden, aber seine Mutter verhinderte es. Sie trennte alle Knöpfe von Moisches Uniform, schnitt die Ärmel in Streifen und legte alles wie ein schmuckes Nestchen auf die Bettkante. So konnte ihr Sohn nicht einrücken und musste desertieren. Auf diese Weise entging er auch den durch die materielle Not und den verlorenen Japan-Krieg verursachten Unruhen, die sich in schweren Pogromen gegen die Juden in Jekaterinoslaw entluden. Auf welchem Weg er es in die Schweiz schaffte, weiß ich nicht. Und wie der arme Uniformschneider Moische seine junge Frau Sonja aus der Ukraine nachholen und wie er sich so schnell in Zürich einbürgern konnte, ist für mich ein Rätsel. Sein ältester Sohn Jakob wurde jedenfalls schon als Schweizer geboren.

Moische Margoler arbeitete bis kurz vor seinem Tod. Im Schneidersitz saß er auf dem Tisch an seiner Arbeit. Seine Leidenschaft aber war die Unterhaltung der Menschen, für die er seine ganze Familie einspannte. Er war über achtzig und ich noch keine fünf, als er mich bei einer Veranstaltung zum Chanuka-Fest mit auf die Bühne nahm. Seine Enkelin, meine

Mutter, saß am Klavier. Mein Urgroßvater hatte o-förmige, krumme Beine und ich machte alle seine Bewegungen nach. Der Saal kugelte sich vor Lachen. Wir hielten uns an den Händen und drehten uns im Kreis, und als er einen Kasatschok versuchte und auf den Allerwertesten fiel, tat ich dasselbe. Der Saal kreischte. Er unterhielt sein Publikum auch mit derben Witzen und besang sich als wenig heldenhaften Helden, der sich als Erster aus jeder Schlacht und Prügelei verzieht. Sein *Ich bin gewejsen der Erster, der Erster, der Erster* habe ich heute noch im Ohr. Die Anwesenden sprachen ein durch Russisch, Polnisch oder andere slawische Sprachen gefärbtes Jiddisch, ein Deutsch, das für mich oft schwer verständlich war.

Moisches Sohn Jakob, mein Großvater, war der einzige Intellektuelle in unseren Familien, ein feiner und gebildeter Kulturmensch. Alle, die ihn kannten, liebten und verehrten ihn. Er spielte Schach im Café Select am Limmatquai und diskutierte im Café Odeon mit den interessantesten Menschen. Die Umstände der Zeit hatten Zürich zum Zentrum der europäischen Kultur gemacht. Die Pflicht, für den Unterhalt der Familie zu sorgen, heißt auf Jiddisch *Parnusse. Far di Parnusse*, aus wirtschaftlicher Notwendigkeit, aber auch mit Freude und Genuss, spielte mein Großvater auf seinem Cello Jazz und Unterhaltungsmusik in den bürgerlichen Kaffeehäusern der Stadt. Er spielte alle Arten von Musik, auch im Radio und auch in Zeiten, die ernst waren und wenig Anlass für Unterhaltung boten. *Tikun Olam*, die Welt für alle etwas besser machen, das war sein ethisches Prinzip und sein Mittel dazu die Musik.

Wie Jakob mit seinen Ängsten und den wachsenden Bedrohungen der Zeit zurechtkam, weiß ich nicht. Auf antisemitische Anfeindungen konnte er, so erzählte man, heftig reagieren. Er intervenierte erfolgreich bei der Regierung gegen den Primarlehrer, der seine Tochter, meine Mutter, mit judenfeindlichen Sprüchen belästigt hatte. Während sein Vater Moische auf der Bühne harmlose Geschichten und jiddische Witze erzählte, machte Jakob sehr böse Witze, aber nur im Kreis der Familie. Der folgende wurde zum Lieblingswitz meines Vaters: »Sieht eine Maus ein Stück Speck hinter einer senkrecht aufgestellten Rasierklinge liegen. Sie reckt den Hals über die scharfe Klinge, dreht ihren Kopf hin und her und meint: ›Nein, nein, das ist keine Mausefalle.‹«

In der Schweiz hörten die Margolers schon 1943 am Mittagstisch Berichte über die systematische Judenvernichtung im Deutschen Reich. Was für ein Schock war es, fast gleichzeitig, oder nur wenig später, auch von den antisemitisch motivierten Gräueltaten der Sowjets zu erfahren. War die kommunistische Internationale für uns Juden nicht mehr Heimat? War der verehrte Genosse Stalin nicht, wie angenommen, der Befreier der Juden, der Sieger gegen den größten Schurken aller Zeiten? Nicht Hitler, nein, Stalin und seine Schergen haben die von der Zarenzeit verschonten Reste unserer Familien in Dnjepropetrowsk ausgelöscht. Die alten Margolers und Seidenbergs wollten es nicht wahrhaben.

Den nicht religiösen Mitgliedern der jüdischen Gemeinde Zürichs war die ideologische Heimat abhandengekommen. Alles war verloren und vernichtet, im Krieg oder schon lange vorher. Die Alten waren die Übriggebliebenen, und auch ihre Kinder und Enkel fühlten sich nirgendwo mehr zugehörig. Wieder standen sie vor der Frage: Judentum ja, aber welches? Zionisten waren in der Schweiz bis in die Fünfzigerjahre eine Minderheit. Jakob und sein Schwiegersohn, mein Vater, hatten ihre Vorbehalte und Zweifel gegenüber dem Zionismus, gegenüber allen Ismen. Sie waren der Meinung: »Nirgendwo auf der Welt sterben so viele Juden, weil sie Juden sind, wie im gelobten Land Israel.« Trotzdem schickten beide ihre Kinder in die marxistisch-zionistische Jugendorganisation Haschomer Hazair. Diese Jungen Wächter Israels erschienen ihnen immer noch akzeptabler als die Roten Falken der kommunistischen Partei. Sie waren jüdisch und sozialistisch.

Mein Großvater Jakob Margoler stammte aus dem Judentum und war selbst ein Teil des Judentums, das sein Schicksal mit dem Wohlergehen der ganzen Welt verbinden wollte. Er verkörperte all das, was untergegangen ist. Während ich dies schreibe, stelle ich fest, wie wenig ich über ihn weiß. Welche Fragen könnte ich ihm heute stellen, zu damals und zu heute?

Ich, sein Enkel, war keine zehn Jahre alt, da erhielt ich sein 1699 von Mathias Klotz in Mittenwald gebautes Cello. Ich besitze es noch heute.

Anke Winter

Der Großvater, an den ich mich nicht mehr erinnern wollte

Bis zu meinem zwölften Lebensjahr war mein Großvater für mich ein ganz normaler Großvater: elegant und gut aussehend, wenn auch streng und distanziert. Kein besonders herzlicher Mensch, der mich auch mal auf den Schoß genommen und mir Geschichten erzählt hätte. Aber ich kannte ihn nicht anders. Wir besuchten ihn regelmäßig, und ich habe ihn geliebt, wie er eben war.

Als ich etwa zwölf Jahre alt war, brach meine Mutter den Kontakt zu ihrem Vater abrupt und aus mir unerfindlichen Gründen ab. Jahrelang hatten wir keinen Kontakt mehr zu ihm. Über die Ursache wurde in meiner Familie gegenüber uns Kindern geschwiegen. Erst sehr viel später habe ich erfahren, was der eigentliche Grund für den Bruch war: Es war das Jahr, in dem meine Schwester geboren wurde. Sie bekam den Namen Ruth – einen jüdischen Namen, worüber sich mein Großvater so sehr empörte, dass meine Mutter nichts mehr von ihm wissen wollte. Aber das war nur der Endpunkt einer Entwicklung, die sich schon lange angebahnt hatte.

Ich war ungefähr fünfzehn, als der gemiedene Großvater auf unerwartete Weise wieder in mein Leben trat. In der Schule behandelten wir den Zweiten Weltkrieg und sahen die vierteilige

Serie »Holocaust«. Ich war zutiefst erschüttert und erzählte zu Hause davon. Meine Eltern, die historisch sehr interessiert waren, erklärten mir die Zusammenhänge. Dabei erwähnte mein Vater, dass Großvater in diesem Film in einer Szene als Obersturmführer der Waffen-SS an einem Bahnhof beim Abtransport von Gefangenen zu sehen ist. Er sei Kommandant des Sammel- und Durchgangslagers Westerbork in den Niederlanden gewesen, von dem aus Zehntausende inhaftierter Juden nach Auschwitz und in andere Vernichtungslager geschickt wurden. Ein unbeschreiblicher Schock! Mein Großvater, den ich in meiner Kindheit erlebt hatte, der letztendlich ein geliebtes Familienmitglied für mich war, der dann aber aus unerklärlichen Gründen aus meinem Leben verschwunden war, tauchte nun als Täter bei einem der größten Verbrechen der Menschheitsgeschichte wieder auf. Meine Mutter konnte und wollte nicht weiter darüber reden, sie litt zu sehr darunter, dass ihr Vater ein ehemaliger Naziverbrecher war, der so viele Menschen in den Tod getrieben hatte.

Auch ich verdrängte jahrelang dieses Thema. Als mein zukünftiger Ehemann, der sehr an der Geschichte des Zweiten Weltkriegs interessiert war und wusste, dass mein Großvater das Zwischenlager Westerbork geleitet hatte, mir den Vorschlag machte, die dortige Gedenkstätte zu besuchen, tat ich es mit dem allergrößten Unwillen. Ich wollte mit diesen Geschehnissen nicht konfrontiert werden.

Dies änderte sich erst Jahre später. Als mein Sohn achtzehn Jahre alt war, fuhr er mit seiner Schule in die Gedenkstätte Westerbork. Sein Vater hatte ihn vor dem Besuch über die Rolle seines Urgroßvaters im Zwischenlager aufgeklärt. In Westerbork erzählte mein Sohn dem Gedenkstättenleiter, dass er der Urenkel des damaligen Lagerkommandanten Albert Gemmeker sei. Die Aufregung war enorm. Die Gedenkstätte hatte keinerlei Informationen über die Existenz von Angehörigen Gemmekers. Mein Großvater hatte alle Hinweise auf seine Familie beseitigt.

Zufällig war bei diesem Besuch eine Überlebende des Lagers anwesend, die als Kind im Alter von sechs Jahren mit ihrer Familie nach Westerbork gekommen und bis zur Befreiung 1945 dort interniert gewesen war. Sie begleitete seit vielen Jahren Gruppen in die Gedenkstätte und hielt Vorträge an deutschen Schulen über ihre Zeit im Lager. Sofort ergriff sie die Initiative und kontaktierte meine Mutter, die ihr alles erzählte, was sie über ihren Vater wusste. Es entstand eine Freundschaft zwischen den beiden. Da meine Mutter aber auf keinen Fall in der Öffentlichkeit über ihren Vater reden wollte, verwies sie Eva an mich. Nun war der Moment gekommen, wo ich vor der Geschichte meines Großvaters nicht mehr davonlaufen konnte. Eva, die mit viel Glück das Lager überlebt hatte, konfrontierte mich ganz direkt mit den Taten meines Großvaters.

Ich will diese hier nicht im Einzelnen aufführen, es gibt ein Buch über ihn und auch die Möglichkeit, sich über sein Leben und sein Tun im Internet zu informieren. Auch über die Tatsache, dass er bis zu seinem Tod im Jahr 1982 an der Lüge festhielt, er habe nicht gewusst, was mit den Deportierten am Ende der Transporte passierte.

Ein Besuch in Westerbork ist für mich auch heute noch sehr schwer auszuhalten. Die Vorstellung, dass mein Großvater hier gelebt hat, dass er aus den Fenstern seiner Villa, die heute noch auf dem Lagergelände steht, gesehen hat, in welchem Elend die Inhaftierten lebten, dass er von hier aus Zehntausende in die Vernichtungslager geschickt hat, ist für mich kaum in Worte zu fassen. Als Kind bin ich mit dem Tagebuch von Anne Frank groß geworden und habe beim Lesen mit ihr gelitten. Auch sie war in Westerbork. Nun weiß ich, dass mein Großvater für ihren Abtransport nach Auschwitz und damit für ihren späteren Tod im KZ Bergen-Belsen verantwortlich war.

Was mir geholfen hat, mich dieser Vergangenheit zu stellen, mich mit ihr zu beschäftigen, war die Begegnung mit Eva, mit der mich inzwischen eine tiefe Freundschaft verbindet. Ich fing an, mit ihr zusammen an Schulen Vorträge zu halten, über das Gewesene, gegen das Vergessen und für Toleranz und Frieden. Durch diese Vermittlungsarbeit entdeckte ich Schritt für Schritt die Geschichte meines Großvaters und durchlief eine schmerzhafte, letztlich aber auch befreiende Auseinandersetzung.

Cesare Pavese	*Der Mond und die Feuer*
Lisa Elsässer	*Fremdgehen*
Bruno Pellegrino	*Atlas Hotel*
Pascale Kramer	*Die Lebenden*
Romana Ganzoni	*Granada Grischun*
S. Corinna Bille	*Für immer Juliette*
Romain Gary	*Du hast das Leben vor dir*
Pascale Kramer	*Autopsie des Vaters*
Yael Inokai	*Mahlstrom*
Cesare Pavese	*Das Haus auf dem Hügel*
Matthias Amann	*Hunde im Weltraum*
Vincenzo Todisco	*Das Eidechsenkind*
Marie Modiano	*Ende der Spielzeit*
Ruska Jorjoliani	*Du bist in einer Luft mit mir*
Rolf Hermann	*Flüchtiges Zuhause*
Paolo Cognetti	*Fontane Numero 1*
Romain Gary	*Die Jagd nach dem Blau*
Lisa Elsässer	*Erstaugust*
S. Corinna Bille Maurice Chappaz	*Ich werde das Land durchwandern, das Du bist*
Cesare Pavese	*Der Genosse*
Leta Semadeni	*Tamangur*
Pascale Kramer	*Eine Familie*
Romana Ganzoni	*Tod in Genua*
Andreas Nentwich	*Change Ringing*
Gabriella Zalapì	*Antonia*
Fabio Andina	*Tage mit Felice*
Marie-Hélène Lafon	*Die Annonce*

Simon Deckert	*Siebenmeilenstiefel*
Cesare Pavese	*Der schöne Sommer*
Alexandre Hmine	*Milchstraße*
Fabio Andina Lorenzo Custer	*Tessiner Horizonte –* *Momenti ticinesi*
Elena Costa	*Der Traum vom kühnen Leben*
Ruska Jorjoliani	*Drei Lebende, drei Tote*
Gino Vermicelli	*Die unsichtbaren Dörfer*
Marie-Hélène Lafon	*Geschichte des Sohnes*
Franco Supino	*Spurlos in Neapel*
Dacia Maraini	*Caro Pier Paolo*
Fabio Andina	*Davonkommen*
Matthias Zschokke	*Der graue Peter*
Kathrin Burger	*Vor mir wird es Morgen*
S. Corinna Bille	*100 kleine Schauergeschichten*
Christoph Keller	*Afrika fluten*
Valentina Mira	*X*
François-Henri Désérable	*Mein Meister und Bezwinger*
Cesare Pavese	*Das Handwerk des Lebens*
Lukas Holliger	*1983. Verfluchte Hitze*
S. Corinna Bille	*Meerauge*
Wolfram Schneider-Lastin (Hg.)	*Fragen hätte ich noch*
François-Henri Désérable	*Eine verfahrene Welt*
Marie-Jeanne Urech	*X wie Dictionnaire*

EDITION BLAU
Rotpunktverlag